아슈레이 세계

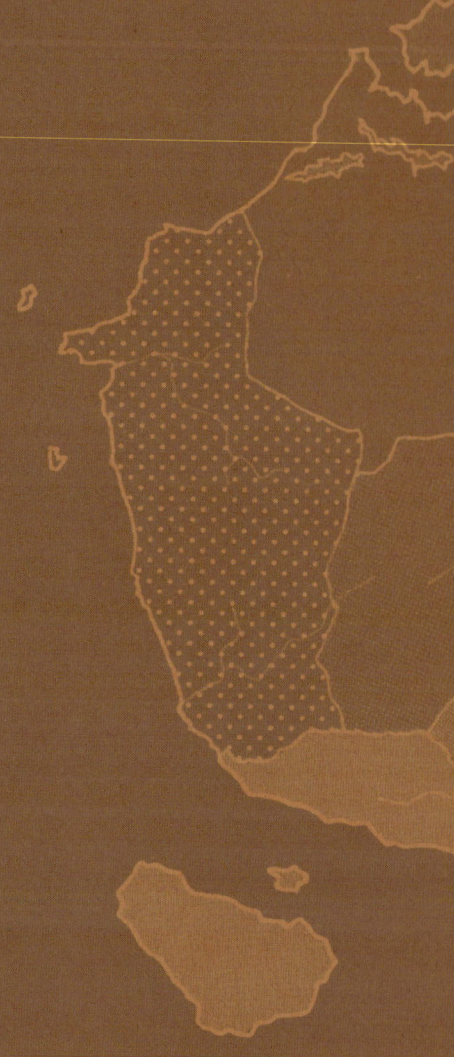

나유

바라스

미메이라

호로스

킹리엔

이오카

자유도시 레카

제국수도 카드미엘

하나스

가이칸 제국

폴리카르강

페이요트산맥

2000. 10. 19

아슈레이

The Wind of Ashurei

2

아슈레이 2

김우인 판타지 장편 소설

초판 1쇄 찍은 날 | 2001년 1월 10일
초판 1쇄 펴낸 날 | 2001년 1월 25일

지은이 | 김우인
펴낸이 | 서경석
펴낸곳 | 도서출판 청어람
편집 | 문혜영, 허경란, 박영주, 김희정, 권민정
마케팅 | 정필, 강양원

등록번호 | 제1081-1-89호
등록일자 | 1999. 5. 31
어람번호 | 제1-0067호

주소 | 경기도 부천시 원미구 심곡1동 350-1 남성B/D 3F (우) 420-011
전화 | 032-656-4452 팩스 | 032-656-4453
e-mail | eoram99@chollian.net

© 김우인, 2001

값 7,500원

ISBN 89-5505-044-5 (SET) / ISBN 89-5505-046-1 04810

김우인 판타지 장편 소설

아슈레이
The Wind of Ashurei

2

바람의 세나케인

도서출판
청어람

목차

제1장
진실, 때로는 거짓

The Wind of Ashurei

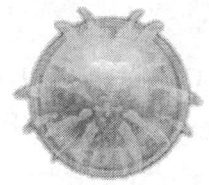

빛의 히오르와 어둠의 아타라세스 간의 전쟁은 그 시작도 그 끝도 명확하게 구분되어지지 않았다. 단지 인간들이 알고 있는 사실은 빛의 신 히오르와 어둠의 신 아타라세스 간의 전쟁이 끝나고 세상에 빛과 어둠이 공존하기 시작한 이후에야 인간들의 세상이 왔다는 것뿐이었다.

신들의 전쟁이 끝나고 빛과 어둠이 공존하기 시작한 세상은 다시 새로운 신들의 시대로 접어들었다.

아슈레이 대륙을 지탱해 나가는 것은 바람과 불과 물과 땅의 4가지 원소의 힘.

새롭게 나타난 신들은 빛과 어둠 그 어느 곳에나 속하지만 그 어느 곳에도 속하지 않은 신들로, 아슈레이의 어둠과 빛에게서 태어났다고 전해진다.

바람의 신 미메이라와 불의 신 호로스, 물의 나유, 그리고 땅의 바라스는 빛과 어둠에서 태어나 온 세상에 그들의 힘을 널리 펼쳐 나갔다.

새로운 신들의 세상은 싸움도 없고 전쟁도 없는 평화의 시대. 그러나 이 평화의 시대가 계속되고 또 계속되자 신들은 그만 그들이 다스리고 있던 인간 세상에 대한 애착을 잃어가기 시작했다.

결국 4신들은 신들의 시대를 마감하고 평화로움 속에서 번성하기 시작한 인간들에게 세상을 넘겨주려 했다. 그러나 신들이 서서히 그들의 힘을 평화로운 아슈레이 대륙에서 거두어들이기 시작하자 아슈레이 대륙 곳곳에서 이변이 일어나기 시작했다.

공존해야만 하는 4개의 힘 중 제일 먼저 사라지기 시작한 것은 물의 신 나유의 축복.

땅은 메말라 가고 인간들은 아직 나유의 축복이 남아 있는 거친 중간 지대로 몰려들어 그곳을 차지하기 위해 전쟁을 시작했다.

사람들의 마음이 거칠어지는 것을 제일 먼저 발견한 것은 4명의 주신을 섬기는 신관들. 그들은 인간 세상, 즉 아슈레이 대륙의 평화를 위해 중대한 결단을 내렸다.

"신이시여, 당신의 힘이 떠난 아슈레이 대륙은 더 이상 평화로운 땅이 되지 못합니다."

제일 먼저 나선 것은 물의 신 나유의 신관, 그는 나유에게 그의 힘을 인간들을 위해 남겨달라고 간곡히 청원하였다.

원망과 갈망과 희망이 뒤섞인 인간의 감정.

청원은 이어지고 또 이어져 결국 바람과 불과 물과 땅의 신들은 인간들의 간곡한 청원을 받아들이기로 결정하였다.

"신들의 시대는 끝이 났으나 그대들을 축복하리니 그대들 중 가
장 뛰어난 자가 신의 은총을 받으리라."

4신들의 신탁을 받은 신관들은 뛸 듯이 기뻐하면서 신탁에 따라
가장 능력이 뛰어난 네 사람을 골라 신에게 바쳤다.
신들이 힘을 개방하자 그 강대한 힘은 실체를 가지고 또한 의지
를 가진 자가 되었다. 신들은 선택된 자들에게 의지를 가진 자들을
내리고 그들에게 마지막 신탁을 내렸다.

"의지를 가진 힘을 다스리는 것은 일족 중 가장 뛰어난 자에게만
허락될 것이니, 그대들은 그 힘을 지속하고 유지시키되 그 힘에
귀속되지 말지니라."

"그리고 신탁을 마친 신들은 모두 아슈레이의 중간 지대에 잠들
었다고 하지요."
"헤에……."
지루한 시간을 달래기 위해서 아슈레이의 신들에 대한 설명을 해
달라고 한 시안에게 기엘은 전해 내려오는 신화를 설명해 주던 참
이었다.
"그리고 그때 의지를 가진 힘을 받은 자들이 바로 4개의 신국을
이룬 선조들이 되시는 겁니다."
"그럼 그게 그 풍환인지 뭔지 하는 그걸 말하는 건가요?"
"예. 수장에게만 전해지는 그리고 가장 능력이 뛰어난 자에게만

전해지는 신의 힘이 바로 그것입니다."

시안은 고개를 끄덕이면서 기엘이 하는 이야기를 곰곰이 되씹어 보았다.

빛과 어둠의 신의 전쟁이라고 하는 것은 아무래도 아슈레이의 창세 신화일 거라는 생각이 들었다.

빛과 어둠이 공존하기 시작한 평화로운 세상. 시안이 원래 살던 세상에도 비슷한 느낌의 신화는 얼마든지 있다. 간단하게 기독교만 봐도 그렇다. 신이 세상을 창조할 때 빛과 어둠을 창조하고 땅을 만들었다고 하지 않는가.

그때 궁금한 것이 하나 시안의 머리 속에 떠올랐다.

빛과 어둠의 전쟁이 끝나고 난 후에 4신들이 만든 새로운 세상이 펼쳐지기 시작했다고 하는데, 그렇다면 빛과 어둠의 신들이 4신들보다 훨씬 윗줄에 있는 것이 아닐까 하는 것이 시안의 생각이었다.

"그런데 왜 빛의 신하고 어둠의 신의 신전은 없는 거죠? 그 신화대로라면 바람이나 물이나 불이나 땅의 신들보다 그 신들의 힘이 더 위라고 생각되는데."

"히오르와 아타라세스는 이미 뭐랄까… 그러니까 세상에서 사라지고 없는 신이나 마찬가지인 것입니다. 그들은 신의 권세를 버리고 본연의 모습 그대로 빛과 어둠이 되어버린 것이니까요."

"그럼 빛이나 어둠의 신관도 없는 건가?"

"정확하게는 그렇습니다. 단, 빛과 어둠의 힘을 숭상하는 자들은 남아 있지요. 히오르와 아타라세스의 전승을 따라 그들을 숭상하고 그들의 힘을 빌어 엘(EL)을 쓰는 사람들이 있습니다. 물론 우리들과는 조금 다르지만요. 그들은 통칭 마법사라는 이름으로 불립니다."

시안은 뚱하게 기엘의 말을 듣다 말고 고개를 번쩍 들었다.

'마법?! 마법이라고? 그럼 여기에도 마법이 존재한다는 건가?'

판타지라고 하면 역시 마법에다가 마나에다가 용이 나와야 한다는 시안의 선입관은 사실 지금까지도 사라지지 않고 있는 형편이었다.

"그럼 나도 그 마법이라는 거 익힐 수 있는 건가요?"

기엘은 설명을 듣다 말고 시안이 무슨 뜬구름 잡는 소리를 하는 건가 싶어서 되물었다.

"마법사가 되고 싶으십니까?"

"물론 가능하다면."

"불가능해."

그때까지 아무 말 없이 옆에서 저녁거리를 준비하고 있던 로운이 퉁명스럽게 말했다.

"에? 어째서!!"

"넌 미메이라의 축복을 받아 엘(EL)을 쓰는 바람술사다. 근본적으로 같을지는 몰라도 바람술사가 쓰는 엘(EL)과 마법사들이 쓰는 엘(EL)은 달라. 마법사는 바람술을 익힐 수가 없고 바람술사는 마법을 익힐 수가 없지. 근본은 같아도 그것은 다른 힘이니까."

"에엑—"

시안은 그만 실망하고 말았다. 그럭저럭 마법 비스무리한 바람술을 쓸 수 있다는 사실은 싫지 않지만 그래도 마법사라는 단어가 주는 판타스틱한 매력을 포기해야 한다는 사실이 너무나 실망스러웠던 것이다.

"그런데 마법사에 대한 것은 어디서 들으신 겁니까?"

"응? 그거야 내가 살던 데서."

'단지 이렇게까지 의미가 다를 거라고는 생각하지 못했지만.'

시안은 속으로 궁시렁거리면서 아쉬움의 입맛을 다셨다.

"마법사들이 쓰는 힘은 엘(EL)과 비슷한 속성을 가지기는 했지만 그래도 많이 다릅니다. 가이칸으로 가시면 혹시 마법을 쓰는 사람들을 만나게 되실지도 모르죠. 궁금하시면 그때 그들에게 물어보세요."

"쓸데없는 거 가르치지 마, 기엘."

로운은 저녁 식사를 차린 식탁을 손가락으로 가리키면서 시위를 했다.

"마법 타령은 그 정도로 하고 이제 밥이나 먹지 그래? 넌 밥 안 주면 바람 뿜는 괴수가 되잖아."

"너 말 다 했어?!"

"그래, 다 했다. 먹보."

"에잇!! 빌어먹을 바보 신관!!"

또다시 말싸움으로 돌입하는 두 사람을 두고 기엘은 혼자 유유자적하게 로운이 차려놓은 저녁 식탁 앞에 앉았다.

"네 녀석이 내가 바본지 아닌지 어떻게 아냐?"

"척 하면 삼천리다!!"

"너 자꾸 이상한 말 쓸래?"

"어차피 여긴 너하고 기엘밖에 없잖아! 어때!!"

끊임없이 이어지는 말싸움.

기엘은 그들을 보면서 그래도 둘은 잘 어울리는 한 쌍이라는 엉뚱한 생각을 하기 시작했다.

나름대로는 말이다.

제2장
자유 도시 레카

The Wind of Ashurei

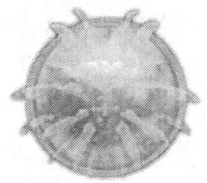

　아슈레이 대륙 동쪽의 기름진 평야를 대부분 차지하고 있는 제국 가이칸.

　가이칸은 초대 황제인 가이칸 아드리안 로체스 1세 때부터 강력한 군사력을 바탕으로 아슈레이 대륙의 여러 나라 중에서도 400년 동안 초강대국으로서의 위치를 그대로 유지하고 있는 나라다.

　현 황제인 라이너드 7세는, 평화를 사랑하고 문화 지향적인 정책을 펼쳤던 그의 아버지 라이너드 6세의 유지를 그대로 받들어 지금까지도 평화로운 시대를 계속 유지시켜 나가고 있었다. 그러나 라이너드 7세가 나이가 들어가면서, 그의 4명의 아들들 중에서도 가장 호전적인 성격을 가지고 있는 황자로 알려져 있던 로렌 황자가 얼마 전 정식으로 황태자의 지위에 봉해지면서부터는 평화스러웠던 가이칸 제국에 조금씩 전란을 예고하는 소문들이 돌기 시작하고 있었다.

　가이칸 제국의 북동쪽에 위치하고 있는 자유 도시 레카는 기본적으로는 가이칸 제국령에 속해 있기는 하지만, 미메이라와 호로스, 그리고 세비 통산 연합국의 국경 근처에 위치하고 있기 때문에 그다지 가이칸 제국의 색채를 강하게 가지고 있는 도시는 아니다. 하지만 레카는 그 지리적 위치 때문에 그 어느 중소 도시보다도 정치적인 소문에 민감할 수밖에 없다.

　레카로 들어가고 있는 사람들은 가지각색이다. 자유 도시라는 이름 때문인지는 모르겠지만 커다란 짐수레에 짐을 가득 실어서 운반하고 있는 상인들과 그 상인들의 경호원 역을 하고 있는 고용 용병들이 있고, 남루한 옷을 차려입은 여행들이 있는가 하면 그 반대로 화려한 마차에 몸을 싣고 관광이라도 하러 온 듯한 귀족들도 간간이 눈에 띄었다.
　그런 사람들 중에서도 단연 눈길을 끌고 있는 사람들이 있었는데, 주위의 시선에는 아랑곳하지 않고 소리를 바락바락 지르고 있는 화려한 차림의 미소녀와 그의 일행이 바로 그 주인공이었다.
　주위에 걷고 있는 사람들이 대부분 검은색이나 갈색 등 어두운 머리 색을 가지고 있는 반면, 그 미소녀와 그녀와 함께 길을 걷고 있는 두 명의 남자는 강한 햇빛을 그대로 반사시키며 화려하게 반짝이는 은백색의 머리카락을 가지고 있었다.
　그녀는 눈이 부실 것 같은 미모를 가지고 있었기에 더 더욱 사람들의 눈길을 모으고 있었다.
　좀처럼 볼 수 없는 아름다운 외모를 가진 소녀가 사실은 신국의 하나인 미메이라의 계승자이며 그녀를 수행하고 있는 두 사람이 미메이라의 신관과 로열 나이트라는 것을 알게 된다면 아마도 더 더욱 시선을 모았을지도 모른다.

하지만 그 사실을 아는지 모르는지, 아니면 그런 소문이 돌든 말든 상관이 없어서인지 레카로 들어가는 커다란 대로에 접어들고 있는 세 사람은 앞서거니 뒤서거니 하면서 걸어가고 있었다.

"빨리 바꿔줘."

"안 돼."

"바꿔달란 말야!! 약속했잖아!!"

"안 돼."

"왜?!!"

"안 된다면 안 되는 줄 알아."

"약속 지키란 말이야!!!"

시안은 주먹을 불끈 쥐고 로운에게 달려들었다. 로운이 그것을 가볍게 피하자 시안은 주먹을 쥔 채로 중심을 잃고 앞으로 꼬꾸라졌다.

그 순간 기엘이 달려들어 앞으로 쓰러지려는 시안을 부축했다.

"조심하십시오, 시안님."

"놔!!!"

시안은 자존심이 상했다.

이전의 자신이라면 이 정도의 공격이 빗나갔다고 해서 그렇게 쉽게 중심을 잃고 비틀거리지는 않았다. 완력에 자신이 있는 것은 아니었지만 그래도 평균 정도는 되는 운동 신경을 가지고 있던 시안으로서는 자신의 지금 상태가 너무나 맘에 들지 않았다.

분명 몸이 완전히 바뀐 것이 아니라 그냥 겉모양이 바뀐 것뿐이라는 소리를 몇 번이나 들었지만 이상하게도 바뀐 몸은 시안의 의지대로 움직여 주지 않았다.

"기엘!!"

"예, 시안님."

"기엘이 바꿔줘요!"

가이칸 제국으로 접어든 지 이제 이틀째. 시안은 국경을 건너와서 조금 정신을 차리기 시작한 순간부터 '바꿔줘'라는 단어를 벌써 수십 번이나 한 차였다.

화려하고 묵직한 장식들은 그의 소원대로 사라진 지 오래지만 그것만으로 시안의 성에 찰 리가 없었다.

시안이 원하는 것은 원래 자신의 몸으로 돌아가는 것.

미메이라만 벗어나면 경하의 몸으로 돌려주겠다고 했었기에 믿고 따라 나왔건만 그 당사자인 로운은 아무리 이야기를 해도 콧방귀를 뀔 뿐 절대 시안을 경하로 되돌려놓지 않았다.

"저는 불가능합니다, 시안님."

"어째서?!"

기엘은 안타까운 표정을 하며 시안을 바라보았다.

"기본적으로 바람의 술이라는 것은 시술자에게 속하는 것입니다. 처음에 변환술을 건 것이 로운이니 로운밖에는 원상태로 되돌려 놓을 사람이 없지요."

"하지만 저 녀석은 그렇게 못하겠다고 하잖아!! 미메이라에서 나왔는데 왜 안 된다는 거야!!"

바락바락 악을 쓰는 시안.

로운은 시안이 악을 쓰든 말든 들은 척도 안 하고 저 멀리 앞장서서 걸어가는 중이다.

"너무 그렇게 조급하게 생각하지 마세요, 시안님. 일단은 호로스에 먼저 들러야 하는데 만일 지금 변환술을 풀게 되면 다시 호로스에 들어가서 또 변환술로 몸을 바꾸셔야 하지 않습니까? 나름대로 그것도 번거롭지 않을까 생각됩니다."

그 말을 듣는 순간 시안의 안색이 창백하게 변했다. 다름이 아니라 이전에 처음 로운의 변환술에 의해 몸이 변했을 때가 떠올랐기 때문이다.

역시 한번 몸으로 체험한 고통은 좀처럼 잊혀지지 않는 모양이다.

"하지만 싫은 건 싫은 거야!!"

시안은 머리끝까지 화가 치밀어 오른 탓에 열심히 자신을 위로하면서 말대꾸를 해주고 있던 기엘에게 신경질을 부렸다.

아무래도 몸이 여자다 보니까 반응도 조금쯤은 여성틱해진 게 아닐까 의심스러울 정도로 말이다.

"조잘조잘 시끄럽게 떠들지 마. 원래대로라면 벌써 레카에 들어가 있어야 하는데 네 녀석 때문에 늦어지고 있다구."

"너무 그러지 마, 로운."

팽팽하게, 그리고 끊임없이 벌어지고 있는 로운과 시안의 저차원적인 신경전 사이에서 기엘은 난처해하고 있었다. 일단 미메이라를 벗어나면 그렇게나 빨리 여행을 가고 싶어했던 시안이 조금쯤은 얌전해지지 않을까? 하고 생각하고 있었지만 그것은 완벽하게 과녁을 벗어나 저 멀리 산등성 넘어로 사라진 지 오래다.

국경을 넘은 후부터 시안은 얌전해지기는커녕 완전히 제 세상이라도 만난 듯이 마구 거칠게 굴었던 것이다.

말을 타지 않겠다고 고집을 부린 것 정도는 정말 빙산의 일각이다.

기엘은, 입을 한발이나 내밀고 투덜거리면서 걸어가고 있는 시안에게 말을 걸었다.

"일단은 레카에서 하룻밤을 묵을 예정입니다. 그리고 내일 아침 일찍 여장을 꾸려 호로스로 출발하는 상인단과 어울려서 호로스로 가게 되니까 조금만 참으시면 될 것 같습니다."

"상인단? 거기는 왜요?"

"아무래도 상인단에는 경호원들이 있기 마련입니다. 상인들에게 약간의 양해를 구하고 경호원들인 용병들에게 수고료를 조금 지불하면 안전하게 여행을 할 수 있기 때문이죠."

"아아! 알았다, 알았어. 그러고 보니 옛날에 읽었던 소설에 그런 비슷한 것이 있었던 기억이 나는군."

"소설에 말씀입니까? 재미있군요."

"아주 오래전에 읽었던 거니까 뭐."

"거기, 노닥거리지 말고 빨리빨리 따라와. 벌써 저녁때가 다 되어 가는데 언제까지 늦장을 부릴 거야?"

로운은 끌고 가던 두 마리의 말고삐를 고쳐 쥐면서 뒤를 돌아다보았다.

"더 늦으면 레카에 들어가기 힘들어."

"그건 또 왜?"

"당연한 소리를 왜 자꾸 묻는 거냐? 그럼 너라면 정체도 모르는 여행자를 아무 생각 없이 마구 통과시킬 것 같아? 귀찮으니까 앞으로는 입 좀 다물고 있어."

로운은 아주 귀찮다는 듯이 시안을 향해 말했다.

순간 시안의 머리 속에서 툭— 하고 인내심의 끈이 끊어져 버렸다.

물론 어떻게 생각하면 자신이 상당히 귀찮게 굴고 있는 것으로 보일 수도 있다고는 생각하고 있었다. 하지만 역시 모르는 것은 모르는 것이다. 그리고 그것을 묻는 것이 그렇게나 나쁜 일이라고는 절대 생각할 수 없다.

"모르니까 묻잖아! 아저씨 얼굴! 정말 이렇게 나올래?!"

"뭘?"

"왜 사사건건 트집을 잡냐구. 모르니까 모른다고 하지, 설마 내가 아저씨 얼굴을 물 먹이려고 모른다고 하겠어? 웃기지 마!"

"모르면 입이나 다물고 있어. 그럼 알아서 할 테니까."

"그걸 말이라고 해!!"

시안이 다시 불끈해서 주먹을 드는 순간, 기엘이 끼어들었다.

기엘은 시안의 손목을 한 손으로 잡고서 로운에게 정색을 하고 말했다.

"로운, 이번에는 네가 잘못한 거야. 시안님께 사과드려."

"……"

기엘은 로운이 신경을 곤두세우고 있다는 것을 어렴풋이 눈치 채고 있었다.

기엘이나 로운이나 두 사람 모두 미메이라를 떠나 여행을 해보지 못한 것은 아니지만 역시 자기 나라를 떠나서 다른 신국도 아닌 가이칸 제국에, 그것도 언제까지가 될지도 모르는 여행을 떠나온 것은 처음이다. 게다가 이것은 그냥 여기저기를 유람하러 다니는 여행도 아니다.

미메이라의 존속이 걸려 있는 중대한 목적을 가진 여행인 것이다. 신경이 곤두서지 않았다고 한다면 오히려 그쪽이 이상한 것이다.

"로운."

로운은 입을 꾹 다물고 기엘을 노려보고 있다.

사실 로운 스스로도 좀 말이 지나쳤다는 것은 알고 있다. 그리고 시안이 아무것도 모르기 때문에 단순히 궁금해하면서 질문을 하고 있다는 사실도 알고 있다. 하지만 이렇게 주위에 사람이 많은 데다가 덤으로 그냥 얌전히 서 있어도 눈길을 모으는 시안이 자꾸 이것저것 아무것도 모른다는 식으로 질문을 한다면 더 더욱 의심스러운 일행으로 보일 것이라는 것이 로운의 생각이었다.

"…미안하다."

잠시 머리 속으로 이런저런 생각을 하던 로운이 툭 사과의 말을 했다. 하지만 아무리 곱게 들어도 사과처럼 들리지 않는 로운의 말에 시안이 다시 발끈하려는 순간 기엘이 시안에게 말했다.

"조금 궁금하시더라도 되도록이면 사람들이 많이 모여 있는 장소에서는 조금 삼가해 주십시오. 궁금한 것이나 알고 싶은 것이 생기면 잘 기억해 두셨다가 나중에 저희끼리 있을 때 질문해 주세요. 그러면 로운도 잘 설명해 드릴 겁니다. 저도 마찬가지입니다."

기엘이 말하자 시안은 '그건 또 왜요?'라는 표정을 지어 보였다.

"시안님께서 여행을 하시는 목적은 다른 사람들을 관찰하고 사람들이 사는 모습을 지켜보시는 것이지 다른 사람들에게 구경거리를 제공하려는 것이 아니니까요. 이해되십니까?"

"알았어요."

왠지 서슬이 퍼레 보이는 기엘의 얼굴을 보면서 시안은 조금 쪼그라들었다. 항상 자신과 로운이 싸우면 옆에서 어쩔 줄 모르고 말리느라고 전전긍긍했던 기엘이 이번에는 정색을 하고 있는 것이다.

원래 평소에 얌전하던 사람이 화를 내면 무서운 법.

"그럼 조금 서둘도록 하지요. 로운이 말한 것처럼 더 늦으면 괜찮은 여관을 잡기 힘들 겁니다."

기엘은 말을 마치고 자신이 끌고 오던 말에 시안을 번쩍 들어 올려 태웠다. 그리고는 자신도 훌쩍 말에 뛰어올랐다.

"로운."

기엘이 하는 양을 보고 있던 로운 역시 자신이 끌고 가던 말 중 한 필에 올라 탔다.

"제가 단단하게 잡고 있으니 걱정하지 마십시오. 조금 불편하시더라도 조금 참으시구요. 멀지 않은 거리니까요."

그렇게 말하는 일행의 앞 멀리 자유 도시 레카의 성문이 보인다.

날이 저물어져 가면서 주위의 사람들도 발걸음을 서둘고 있었다.

"그럼 출발합니다."

*   *   *

"우와~ 진짜로 사람 많네."

"이렇게 사람 많은 곳에는 처음 와보시죠?"

'처음은 무슨 처음. 대학로나 명동에 비할 바가 아니지, 이 정도는.'

생각은 그렇게 했지만 시안은 일단 입 밖에 내지는 않았다. 뭐라고 말하던 간에 자신이 살던 곳의 이야기만 나오면 로운이 눈에 쌍심지를 켜고 달려들었기 때문이다.

"여하튼 미메이라보다는 많은 것 같네요."

"당연하죠. 아마도 미메이라 전 신민들을 합친 숫자만큼은 못 되도 거의 버금가는 사람들이 지금 이 레카에서 북적이고 있는 것이니까요."

"헤에……."

시안은 커다란 뿔이 달린 소 두 마리가 끌고 가는 커다란 짐마차를 보면서 신기해했다.

그 짐마차가 그냥 평범한 짐마차라면 쳐다보지 않았겠지만 그 짐마차에는 난생 처음 보는 새들이 들어 있는 새장이 가득 쌓여 있었기 때문이었다.

"조금 더 가시면 레카의 중심지로 가시게 됩니다. 일단 그 근처에 여관들이 많이 있다고 하니까 힘드시더라도 조금 더 참아주세요."

"아아, 안 힘들어."

언제나 사람들이 북적이는 자유 도시 레카.

그 북적이는 가운데서도 언제나 쉴 새 없이 사람들이 드나드는 곳은 역시 술을 파는 가게일 것이다. 물론 술집이라고 해서 정말로 술 하나만을 파는 곳은 드물다.

특히 이 레카의 술집들은 대부분이 여관을 겸하고 있기 때문에 식당이자 술집이자 또한 여관인 곳이 대부분이었다. 자유 도시이기 때문에 다른 영주지와는 달리 약간의 세금만이 부과된다. 그렇기에 무역이 성행하는 탓에 레카에서 서성이고 있는 사람들의 대부분이 이곳에 살고 있는 시민들이 아닌 상인들과 용병들과 여행자인 것이다. 숙박업이 번성할 수밖에 없는 이유가 바로 그것이다.

"여기도 방이 없다고 하면 어쩌죠?"

"글쎄요, 되도록 남아 있기를 바랄 뿐이지요."

비록 서두르기는 했지만 로운의 예상처럼 뒤늦게 레카의 성문을 통과한 일행은 현재 여기저기 오늘 하룻밤을 쉴 수 있는 여관을 찾기 위해서 시가지를 방황하고 있는 중이다.

조금 전에 사람들이 정말 발도 디딜 틈도 없이 들어서 있는 시장을 직통해 온 시안은 거의 넌더리를 내고 있었다.

"정말 사람들 하나는 죽여주게 많네. 명동 저리 가라야, 젠장!"

"괜찮으십니까? 아무래도 어서 쉴 곳을 찾아야 할 것 같은데, 로운?"

"적당한 여관을 찾다가는 잠도 못 잘 것 같군. 이거 어째야 할지……."

"그래도 찾으면 하나쯤은 있지 않을까, 로운?"

"어디든 좋으니까 빨리 좀 들어가자구. 이대로 한 걸음만 더 걸으면 완전히 기절해 버릴 거야. 으윽."

로운은 새파랗게 안색이 변해가는 시안을 한번 힐끗 쳐다보았다.

확실히 로운의 눈으로 봐도 시안이 지쳐 있는 것이 보였다. 계속 걸어와서 피곤한 데다가 아주 잠깐이었지만 말을 탄 후유증까지 겹쳐 있는 상태.

"저 녀석만 괜찮다면 뭐 아무 데라도 들어갈 수 있겠지만 아무래도……."

"내가 뭘!! 어디든 누워서 발 뻗고 잘 수만 있다면 나는 어디든 상관없어."

부득부득 우겨대는 시안을 보면서 기엘도 조금 난처한 표정으로 로운을 바라보았다. 사실 지금까지도 로운과 기엘 두 사람만이라면 아무 생각 없이 들어갈 수 있는 숙소는 많았다. 하지만 시안을 생각하면 경우가 다를 수밖에 없는 것이다.

두 사람이 어떻게 할까 고민하는 사이 시안은 고개를 들고 여기저기를 휘휘 둘러보았다.

한참을 그러고 있는 시안은 구석진 곳에 서 있던 한 남자와 눈이 마주쳤다. 그 남자는 터번 같은 것으로 머리를 꽁꽁 감싸고 있었는데 시안과 마주친 그 눈동자는 멀리서도 한눈에 알아볼 수 있을 만큼 짙은 푸른색으로 반짝이고 있었다.

그 남자가 자신을 향해서 갑자기 씨익 웃어 보이자 시안도 얼결에 씨익 하고 웃음을 되돌려 주었다.

'우웃, 젠장! 얼결에 웃어버렸잖아!!'

시안은 황급하게 고개를 돌렸다.

"으악!!"

"조심해, 아가씨!! 죽고 싶어?"

고개를 돌리는 순간 눈앞으로 큰 짐을 든 남자가 스쳐 지나가면서 소리를 질렀다.

"이런! 위험하잖나. 이런 아름다운 아가씨한테 그게 무슨 말버릇이야?"

뒷걸음치던 시안의 등에 딱딱한 그 무엇인가가 터억 하고 부딪혔다.

머리 위 하고도 한참 위에서 느끼한 목소리가 들려왔다.

짐을 들고 가던 남자는 느끼한 목소리를 내는 남자 쪽을 돌아보고 무슨 말인가 하려다가 말고 움찔하더니 주춤거리면서 달려가 버렸다.

"괜찮으신가요, 아름다운 아가씨?"

순간 두두둑— 하고 닭살이 돋아 올랐다.

어깨를 커다란 손이 감싸고 있었다.

"아, 그… 괜찮으니까 이 손 좀 놓아주시겠습니까?"

"오~ 실례, 실례, 아름다운 아가씨."

시안은 조금 전 돋아 올랐던 소름이 전혀 꺼지지 않고 다시 맹렬하게 솟아오르는 것을 느낄 수 있었다.

'젠장! 이 느끼한 인간은 뭐냐, 도대체.'

그는 시안의 어깨를 놓고 한 발자국 뒤로 물러났다.

시안이 몸을 돌려 확인한 남자는 조금 전 자신과 눈이 정면으로 마주쳤던 남자였다.

"조심하셔야지요. 레카에는 위험한 남자들이 많이 있답니다."

그렇게 말하면서 남자는 느끼하기 그지없는 웃음을 지어 보였다.

"어디 찾는 곳이라도 있으신지? 아니면 그냥 시간을 때우러 나오신 겁니까? 괜찮으시다면 제가 좋은 곳을 안내하지요. 레카의 밤거리는 아주 훌륭하답니다."

시안이 뭐라고 대답을 하기도 전에 그는 떠벌떠벌 지껄여 대었다.

"이건 정말 아름다운 은발이군요."

단단한 보호구로 감싸진 손이 스윽 다가와 시안의 머리카락을 집어 올렸다.

순간 건강한 네 개의 팔이 머리 뒤에서 쑤욱 내밀어져 시안의 몸을 거세게 당겼다.

"무슨 일이십니까? 저희 아가씨에게 볼일이라도?"

기엘과 로운이었다.

"괜찮으십니까, 시안님?"

"오오~ 아름다운 이름이군요."

건장한 체구의 로운이 시안의 앞을 가로막고 시안에게 수작을 걸던 남자를 노려보았다.

'이거 뭔가 기분이 되게 묘하구만. 무슨 암행 공주라도 된 기분이야. 아, 맞다! 나 암행 공주였지.'

시안은 스스로 말도 안 된다고 생각하면서도 눈앞에 벌어지는 광경을 즐기고 있었다.

자신이 상당히 예쁜 미소녀의 모양새를 하고 있다는 사실을 확인하는 순간이었다. 거기다가 더해서 멋진(?) 기사들이 보디가드를 해주고 있다는 사실 역시.

"이제 보니 굉장한 나이트를 거느린 아가씨셨군요. 실례했습니다."

로운이 살벌한 눈빛으로 바라보아도 앞에 있는 남자는 전혀 주눅들지 않고 오히려 유들유들한 웃음을 웃어 보이면서 허리에 손을 대고 인사를 해 보였다.

남자가 사라지자 당연한 결과겠지만 로운이 그 살벌한 눈빛을 시안에게로 돌려 소리를 질렀다.

"도대체 정신이 있는 거야 없는 거야! 저따위 놈한테 걸려서!!"

"한눈을 파시면 안 됩니다, 시안님."

"눈 똑바로 뜨고 따라다녀야 할 것 아니야!!"

"항상 주위를 살피시면서 경계를 하십시오. 이곳에는 위험한 사람들이 많습니다."

기엘과 로운은 마치 기다렸다는 듯이 번갈아 시안에게 잔소리를 해대기 시작했다.

그 잔소리를 잠시 들어주던 시안은 속에서 부글부글 성질이 끓어오르기 시작하는 것을 느꼈다.

'이 잔소리꾼들이 정말…….'

원래부터 막내라서 잔소리를 잔뜩 듣고 자라기는 했지만, 반대로 막내기 때문에 잔소리 듣는 것이 질색이기도 했다.

거기다가 또 하나. 앞에 있는 인간들은 하극상이 절대 통하지 않는 누나들이나 형도 아니다.

"잠깐!!"

시안이 버럭 소리를 지르자 두 남자는 시안이 무슨 말을 하려나 싶어서 입을 다물었다.

"아까부터 나만 혼내고 있는데 말이야. 사실 당신들 하는 일이 뭔데!! 저런 개기름 줄줄 흐르는 인간들 내지는 위험한 인간들에게서 날 보호하는 게 당신들 일 아냐?! 어디서 임무 태만을 해놓고 되려 화를 내, 화를!! 일은 똑바로 해야 할 것 아냐!!"

고래고래 소리를 지르면서 화를 내자 이번에는 기엘과 로운 두 사람이 벙해졌다.

"왜? 내 말이 틀렸어?"

"……."

"……."

"당신들이 딴짓 안 하고 내 옆에 잘 붙어 있었으면 저런 개 같은 인간이 들러붙지도 않았을 거 아냐!! 일이나 똑바로 해!! 맨날 나한테 잔소리만 하지 말고!!"

시안은 오른손을 들어 가운데 손가락을 세워 두 남자에게 들어보이고는 팩 하고 몸을 돌렸다.

몸을 돌리자마자 저 멀리에 '꽃사슴집' 이라고 쓰여진 간판이 눈에 들어왔다.

틀림없이 여관으로 보이는 간판이었다.

시안은 두 주먹을 불끈 쥐고는 속으로 중얼거렸다.

'젠장! 화딱지 나 죽겠네.'

척척척, 뒤도 안 돌아보고 앞장서서 걸어가는 시안을 기엘과 로운 두 사람은 한 방 얻어맞았다는 표정을 하고 바라보았다.

조금 전, '눈을 똑바로 뜨고 일이나 똑바로 해!!' 라고 시안이 소리친 것은 정말이지 두 사람의 폐부를 찌르는 말이었다.

실제 시안이 애꿎은 난봉꾼한테 걸린 것은 두 사람이 알맞은 숙소를 찾는답시고 시안에게는 채 신경을 쓰지 않고 있을 때 벌어진 사건이었다.

뭔가 머쓱해진 기분에 로운은 기엘에게 말했다.

"한 방 얻어맞았군."

"그러게나 말이야. 아무 생각 없는 분인 줄 알았는데 말이야."

"아무 생각 없는 것은 맞아. 아, 집으로 돌아갈 궁리는 하고 있기는 있지만."

기엘은 한숨을 푸욱 내쉬었다.

하지만 그의 마음속 어디에선가는 지금까지 조금은 장난스럽게, 아니, 조금쯤은 가볍게 시안을 대하고 있었다는 생각이 들기 시작했다.

'그래, 일단은 내게 주어진 일을 똑바로 해야겠지.'

"그건 그렇고, 시안님 원하시는 대로 원래의 모습으로 잠깐만이라도 돌려놓으면 어떨까?"

"그건 왜?"

"뭐, 특별히 그런 것은 아니지만 저 모습대로라면 역시 위험이 더 많겠다 싶어서."

그러면서 기엘은 긴 머리를 휘날리며 걸어가는 시안의 뒷모습을 손가락으로 가리켰다.

"아무리 봐도 무방비 상태라구. 거기다가 금상첨화로 외모까지 지나치게 화려해. 보라구. 지나가던 남자들이 전부 한 번씩은 돌아보잖아."

그 말은 군더더기 하나 없는 사실이었다. 실제 시안이 화려한 백금발을 휘날리며 걸어가고 있는 모습은 어두워지고 있는 레카의 거리에서 단연 눈에 띄었다.

"아아, 이러고 있을 게 아니라 얼른 시안님을 따라가자구. 또 한 발 늦었다가는 같은 소리를 듣게 될 거야."

기엘은 손에 쥐고 있는 말고삐를 당겨 잡았다.

길고 긴 하루가 끝나려 하고 있었다.

시끌벅적한 '꽃사슴집'의 1층 식당에서는 지금 진풍경이 벌어지고 있는 중이다.

처음에 반짝이는 은백색의 머리카락을 하늘거리며 아름답게 생긴 소녀가 뛰어 들어왔을 때, 이미 이 이름도 휘양찬란(?)한 꽃사슴집에서는 한바탕의 난리가 치루어졌다.

하지만 지금은 아까와는 또 다른 의미에서 식당 안에서 일하는 사람들과 여기저기 흩어져 자리에 앉아 있는 모든 사람들이 세 사람이 둘러서 저녁을 먹고 있는 테이블만 뚫어져라 쳐다보고 있었다.

"이거, 스튜라고 했지?"

"예, 시안님."

"여기~ 아줌마, 스튜 한 그릇 더!!"

"네, 곧 갑니다~"

"으흐, 역시 이 맛이군. 크흐, 좋~ 다."

시안은 커다란 그릇에 가득 담겨 있던 매운 맛의 스튜를 열심히 먹어치우고 바닥에 남아 있던 마지막 국물을 떠서 입 안으로 넣는 중이었다.

온통 달디단 맛으로 점철되어 있던 미메이라의 궁정 음식과는 달리 이곳의 음식은 약간의 단기가 남아 있기는 하지만 그럭저럭 시안의 입맛에 맞을 정도로 간이 잘 맞아 있었다.

게다가 빵이나 야채 같은 것이 주 요리였던 미메이라와는 달리 이곳은 딱 잘라 말해서 돼지고기 통구이, 송아지 통구이, 오리 통구이 등등 듣기만 해도 군침이 돌 것만 같은 음식들이 대부분이었다.

현재까지 시안이 먹어치운 음식은 로운과 기엘이 먹은 것의 1.5배쯤.

가느다란 시안의 팔 옆에는 지금까지 시안이 먹어치운 음식의 빈 그릇과 굵직굵직한 뼈다귀가 잔뜩 쌓아 올려져 있었다.

"저, 여기 스튜 한 그릇 더 시키신 분?"

"저요!! 저요, 아줌마."

달칵하고 식탁에 놓여진 먹음직스러운 붉은색의 돼지고기 스튜.

"으흐~ 맛있다. 역시 이 맛이야."

마치 3일이라도 굶은 사람처럼 아구아구 먹어대는 시안을 보면서 기엘과 로운은 차마 말리지도 못한 채, 그냥 시안이 벌컥벌컥 맥주를 들이키면서 앞에 놓인 음식들을 처치하는 것을 바라만 보고 있었다.

"저기, 기엘, 나 모듬 훈제 고기 한 접시 더 먹으면 안 돼요?"

"그러고도 더 먹겠다구?"

"말리지 마. 개도 먹을 때는 안 건드리는 법이야. 응? 기~ 엘."

시안은 지금 자신이 애교를 떨고 있다는 것을 아는지 모르는지 기엘을 향해서 예쁘게 미소를 지어 보였다.

순간 기엘뿐만이 아니라 식당 안에서 맴돌고 있던 소음들이 순식간에 뚝— 하고 끊어졌다.

시안이 뿜어내는 그 엄청난 귀여움과 애교와 기타 등등에 모두 얼어붙어 버린 것이다.

"응? 응? 기에～ 엘."

"……."

로운은 할 말을 잃은 기엘을 대신해서 손을 들어 사람을 불렀다.

"여기."

"네?"

"훈제 고기 모듬 한 접시 더 부탁드립니다."

"우왓! 아저씨 얼굴 맘에 들었어!!"

시안은 의기양양한 웃음을 터뜨리면서 다시 스튜 그릇에 얼굴을 박았다.

'일단은 먹이고 봐야겠지. 잔뜩 먹으면 입이라도 다물고 있을 테니.'

로운은 아득해지는 머리를 감싸면서 속으로 그렇게 생각했다.

"괜찮으십니까? 그렇게 드시고도?"

"뭐 어때? 내가 원래 있었던 곳에서는 친구들하고 둘러앉아서 뒷산에서 돼지고기 삼겹살을 3명이서 10근은 거뜬하게 먹어치웠다구. 아, 여기서는 한 근이 얼마나 되는지 모르겠네. 삼겹살을 먹는지 안 먹는지도 모르겠고."

"그런가요?"

"뭐, 먹을 수 있을 때 먹어두는 것은 나쁘지 않으니까. 하지만 적당히 먹어둬. 괜스레 탈이라도 나면 고생하는 거는 너니까."

"걱정하지 마. 내 위는 튼튼한 데다가 정확해서 더 먹을 수 없는 상태가 되면 땡! 하고 신호가 오거든."

남이 뭐라고 하든 말든 시안은 열심히 먹고 있었다.

"내일 아침에는 일찍 일어나서 출발해야 할 테니까, 식사를 마치면 곧장 위로 올라가서 쉬어."

"알아. 아까 기엘한테 들었으니까. 잔소리 좀 하지 말라고. 무슨 남자가 그렇게 꼬치꼬치 잔소리가 많… 어?"

시안은 즐겁게 스튜를 퍼먹다 말고 우뚝 움직이던 수저를 멈추었다.

"왜 그러십니까, 시안님?"

두 사람과 마주 앉아 있는 시안의 눈에 장신의 남자 하나가 자신을 쳐다보고 있는 모습이 들어왔다. 시안이 꼼짝도 하지 않자 기엘과 로운도 천천히 뒤를 돌아다보았다.

그들의 뒤에는 기사로 보이는 남자 한 명과 군인처럼 보이는 몇 사람이 주루룩 서 있었다.

"이 사람들인가?"

"예, 그렇습니다. 오늘 오후에 성문을 통과했습니다."

"흐음……."

로운은 그들의 기운이 심상치 않음을 느끼고 자리에서 일어섰다.

"무슨 일이십니까?"

그렇지 않아도 시안 일행에게 시선을 모으고 있던 사람들은 갑작스럽게 레카의 수비대장과 그 대원들이 꽃사슴집으로 들어와 시안 일행에 다가가는 것을 보고 숨을 죽였다.

잠시 시안 일행들을 아래위로 훑어보던 남자는 대뜸 로운에게 물었다.

"당신들 모두 엘러(ELLER)인가?"

기사의 말에 갑작스럽게 식당 안이 술렁거렸다.

기엘이 일어서려고 하자 로운이 팔을 내밀어 그를 저지했다. 그리고 똑바로 눈을 뜨고 상대방을 쳐다보았다.

"질문을 하시기 전에 당신이 누구신지부터 밝혀주시는 것이 예의가 아닐까 생각합니다만?"

로운의 딱딱한 대답에 그 기사는 흥, 하는 콧방귀를 끼더니 팔장을 끼고 건들거리며 대답했다.

"레카의 수비대 백인대장 쟝 로스다. 그리고 이쪽은 내 부하들."

"무슨 일이신지요? 저희는 단순한 여행자입니다만."

"머리 색을 보아하니 미메이라 출신인 것 같은데 말이야."

팽팽하게 대치하고 있는 두 사람을 보면서 시안은 일단 목구멍을 넘어가던 국물을 꿀꺽 삼키고는 소곤거리며 기엘에게 물었다.

"기엘, 왜 저러는 거죠?"

"글쎄요. 저도 이유를 잘 모르겠습니다."

"자유 도시라고 하면서 수비대 같은 것도 있는 건가?"

"일단은 자유 도시라고 해도 이곳은 가이칸 제국령이니까요."

로스는 소곤거리고 있는 두 사람을 힐끔 쳐다보더니 그대로 말을 이었다.

"단순한 여행자라…… 뭐 그렇다고 해두지. 하지만 세 사람 다 일단은 짐을 꾸려서 나를 따라오도록."

"무슨 이유에서 저희들을 오라 가라 하시는 것인지 이해할 수 없군요."

"이유는 다른 곳에 가서 들으면 되는 법. 라콘, 메이, 세 사람을 연행하도록."

그리고 로스는 그대로 몸을 돌리려고 했다.

"잠깐! 여기는 자유 도시 아닙니까? 이유도 없이 여행자들을 연행하려고 하다니, 이런 불합리한 일에는 절대……."

"아아, 좋아, 좋아."

로운이 정색을 하고 말을 하자 뒤돌아 서려던 남자가 걸음을 멈추었다.

"그럼 이렇게 하지. 일단 자네."

그는 손가락으로 로운을 가리켜 보였다.

"다시 한 번 묻지. 자네는 엘러인가?"

"엘러라는 단어가 내가 아는 대로라면 그렇소."

"좋아. 그럼 일단 자네만 따라오도록. 기왕이면 당신 일행들을 모두 데려가야 하겠지만 일단은 자네로 족하니까."

"로운!"

"좋습니다. 일단은 이유를 알아야 할 테니 당신을 따라가겠습니다. 대신 제 일행에게는 아무 위해가 없을 것을 보장해 주셔야겠습니다."

"그 정도는 기본이지. 단, 이쪽이 이곳에서 한 발자국이라도 움직이면 당신 목숨은 보장할 수 없어."

"로운, 잠깐……."

기엘은 로운을 불러서 낮은 목소리로 말했다.

"도대체 왜 그러는 것인지 이해할 수 있겠어?"

"글쎄, 이전에 이곳에 한번 왔을 때는 아무 일 없었는데… 나도 영문을 모르겠어. 뭐 좀 강제적이긴 하지만 크게 문제는 없지 않을까 싶어. 너는 저 녀석하고 다른 곳에 가지 말고 조심하고 있고. 나는 되도록이면 빨리 돌아올 테니까."

로운의 말에 기엘은 살짝 로스의 얼굴을 살피면서 말했다.

"대뜸 엘러냐고 묻는 것이 제일 수상해. 혹시 모르니까……."

"물론. 숨기는 것은 신관들이 제일 먼저 배우는 것이니까 걱정하지 마."

"그래, 그럼 조심하고."

"알았어."

로운은 말을 마치고 나서 의자에 걸쳐 놓았던 자신의 장검을 집어 들었다. 그가 검을 집어 드는 것을 보자 로스가 피식거리면서 말했다.

"이봐, 시장 관사에서는 개인 무기 소지는 금지라구."

철컹—

"그 정도는 알고 있습니다. 전 단지 친구에게 맡기려는 것뿐이니까 긴장하지 않으셔도 됩니다."

로운은 집어 들었던 검을 기엘에게 맡기면서 다시 한 번 소리 죽여 말했다.

"무슨 일이 생기면 즉시 이곳을 떠나. 아무래도 뭔가 이상해."

"기다리지."

기엘의 말에 로운은 한쪽 눈썹을 치켜 올렸다가 이내 싱긋 웃어 보였다.

"그럼 다녀오지, 꼬마."

"어? 밥은?"

"네 녀석이 다 먹어도 좋아."

"오옷!! 웬일이야."

와아— 하면서 자신이 남긴 그릇으로 뛰어드는 시안을 보면서 로운은 뭐라 할 수 없는 한숨을 내쉬고는 그대로 로스의 뒤를 따랐다. 로스와 로운이 사라지자 잠시 긴장감이 감돌았던 식당 안은 곧 다시 원래의 분위기로 돌아왔다.

그때까지도 묵묵하게 로운이 남긴 음식을 해치우던 시안은 뭔가 생각에 잠겨 있는 듯한 기엘에게 물었다.

"기엘, 엘러가 뭐예요? 로운보고 그렇게 묻던데?"

"……"

"기엘?"

"…예? 아, 죄, 죄송합니다. 뭐라고 하셨는지."

"엘러가 뭐냐니까요."

시안은 수저를 입에 물고 기엘의 대답을 기다렸다. 기엘은 그런 시안을 보고 잠시 미소를 지어 보인 다음 로운이 건네준 검을 들고 자리에서 일어섰다.

"일단은 위로 올라가도록 하죠, 시안님. 올라가서 설명드리겠습니다."

"아아, 알았어요, 알았어."

시안도 입에 물었던 수저를 아쉽다는 듯이 내려놓았다.

"모든 것은 나중에 물어라… 라는 건가? 여하튼 까다롭다니까."

*   *   *

"어디 출신인가?"

"보시는 대롭니다."

로운은 대뜸 반말 지껄이로 나오는 남자를 쳐다보면서 불쾌한 심정을 숨기지도 않은 채 대답했다.

"아니, 아니. 그렇게 경계하지 않아도 좋아."

'정체도 밝히지 않은 채 사람을 오라 가라 하는 인간을 어떻게 경계하지 않을 수가 있겠어?'

아무리 다른 나라와 담을 쌓고 있는 신국이라고 해도 적어도 정보를 수집하는 데까지 박할 정도의 쇄국 정책을 강행하는 것은 아니다.

각지에 흩어져 있는 미메이라의 스파이(스파이라고 하기에는 조금 그렇지만)들이 수집한 정보들은 언제나 일정하게 궁으로 정리되어 보고된다.

특히 수장이 교체되는 시기가 되면 궁내 정보부는 더 더욱 활발하게 움직인다. 적어도 수장 계승자가 여행을 해야 하는 곳에 대한 정보만큼은 할 수 있는 한 자세하게 수집되어 정리되는 법.

로운은 지금 머리 속에서 얼마 전에 검토해 두었던 자유 도시 레카에 대한 서류를 떠올리고 있었다.

위험하지는 않지만 그렇다고 안전하지도 않은 곳이 바로 자유 도시 레카다.

현재 자신의 앞에서 삐딱한 태도로 알짱거리고 있는 남자가 보고서에 있는 자유 도시의 시장이 아니라는 것쯤은 금방 기억해 낼 수 있었다.

원래 레카의 시장은 올해 나이 70이 넘는 초로의 남자.

하지만 앞에 있는 남자는 이제 40이 되었을까 말까 한 남자다.

"미메이라인들은 상당히 드문데… 재미있는 일이군."

"특별한 일이 없다면 이만 일행에게 돌아가고 싶습니다만."

"아니, 나는 좀 더 댁과 대화를 나누고 싶은데. 어떤가, 저녁 식사라도 같이 하는 것은?"

"누군지도 모르는 사람과 식사까지 하고 있을 정도로 여유가 있는 것은 아닙니다."

로운은 신경질적으로 대답했다.

그런 로운의 반응에 남자는 작게 혀를 차더니 태도를 약간 바꾸었다.

"이런, 실례를 했군요. 저는 메로스라고 합니다. 일단 지금 말씀드릴 수 있는 것은 그 정도군요. 다른 것은 차차 말씀을 드리기로 하지요. 거기 밖에 누가 있나."

메로스는 사람을 불러서 저녁 식사를 하겠다는 명령을 내리고는 다시 로운을 쳐다보았다.

겉으로는 평온한 얼굴을 하고 있지만 상당히 기분 나쁜 듯한 분위기를 풍기고 있는 로운을 보면서 그는 속으로 음흉하게 미소를 지었다.

앞에 있는 남자는 완전히 '나는 미메이라인입니다' 하는 외모를 지니고 있다.

생각보다 억양이 그리 특이하지는 않다고 생각하면서 그는 어떻게 하면 이 앞에 있는 남자에게서 이런저런 정보를 캐낼까 고심했다.

메로스는 나름대로 자신이 부임지를 잘 선택했다는 생각을 하고 있었다.

처음 명령이 떨어졌을 때는 상당히 당황했었다. 수도에서 근무를 하다가 수도를 떠나게 된다는 것은 글자 그대로 좌천이라고 할 수밖에 없는 일.

하지만 그가 받은 임무는 비록 모양새는 좌천일지는 몰라도 기밀

중의 기밀에 속했기 때문에 기꺼이 명령에 따랐던 그였다.

그가 받은 임무는 제국 곳곳에 흩어져 있는 엘러를 찾는 일이다.

그는 수도를 떠나오기 전에 만났던 그 남자에 대한 기억을 떠올렸다.

"흥미로운 것이 생겼네."

가만히 서 있기만 해도 지배자라는 풍미가 풍겨 나오는 인물.

그는 얼마 전에 정통 계승자였던 일황자를 젖히고 황태자로 봉해진 로렌 황자였다.

로렌 황자는 자신을 따르는 몇몇 젊은 기사들을 모아놓고 이런저런 이야기를 나누다가 말고 불쑥 이야기를 꺼냈다.

"전하께서는 여러 가지에 흥미를 가지고 계시니 저희로서는 어떤 것을 지칭하시는 것인지……."

앉아 있던 남자들 중 하나가 조심스럽게 말을 꺼냈다.

로렌 황자는 호전적인 인물이었다. 아니, 그것보다는 재미있는 인물이라고 하는 쪽이 더 맞는 표현일지도 모른다.

그는 황태자로 봉해지기 전부터 주위의 세력들을 포섭해 왔다.

황제 라이너드 7세의 평화 주의에 질려 있던 몇몇 신흥 귀족들은 자진해서 로렌 황자의 휘하로 들어섰고, 로렌 황자는 그들을 적극적으로 수용했다.

그리고 결과는 삼황자였던 로렌 황자가 위의 정통 계승자를 제치고 황태자로 봉해지는 것으로 나타났다.

위의 황자들과는 나이 차이가 좀 많이 나는 로렌 황자는 그 젊음과 패기로 궁정 기사단의 전격적인 지지를 받고 있었고, 실제 지금

사석에 모여 앉아 있는 남자들은 대부분 궁정 기사단 소속의 젊은 기사들이었다.

"뭐 궁에도 몇 명 있기는 하지만, 엘러… 라고 들어봤나?"

"신국인들을 말씀하시는 겁니까?"

"꼭 신국인들이라고 하기는 그렇지만 일단 신국인들은 모두 타고난 엘러라고 하니 틀린 말은 아니겠지."

"그런데 어찌하여 전하께서는 엘러에게 관심을 가지시는지요. 제국에는 엘러들보다 뛰어난 마법사들이 얼마든지 있지 않습니까?"

"물론 마법사들은 많지. 하지만 내가 생각하기에는 엘러보다는 훨씬 수가 적다고. 생각해 보게. 잘 알려지지는 않았지만 제국 내에도 엘러로서의 자질을 타고난 사람들이 심심치 않게 발견된다고 하더군. 하물며 태어나는 모든 사람들이 엘러인 신국을 생각해 보게. 앞뒤 재지 않아도 4신국의 전력이 우리 생각보다 훨씬 뛰어날 수도 있다는 이야기야."

"그렇다면 전하께서는……."

로렌 황태자는 눈을 빛내며 생각에 잠겼다.

우연히 알게 된 엘러라는 존재는 그의 호기심을 충분히 자극하고도 남았다. 궁에 소속되어 있는 엘러들을 비밀리에 만나본 그는 엘러라는 존재가 그가 꼭 필요로 하고 있는 능력을 가지고 있다고 결론 지은 지 오래였다.

"그래서 말인데… 나는 엘러들로 이루어진 부대가 하나 있었으면 좋겠다고 생각하네."

"예?"

"지금은 내가 황태자가 되었다고 해도 위의 두 형님들이나 아래

동생들이 가만히 있지는 않을 거야. 아버님, 아니, 폐하도 마찬가지지. 기력이 쇠해지셨다고는 해도 아직 제국의 주인은 아버님이니까."

로렌은 그동안 자신이 생각해 왔던 바를 조용한 어조로 말했다.

"밖으로 드러나지 않는 부대가 필요해. 겉으로 봐서는 그냥 조용조용해 보이고 얌전해 보일지 몰라도 한 명 한 명이 일당백의 능력을 가지고 있는 엘러들로 구성된 부대. 어때, 괜찮지 않나?"

눈을 빛내며 말하고 있는 황태자를 바라보는 눈들은 그런 황태자의 태도가 달갑지만은 않았다. 물론 그의 의도를 곡해해서가 아니다. 하지만 그들 중의 태반이 궁정 기사단 소속인만큼 또 다른 황태자 직속의 부대가 필요하다는 발언이 조금은 기분이 상할 수밖에 없는 의견이었다.

"아니, 자네들이 필요없다는 이야기가 아닐세. 기사에게는 기사에게 알맞은 지위와 능력과 임무가 있는 것처럼, 그림자 부대에는 또 그에 알맞은 능력과 임무가 부여되는 거지."

로렌 황태자는 그때까지 비스듬하게 기대어 앉아 있던 의자에서 일어났다.

"제국 어딘가에 있을 엘러들을 모아줬으면 좋겠네. 자네들에게 부탁하고 싶은 것은 바로 그거야. 제국 내를 여행하고 있는 신국인들도 상관없어. 자질만 있다면, 그리고 출세하고 싶은 신국인들이 있다면 그들도 적극 수용하고 싶네."

메로스는 확신에 찬 목소리로 말하던 로렌 황태자의 얼굴을 떠올리면서 앞에 앉아 있는 로운의 옆모습을 바라보았다.

엘러라고 하는 존재는 대단히 특이한 존재다.

원래 신국인들은 좀처럼 타국으로 여행을 떠나지도, 그렇다고 해서 타국으로 이주하지도 않는다.

그중에서도 그 정도가 가장 심한 나라가 불의 신국 호로스. 호로스는 극단적인 쇄국 정책을 펼치는 나라니 그렇다고 하지만, 미메이라는 호로스처럼 쇄국 정책을 펼치는 나라가 아님에도 불구하고 이상하리만큼 대륙에서 미메이라인을 찾아보기 힘들다.

다른 3개의 신국인들은 드물기는 하지만 때때로 제국 내 여기저기에서 어렵지 않게 찾을 수 있다. 하지만 국경을 맞대고 있으면서도 좀처럼 찾아보기 힘든 미메이라인.

그런데 그 미메이라인이 바로 지금 자신의 눈앞에 있었다. 거기에 또 하나, 눈앞에 있는 남자는 정말 한눈에 봐도 미메이라인임을 확실하게 알아볼 수 있는 외모를 하고 있었다.

자신의 눈으로 판단해도 이 남자는 정말 순수한 미메이라인일 것이라는 생각이 들었다.

'이런 기회를 놓칠 수는 없지. 며칠 전에 놓친 그놈보다도 훨씬 괜찮아.'

"식사 준비가 다 되었습니다, 메로스님."

밖에서 하녀의 목소리가 들렸다.

"자, 그럼 저와 함께 느긋하게 식사나 하실까요?"

"그러니까 엘러가 바람술사나 화염술사 같은 사람들을 총칭하는 제국어라는 뜻인가요?"

"그렇습니다, 시안님."

시안은 곰곰이 머리 속을 정리했다.

아무래도 자신의 생각보다 바람술사라는 존재가 더 가치를 지니고 있는 것이 아닐까 하는 생각이 들었다.

그렇다는 것은…….

곰곰이 생각하던 시안은 갑작스럽게 머리를 스치는 의문에 고개를 들었다.

"그런데 전부터 그 뭐더라? 아슈레이의 신화를 들었을 때부터 이상하게 생각하던 것이 있는데요."

"뭐가 또 궁금하십니까?"

"그러니까 그 제 몸에 풍옥이라는 것이 들어와 있잖아요?"

"그렇지요."

"그리고 내가 수장 계승자가 되자마자 미메이라의 바람이 다시 원래대로 불기 시작했다고 하는데 그건 내가 풍옥을 받아들여서 아슈레이 대륙에 흐르고 있는 그 바람의 신의 힘이 균형을 되찾았기 때문이라는 소리가 되죠?"

"물론입니다. 시안님이 안 계셨더라면 큰일이 났었겠죠."

시안은 빙그레 웃음을 지어 보이고 있는 기엘을 보면서 마지막 한마디를 했다.

"그럼 내 몸이 그 힘의 균형을 이루고 있는 매개체가 되어 있다는 건데, 내가 이렇게 미메이라를 떠나서 아무 데다 나돌아다녀도 되는 건가요? 그거 문제 있는 거 아니에요?"

사실이 그랬다. 시안 본인의 몸이 매개체고 자신이 존재함으로 인해서 힘의 균형이 이루어진 것이라면 자신은 궁을 떠나서는 안 되는 것이 아닌가 하는 것이 시안의 생각이었다.

"그렇지는 않습니다."

기엘은 궁금한 얼굴을 하고 있는 시안에게 시원스럽게 대답했다.

물론 시안의 몸이 힘의 균형을 위한 매개체적인 역할을 하고 있는 것은 사실이다. 하지만 그렇다고 해서 시안이, 그리고 역대 수장들이 궁에서 단 한 발자국도 못 움직였던 것은 아니다. 꼭 물리학적으로 설명할 필요도 없이 기엘은 간단하게 결론 지어 말했다.

"수장 계승자, 또는 수장은 신에게 선택된 사람들입니다. 시안님의 몸속에 들어 있는 풍옥은 미메이라의 의지 그 자체가 아니라 하나의 증표 같은 것이지요. 신의 약속이 아직도 이행되고 있다고 하는……. 간단하게 말하면 그렇습니다. 그렇기 때문에 시안님께서 이렇게 제국을 여행하실 수도 있는 것이구요."

"흐응."

나름대로는 꽤나 심각하게 생각하고 있던 것이 간단하게 설명되자 시안은 그만 김이 빠져 버렸다.

"그런데 로운은 왜 이렇게 안 오는 거지?"

"글쎄요. 저도 걱정이 되는군요."

로운이 식사를 하다 말고 그 정체 불명의 남자와 함께 사라진 것이 벌써 한참이 지났다.

식사를 할 때만 해도 어둑어둑했던 창밖은 이제 새카맣게 변해 있었다.

"특별한 문제는 없을 것이라고 생각됩니다만."

말은 그렇게 했지만 기엘은 내심으론 조금 당황하고 있었다.

과거 미메이라를 떠나 다른 곳으로 여행을 떠났을 때도 자신의 은색 머리카락을 바라보며 수군거리는 사람들이 있기는 했었다. 하지만 그렇게 대놓고 '당신들 엘러인가?'라고 묻는 사람은 없었던 것이다.

기엘의 마음속에는 일찍이 느낄 수 없었던 불안감이 맴돌기 시작했다.

그때였다.

"미안, 늦었어."

"로운!"

"앗! 아저씨 얼굴!!"

찌릿— 불 같은 로운의 눈빛이 시안에게 쏘아졌다.

"호랑이도 제 말하면 온다더니. 푸하하하핫."

"이상한 소리는 좀 하지 말라고 했지. 남은 고생하고 돌아오는데 그런 소리 지껄이지 말아."

로운은 터덜터덜 걸어와서 침대 위에 벌렁 드러누워 버렸다.

그러자 기엘이 다가가 걱정스러운 표정으로 그의 얼굴을 들여다 보았다.

"어떻게 된 거야?"

"어떻게 되고 자시고. 짐 싸. 내일 새벽이 아니라 오늘 밤에 출발 해야 할 것 같아."

"응?"

기엘은 깜짝 놀라 되물었다.

"쉿—"

로운은 대답을 하려다 말고 오른손 검지를 들어서 조용하라는 신 호를 했다.

"로운 디 로크레슈. 쉴드, 바헬."

낮은 목소리로 로운이 주문을 외우는 소리가 들려왔다.

"바헬 주문?"

"미행당하고 있거든. 일단 이렇게 해두면 소리는 못 듣겠지."

로운은 잠시 귀를 기울이더니 한숨을 쉬었다.

저 멀리에서 짜증이 밀려오는 것은 어쩔 수가 없었다.

"시장 관사라는 데 가서 저녁을 먹었는데 그게 당최 넘어가야지. 바늘방석에 앉아 있다 온 기분이야. 피곤해."

"도대체 무슨 일이야?"

기엘의 궁금하다 못해서 안달이 난 표정을 보더니 로운이 설명을 했다.

메로스라고 단순하게 이름만을 밝힌 남자는 식사하는 내내 로운에게 이런저런 것들을 돌려가며 질문했다.

처음에는 웬 바람 빠지는 질문만을 하는가 의심하던 로운은 메로스라고 하는 남자가 교묘하게 말을 돌려가면서 자신의 신분을 알아내기 위해 노력하고 있다는 것을 금세 깨닫고는 대뜸 대답을 했다. 자신은 단순하게 세상 구경을 하고 싶어하는 아가씨(?)를 모시고 여행하는 수행원일 뿐이라고 말이다. 그리고 곧 미메이라로 다시 돌아갈 것이라고 못을 박았다.

그 말을 듣는 순간 메로스의 표정이 눈에 띄지 않게 굳었다가 순식간에 풀리는 것을 보면서 로운은 몸을 사렸던 것이다.

"그것뿐?"

"일단은."

상대방이 속을 내보이지 않는 이상, 그리고 로운이 독심술이라도 가지고 있지 않은 이상은 더 이상의 정보를 캐내기는 힘들었던 것이 사실이다.

"정말 뭐라고 말하기 그렇군."

"이유는 모르겠지만 너랑 나, 그리고 저기 저 꼬마까지 더불어 이곳에 눌러앉히고 싶어하는 것 같았어."

"뭐라고?"

빙빙 돌려서 이야기를 하는 메로스에게서 로운이 건진 것이라고는 단 하나.

말을 빙빙 돌려서 하고 있지만 어쩐지 그에게서 어떤 음모의 냄새가 났던 것이다.

"내가 아가씨를 모시고 여행하고 있다고 하니까 은근슬쩍 저 녀석의 신분을 궁금해하더라고. 그것만으로도 충분히 의심스러워."

"그래서 대답했어? 아저씨 얼굴?"

"누굴 바보로 아냐? 이 꼬마, 멍청이 앉아 있지 말고 짐이나 싸."

"그래, 임마! 바보로 안다!!"

시안은 버럭 소리를 지르고 침대 위에 던져 놓았던 짐을 집어 들었다.

"젠장, 좀 쉬나 했더니 사고 치고 들어와서는 야반도주나 하자고 하고. 쳇!!"

투덜거리는 시안의 소리를 듣고 불끈하려는 로운을 기엘이 얼른 다가가서 말렸다.

무슨 사연이 있는지는 알 길이 없지만 분명한 것은 일단 자신들이 여기를 빠져나가는 것이 급선무라는 생각이 들었기 때문이다.

"내가 머뭇거리고 있으니까 대뜸 며칠 이곳에서 쉬면서 3일 후에 열리는 시장 생일 파티에 참가하라는 소리까지 하더라고."

"뭐? 그곳에 얼굴 내밀 이유는 없잖아?"

"맞아. 짐 다 쌌어?"

"쌀 것도 없어. 풀지도 않았으니까."

기엘 역시 자신의 짐을 챙겨 들고는 로운에게 그의 검을 던져 주었다.

"말을 했으면 시간을 아껴야지. 출발하자. 쉴드 풀어."

"알았어."

"잠깐!! 잠깐 기다려 보라구요. 그러니까 도대체 왜 도망을 치느냐구. 물론, 우리들한테 딴지를 건 것은 사실이지만 이대로 무작정 도망치면 더 의심을 품을 것 같은데……."

시안의 생각은 실제로 그랬다. 아직 뭐라고 특별하게 말한 것 같지도 않은데 지레짐작으로 줄행랑을 치려고 하는 두 사람이 시안의 마음에는 탐탁지 않았다.

실제로 아무리 생각해도 시안은 구류를 당할 정도로 잘못한 것이 없는 것이다.

잘못한 것이 없으면 당당하게 행동할 것, 그것이 시안의 생각이었다.

"이봐, 꼬마. 한 번만 말할 테니 잘 들어. 너는 자각을 잘 못하고 있는 것 같은데, 적어도 넌 당분간은 미메이라의 하나밖에 없는 수장 계승자다. 지금 네게 무슨 일이라도 일어나면 이 대륙 전체가 위험할 수도 있어. 조금이라도 위험이 있다고 판단되는 경우 무조건 피할 거다. 설사, 그것이 어떤 상황이 되더라도 말이야. 알아들었어?"

강렬한 로운의 눈빛에 시안은 그만 쫄아들고 말았다. 로운은 시안이 대답을 하든 말든 상관하지 않고 주문을 외웠다.

로운이 낮은 목소리로 주문 해제를 하자마자 멈추어 있던 공기의 흐름이 다시 자연스럽게 흐르기 시작했다.

"기엘."

로운이 낮은 목소리로 기엘의 이름을 부르자 기엘은 그대로 눈을 감고 신경을 집중했다.

특별하게 어떤 것을 해달라는 부탁을 받지 않아도 로운이 무엇을 말하고 있는지 뻔했기 때문이다.

기엘은 신경을 집중한 후 자신의 엘을 실낱처럼 가늘게 해서 주위로 퍼뜨렸다.

물 흐르듯 부드럽게 흘러가던 엘의 가닥 중 몇 개가 장애물에 부딪혀 그에게 돌아오는 것이 느껴졌다.

"뒷문에는 사람이 있고. 차라리 창문으로 나가는 쪽이 좋을 것 같아. 경비병으로 생각되는 사람들이 오고 있는데 잠시 후면 도착할 거야."

"그럼 그들이 도착하기 전에 줄행랑을 쳐야겠군."

로운은 벌떡 일어나 허리에 자신의 검 라이트를 단단하게 고정시킨 후 창문을 활짝 열었다.

그들이 빌린 숙소는 3층이다.

잠시 허리를 내밀고 밖을 살피던 로운이 고개를 끄덕이자 기엘이 먼저 창틀 위로 올라갔다.

"시안님, 이쪽으로……."

"에엑!! 정말 여기서 뛰어내리는 거야?"

시안은 깜짝 놀라서 움찔거렸다. 창문으로 나간다고 하기는 했지만 준비조차 없이 뛰어내릴 줄은 몰랐던 것이다.

적어도 침대 시트라도 찢어서 밧줄을 만들 줄 알았다고 해야 할까?

"물론, 뛰어내리는 겁니다. 위험하지는 않습니다."

시안이 머뭇거리자 로운이 저벅저벅 걸어와 시안을 번쩍 안아 올렸다.

"젠장. 바람술이라도 좀 가르쳐 둘걸. 귀찮아."

"시끄러!! 네가 언제 가르쳐 주기나 했어?"

"입 다물어!"

옥박지르는 로운의 표정이 못내 심각하게 굳어 있는 것을 보고 시안은 얌전히 입을 다물었다. 뭐가 어떻게 돌아가는 것인지 잘은 모르겠지만 여하튼 문제가 있다는 것만큼은 자신도 피부로 느끼고 있었기 때문이다.

로운에게서 시안을 받아 든 기엘은 시안을 단단히 안고서 속삭였다.

"꼭 붙드십시오."

말이 떨어지기가 무섭게 휘익— 하는 소리와 함께 시안은 자신의 몸이 공중에 부웅 떠 있음을 느낄 수 있었다.

시안의 눈에 언젠가 시안이 잔뜩 만들어 보였던 엘의 힘을 받은 바람의 투명한 가닥이 한가득 들어왔다.

투명하고 하늘하늘한 그것은 시안과 시안을 안고 있는 기엘의 몸을 감싸서 그들이 3층 높이에서 급속도로 떨어지는 것을 막고 있었다.

공기가 흐르는 것처럼 시안의 눈에 들어오는 전경이 천천히 아래서 위로 흘러갔다.

잠시 후 시안은 안전하게 땅에 발을 디뎠다. 고개를 돌리자 시안의 눈에 로운이 마치 슬로우 모션으로 활강하는 사람처럼 천천히 바람과 함께 땅에 착지하는 모습이 보였다.

"그거 생각보다 쓸모가 많네."

"예?"

"아, 그 바람술 말이에요."

시안이 멍하게 로운이 내려오는 모습을 보고 있자 기엘이 시안의 팔을 잡아끌었다.

"이쪽입니다."

로운이 한발 먼저 앞장서자 기엘이 시안을 앞세우고는 뒤를 돌아다보며 따라왔다.

꽤 늦은 시간임에는 틀림이 없지만 사람들이 넘치는 레카의 거리에는 여기저기 술 주정뱅이들이 비틀거리며 걷고 있었다.

그 사이를 세 명의 일행은 조용하게 빠져나갔다.

"뭐라고?"

"창문으로 도주한 듯싶습니다. 경비대장의 말에 의하면 이미 도착 전에……."

"그게 무슨 소리야?"

"인원 보충이 되기 직전에 도주한 것 같습니다."

"젠장할. 미행하던 녀석은 뭐 했고, 잠복하던 녀석들은 다 뭘 하고 있었던 거야!!"

"죄송합니다. 설마 3층이나 되는 높이의 창문으로 도주할 것이라고는 생각을 하지 못해서 그만."

"그걸 말이라고 하나!! 발 달리고 눈 달리고 팔 달린 사람들인데 3층이라고 도주를 못해?"

"하지만 그 창문에는 밧줄 같은 것도 없고……."

"그따위야 내려온 다음에 얼마든지 처리할 수 있는 거지 않나!! 성문이나 봉쇄하고 사람들 풀어!!"

"이미 경비대장이 손을 썼습니다."

메로스는 들고 있던 서류를 내팽개치면서 화를 냈다.

그렇게나 조심하라고 몇 번이나 당부를 했었다. 연행까지는 하지 못하더라도 적어도 그 여관에 발을 묶어두려고 했기 때문이다.

"도대체 어떻게 했길래 눈치를 채고 도주를 하나!!"

"그게 저희로서도 잘 모르겠습니다. 이건 뭐, 훤하게 꿰뚫어 보기 전에는 불가능한 것인데……"

"젠장, 엘러들한테 그런 능력까지 있을 줄이야. 오산이야, 오산."

메로스는 혀를 찼다.

훈련된 사람들이라면 주위에 자신을 미행하는 사람이 있는 것을 눈치 챌 수도 있다.

자신의 눈으로 보았을 때 로운이라는 남자는 분명 평범한 사람은 아니었다.

그는 자신의 판단이 조금 어긋나 있었던 것이라고 생각했다.

"범인들은 모두 머리카락 색이 특이하다. 모두 은발이니 머리를 감싸고 있는 일행들은 무조건 검문해. 이건 칙명이다."

메로스의 마지막 말에 방 안에 들어와 있던 두 남자의 몸이 눈에 띄게 굳었다.

한 명은 메로스에게 보고를 하고 있던 경비대원이었고 한 사람은 원래는 메로스보다 상석에 있어야 하는 것이 당연했지만 왠지 구석에 처박혀 아무 말도 못하고 있던 남자, 바로 이 자유 도시 레카의 시장이었다

"로운."

커다란 건물 오른쪽, 어두운 곳에 쪼그리고 앉아 있던 기엘이 로운을 작은 소리로 불렀다.

그것만으로도 로운은 기엘이 왜 부르는지 알겠다는 손짓을 해 보이면서 고개를 빼꼼 내미려는 시안의 머리를 내리눌렀다.

"성문은 이미 봉쇄된 것 같은데? 알아차린 거 아냐?"

"경비병이 늘었어. 생각보다 그 골때리는 녀석의 반응이 빠른 것 같아."

"그럼 어떻게 빠져나가야 하는 건데요?"

시안은 머리를 내리누르고 있는 로운의 팔을 꾹꾹 밀어버리고 말했다.

이유는 모르겠지만 시안으로서는 뭔가 심장이 두근두근거리는 기분이었다. 물론 이런 기분 상태를 로운이나 기엘에게 이야기했다가는 무슨 소리를 들을지 상상도 안 되지만 시안의 입장에서는 정말 간만에 뭔가 활극 내지는 음모 등에 쫓겨 도망을 치고 있는 상황인 것이다.

그야말로 바라마지 않던 모험!! 그리고 자신은 그 일행의 리더이자 제일 중요한 인물!

"성벽이 낮은 곳을 찾아서 휘릭하고 넘으면 안 될까요? 아까 보니까 어느 정도 높은 곳에서 뛰어내리는 정도는 아무 문제 없는 것 같은데……."

시안이 아무렇지 않게 하는 말에 기엘과 로운은 둘 다 눈이 휘둥그레져서 쳐다보았다.

"그것도 안 되면 으음… 여기 어디 비밀 통로 같은 것은 없으려나? 왜, 수로 같은 데를 따라서 잠수를 해서 빠져나가는 방법이라던가……."

"그런 방법도 있군요."

"그건 안 돼. 시간이 너무 걸려. 지금 어디 가서 수로 지도 따위를 구하느냐구. 발상은 좋았지만 지금으로써는 불가능한 방법이야."

시안은 자신이 아무 생각 없이 흘린 말에 기엘과 로운이 진지하게 반응하는 것을 보고 속으로 화들짝 놀랐다.

'어라? 내 말을 설마 믿은 거야?'

"이럴 때 물의 술사라도 있으면 딱 좋았을 텐데. 로운, 네가 어떻게 안 될까?"

기엘은 시안이 내놓은 해결안이 그저 지나가는 중얼거림에서 나왔든 그것이 아니든 간에 상관이 없었다. 지금으로써는 이 레카에서 무사하게 도망나가는 것이 가장 중요했기 때문이었다.

"알잖아. 내가 수(水)계의 주문을 쓸 줄 안다고 해도 그것은 치유술 쪽이라는 거."

"…잠깐. 쉿."

말을 듣던 로운이 갑작스럽게 기엘의 입을 막았다.

그는 귀에 모든 신경을 집중했다.

'엘의 능력을 가진 자가 가까이 있다.'

속삭이던 와중에 로운은 엘의 능력을 가진 자가 자신들 쪽으로 가까이 오는 것을 느낀 것이다.

'설마, 흐름을 파악할 줄 아는 사람이 있는 건가? 반응이 빨랐던 것이… 아니야. 기엘도 나도 완벽하게 감추고 있었는데.'

그 순간 시안이 '왜' 하는 눈빛을 해 보였다.

'아! 이런, 젠장. 이 녀석인가? 충분히 감추어두었다고 생각했는데……'

그러는 와중에도 흐름이 약하기는 하지만 분명 '엘러'라고 부를 만큼의 엘을 가진 능력자가 가까이 다가오고 있었다. 이제는 기엘 역시 그 기척을 눈치 채고 눈에 띄게 긴장하기 시작했다.

기엘은 살며시 허리춤에 묶어두었던 라이트에 손을 댔다.

'설마 이런 곳에서 라이트를 쓰게 될 줄이야.'

두 사람이 팽팽하게 신경을 잡아당기고 있는 동안 그 기척은 점점 가까워지기만 했다.

자박자박하는 장화의 굽이 돌에 부딪치는 소리가 점점 커져 왔다.

'한 사람.'

기엘과 로운은 서로 눈빛을 교환했다.

기엘이 라이트를 살짝 검집에서 꺼내려는 순간이었다.

"어라? 이쪽이라고 생각했는데… 아닌가?"

맑고 청아한 목소리가 좁은 골목에 울렸다.

"저기, 여기 누구 없습니까아~ 적은 아니니까 좀 나와보시지?"

들리는 목소리는 굵직한 남자의 목소리였다.

"으음, 역시 이 정도로는 안 되는 건가? 하기사 나라도 겁먹겠군. 암 그렇고말고."

목소리의 주인공은 척척 걸어서 달빛이 그대로 내리쬐는 길 한가운데에 멈추어 섰다.

구석 어두운 곳에 있는 두 남자는 금방이라도 뛰어나갈 준비를 하고 그 남자의 행동 하나하나를 놓치지 않고 지켜보았다.

훤칠한 키의 그 남자는 달빛이 환한 곳에 멈추어 서더니 머리에 쓰고 있던 두건을 홀러덩 벗어버렸다.

환한 달빛에 남자의 머리카락이 환하게 반짝였다.

'…짙은 푸른색?'

그는 머리를 흔들어 머리카락을 풀고는 고개를 돌렸다. 그 방향은 다름 아닌 시안 일행이 숨어 있는 곳이었다.

"거기 있죠? 뭐 무진장 의심스럽긴 하겠지만 절대 해치진 않을 테니 좀 나와보슈."

시안은 자신들이 숨어 있는 곳을 똑바로 직시하고 있는 남자의 얼굴을 보았다. 순간, 시안은 그 푸른 머리의 남자가 아까 자신에게 집적대면서 수작을 걸던 남자라는 것을 알아차렸다.

"…어? 저, 저 사람은……."

움찔거리며 반응하는 시안의 입을 기엘이 가로막았다. 기엘 역시 남자의 목소리를 듣자마자 그가 아까 시안에게 수작을 걸던 건달이라는 것을 알아차릴 수 있었다. 하지만 그의 머리카락, 달빛에 비친 짙푸른 머리 색은….

머리 색만으로 모든 것을 판단할 수는 없지만 저런 머리 색은 물의 나라 나유인이 아니고서야 있을 수 없는 색. 하지만 그렇다고 해서 그가 자신들의 편이라고는 할 수 없는 법이다. 게다가 그에게서는 미약하게 엘의 파동이 흘러나오고 있었다. 아까 만났을 때는 전혀 알아차릴 수 없었는데 말이다.

기엘은 검집에서 라이트를 꺼내면서 속삭였다.

"일이 생기면 그대로 시안님을 모시고 성벽을 넘어."

"알았어."

기엘은 숨어 있던 곳에서 몸을 일으켰다.

자신의 능력으로 판단해 보건대 지금 그들을 바라보고 있는 남자는 자신과는 다른 성향의 엘러이기는 하지만 충분히 감당할 수 있는 남자라고 판단했기 때문이었다.

묶어두기는 했지만 반짝이는 기엘의 은발 머리가 달빛을 받아 더더욱 반짝였다.

"아, 역시 댁들이었군. 어쩐지 공기의 흐름이 이쪽만 활발해서 설마 하고 생각했는데."

그는 거리낌없이 기엘 쪽으로 다가왔다.

"또 만났군요."

"그렇군요."

"아아, 그렇게 경계하지 않아도 좋습니다. 나는 아름다운 아가씨를 해치고 싶은 마음이 추호도 없으니까."

"우리가 당신을 믿을 만한 근거는?"

은색의 달빛에 은색의 라이트가 반짝였다.

그러자 상대는 양손을 들어 보이면서 말했다.

"나 역시 쫓기는 중이라고 말씀드리면 될까요? 기분이 좋은 것은 아니지만 사실 나라도 이런 상황에서는 의심부터 하고 볼 테니까. 원하신다면 지금 절 가늠해 보셔도 좋습니다."

말이 끝남과 동시에 그는 눈을 감았다.

그가 눈을 감자마자 마치 둑에 갇혀 있던 물이 한순간에 터져 나오는 것처럼 강한 엘의 흐름이 기엘이 서 있는 쪽으로 밀려왔다.

지금 그가 하고 있는 행동은 엘러들에게만, 다시 말해서 엘의 능력자들에게만 가능한 방법으로 자신의 엘의 흐름을 상대방에게 그대로 노출시키는 것이었다.

무방비 상태로 자신의 흐름을 그대로 상대방에게 드러낸다는 것은 적의를 가진 자는 절대로 할 수 없는 방법이다.

그 이유는 당사자가 아주 작은 살기라도 품고 있는 경우 그가 내뿜는 엘에 그대로 영향을 미쳐서 자연스러운 흐름을 방해하기 때문이다.

잠시 그 물과 같은 강력한 엘의 흐름에 몸을 맡기고 있던 기엘이 순순히 들고 있던 라이트를 검집에 다시 밀어 넣었다.

그의 엘은 막힘없이 흘러나왔고 어떤 적의도 없었다.

기엘은 잠시 마음을 가다듬고 말했다.

"초면에 실례했습니다."

"아니, 이해합니다."

"로운, 시안님, 괜찮습니다."

기엘의 말에 로운이 시안을 부축하면서 일어섰다.

시안이 달빛 쪽으로 나오자마자 남자가 호들갑을 떨었다.

"이야~ 아가씨 밤에 보니 더 더욱 미인이로구만. 응?"

"쳇."

시안은 좀 심술이 났다. 아까 자기가 저 사내와 길가에 있었을 땐 그렇게 나무라 놓고 지금은 오히려 기엘과 로운이 그 남자와 친근(?)하게 이야기를 했기 때문이다.

어린애 같다고만 치부하기에는 너무나 화가 나는 감정.

"이런, 이런. 뭐, 상황은 별로 안 좋지만 너무 그런 기분 나쁜 표정은 하지 말아주었으면 좋겠는데? 어차피 같이 쫓기는 입장인데 말이야."

남자는 유들유들하게 미소를 지으면서 시안 쪽으로 다가오려고 했지만 시안은 슬쩍 기엘의 뒤로 숨어버렸다.

"수줍음이 많은 아가씨로군."

"나머지 인사는 나중에 하기로 하죠. 일단은 여기서 도망치는 게 급선무니까요."

"물론."

"좋습니다."

"지나오면서 경비가 허술한 쪽을 봤던 것 같은데 그쪽으로 가는 건 어떻습니까?"

"수로 쪽은 안 될까요? 당신이……."

기엘이 남자에게 말했다.

"수로 쪽은 안 돼요. 그 기분 나쁜 녀석은 내 능력을 완전히 파악하고 있기 때문에 수로 쪽은 이미 3일 전에 완전 봉쇄돼 버렸거든요."

"그렇다면 남은 방법은……."

"한 가지뿐이죠. 낮은 성벽을 골라서 그냥 무작정 뛰어넘는 겁니다. 설마 그렇게 무식한 방법을 쓸 줄은 모를 테니까. 댁들 능력이라면 나 하나 정도 쉽게 넘겨줄 수 있을 테고."

"젠장, 그럴 줄 알았으면 아까 그냥 넘어버리는 건데."

"쉿."

로운이 뒤를 돌아다보며 신호를 하자 일행 모두 건물 뒤로 몸을 숨겼다.

"너희들은 오른쪽, 나머지는 내 뒤를 따라와."

남자 하나가 낮은 목소리로 말하면서 뒤에 따라온 경비병들에게 명령을 내리자 일제히 경비병들이 흩어졌다.

남은 사람들은 모두 그 명령을 내린 남자의 뒤를 따라서 왼쪽 골목으로 사라졌다. 인기척이 완전히 사라지고 나자 푸른 머리의 남자가 대뜸 말했다.

"좋아, 갑시다."

"저, 저기, 정말 저걸 그냥 넘는 거야? 정말 다른 방법은 없어?"

"네, 시안님."

"음, 좀 더 낮은 데는?"

시안은 지금 이 무지막지한 탈출 계획(계획이라고 할 것까지도 없다)에 상당히 동요하고 있었다.

뭔가 롤플레잉 게임이라도 하고 있는 듯한 기분은 조금 전 경비병들이 우르르 나타났다가 사라지면서 동시에 사라져 버렸다.

남은 것은 정말로 도망치지 않으면 안 되는 상황에 처했다는 사실뿐.

　그런 상황에서 계획이라고 세운 것이 무작정 성벽을 넘는 것이라고 하니 정말 눈앞이 캄캄해져 오는 것이다.

　"조금 더 가면 경비병이 정말 산책만 하는 곳이 있습니다. 기회를 노려서 뛰어넘을 수 있을 정도의 시간은 벌 수 있을 거예요. 만일에 일이 생긴다면 내가 재주를 좀 부려줄 수도 있고."

　"좋습니다."

　기엘과 로운은 시안의 걱정스러운 목소리는 들은 채도 안 하고 방금 전에 나타난 이상한 조력자, 또는 같은 처지에 있다고 생각되는 남자의 말에 따라 움직이기 시작했다.

　'젠장할. 내 말은 개똥으로 알잖아, 이 인간들!!'

　"시안님, 이쪽으로."

　기엘이 시안의 어깨에 팔을 두르고 재촉했다.

　시안은 주위의 공기가 긴박하게 돌아가고 있는 것을 느끼고 일단 그 말에 따르기로 했다.

　화를 내든 신경질을 부리든 일단은 도망치고 볼 일이다.

　앞장선 남자가 손짓을 하자 모두들 어두운 그늘을 따라서 몸을 움직였다.

　그들이 커다란 짐 뒤쪽에 몸을 숨기자 오른쪽에서 경비병이 두명 나타났다.

　"왜 이렇게 난리야, 오늘은?"

　"글쎄? 수도에서 온 특별 감찰 뭐라고 하는 사람이 온 뒤로는 매번 비상이니 뭐니 하면서 난리도 아니잖아."

　"그러게나 말야. 난 삼 일째 순찰이다. 젠장."

"삼 일? 나는 일주일째 마누라 얼굴도 못 보고 이러고 있어. 자리 비우면 무슨 큰일이라도 날 것처럼 윗대가리들이 난리를 떠니."

"정말 이러다가 전쟁 나는 거 아니야?"

"뭐 설마 전쟁이 난다고 해도 여기는 자유 도시라구. 큰일은 안 날 거야."

"그러면 다행이지만."

경비병들은 서로 말을 주거니 받거니 하면서 시안 일행이 숨어 있는 곳을 지나서 사라졌다.

"지금이다."

타다다닥―

소리를 한껏 줄인 발걸음 소리와 함께 4명의 인영이 성벽 쪽으로 가까이 다가갔다.

"기엘, 나는 이 친구와 함께 넘을 테니까 너 먼저 가."

"알았어. 시안님, 이쪽으로 오십시오."

"아, 으으응."

순간 밝은 달빛이 사라졌다.

순식간에 주위가 새까만 어둠에 휩싸였다.

"기엘. 디. 하라스다인. 피. 하이로트."

기엘의 단단한 팔이 시안의 몸을 감쌌다.

휘리릭― 하는 이상한 소리가 그들의 몸 주위에서 흘러나왔다.

"이건 비행 주문?"

"말하자면 그런 겁니다. 조금 다르긴 합니다만."

귓가에 기엘의 속삭임이 들려오는 순간 시안의 몸이 붕― 하고 떴다. 기엘이 시안의 몸을 안은 채 뛰어오른 것이다.

마치 깃털처럼 가볍게 뛰어오른 기엘은 성벽의 조금 튀어나온 부분을 밟고 다시 한 번 뛰어올랐다.

'우왓!! 완전이 이건 인간 로케트잖아!'

시안의 눈으로 탁 트인 전경이 한눈에 들어왔다.

새까만 어둠으로 덮인 성밖의 전경은 마치 어릴 적 가지고 놀던 레고들이 주루룩 늘어서 있는 듯한 모습이었다.

하지만 그런 장남감 같은 전경을 즐길 만한 시간적 여유가 있을 리 만무.

"…기, 기엘!!"

허공으로 치솟아올랐던 기엘의 몸과 시안이 다음 순간 아래쪽으로 곤두박칠치기 시작했다.

'꾸엑— 롤러 코스터다!'

불안한 자세로 있던 시안이 자기도 모르게 기엘의 팔을 붙들었다.

기엘은 무시무시한 속도로 떨어지는 와중에 성벽 위쪽의 틈을 발견하고는 그 부분으로 방향을 틀어서 바로 그 틈 사이 옆에 다시 한 발을 디뎌 위로 뛰어올랐다.

차가운 공기가 시안과 기엘의 몸을 감싸 안았다.

'로, 롤러 코스터보다 더하잖아!!'

순식간에 위아래로 시야가 오락가락하자 시안은 머리가 아파오기 시작했다.

원래부터 롤러 코스터 따위는 질색이던 시안이었다.

'우욱—'

허공에 떠오를 때마다 그 순간의 찰나를 이용해 주위를 살피고 있던 기엘은 안전하다고 생각되는 한 부분에 가볍게 착지했다.

"괜찮으십니까? 시안님?"

"으윽—"

시안은 몸 깊숙한 곳에서부터 끓어오르는 욕지기로 대답을 대신했다.

뒤를 이어서 바로 가까운 곳에 로운과 예의 그 남자가 내려앉았다.

"기엘, 뭐야!! 왜 그렇게 방향을 마구 틀어!! 따라오느라고 힘들었단 말야."

"시안님, 괜찮으세요?"

하지만 기엘은 로운의 투덜거림은 들은 척도 않고 웩웩거리고 있는 시안의 등을 톡톡 쳐주고 있을 뿐이었다.

"환영술을 가볍게 걸어서 문제는 없겠지만 만에 하나 성벽을 넘는 것을 누가 봤을지도 모르니 빨리 이동하는 편이 좋을 것 같은데요?"

"물론이지."

"이제 어디로 가는 겁니까? 미메이라로 가시는 건가요?"

남자의 물음에 로운은 잠시 기엘과 눈빛을 교환했다.

"난 일단은 가이칸 제국을 벗어나려고 하거든요. 아무래도 당분간은 가이칸 제국에는 얼씬도 안 하는 쪽이 좋을 것 같아서. 아, 이유는 천천히 말씀드리죠."

기엘과 로운이 조금 의심스러운 눈빛으로 자신을 바라보자 남자는 적당히 둘러대면서도 자신 역시 쫓기고 있다는 식으로 이야기를 했다.

"좋습니다. 일단은 국경 근처까지 가도록 하죠. 이봐, 기엘. 시안님은 괜찮아?"

"응. 그럭저럭."

간만에 미친 듯이, 그것도 잘 먹은 저녁을 모조리 눈으로 확인하고 만 시안은 얼굴이 노랗게 변해 버렸다. 그것뿐만이 아니라 눈앞도 노랗게 변해 버리고 말았다.

"으윽— 죽겠다."

겔겔거리고 있는 시안에게 남자가 다가왔다.

기엘은 남자가 시안 쪽으로 다가오자 살짝 그 앞을 가로막았다. 무의식 중에 나온 행동이었다.

"상태가 안 좋은 것 같아서 그러는데, 아름다운 아가씨에게 치유술을……."

"괜찮아. 그 정도는 나도 할 수 있어."

기엘과 남자가 대치하고 있는 사이 로운이 시안에게 다가가 손을 내밀었다.

"고개 들어."

"시끄러, 아저씨 얼굴. 쳇."

"그 정도로 이렇게 되는 주제에 무슨 말이 그렇게 많아."

"흥."

맑은 기운과 함께 로운의 몸에서 불어 나온 바람이 부드럽게 시안을 감쌌다.

그런 모습을 보면서 기엘은 작게 미소를 지었다.

"뭐, 이런 상황이라서요."

"그렇군요."

투닥이는 두 사람을 바라보면서 기엘이 먼저 남자에게 손을 내밀었다.

"기엘이라고 합니다. 잘 부탁드립니다."

"이리야라고 합니다."

인사를 나눈 두 사람이 작은 짐 보퉁이들을 들고 뒤를 돌아다보았다. 거기에는 조금 전과는 달리 팔팔하게 살아난 시안이 아구아구거리면서 로운에게 대들고 있었다.

조금 전의 그 약간 화기애애해 보이던 분위기는 사라진 지 오래.

머쓱해진 기엘은 이리야를 바라보면서 변명하듯 말했다.

"사이가 좀 나빠 보이기는 하죠?"

"아니요. 제 눈에는 좋아 보이기만 하는걸요."

제3장
이리야

The Wind of Ashurei

어슴푸레하게 날이 밝아오고 있었다.

이리야라는 푸른 머리카락의 남자와 함께 시안 일행은 지금, 가이칸 제국과 하나스 왕국의 국경을 가로지르며 흐르는 강 폴리카르 위를 운행하는 선상 한구석에 옹기종기 모여 있었다.

자유 도시 레카에서 밤새도록 도망쳐서 국경 부근에 다다른 일행은 지금 막 제국령을 벗어나려 하고 있었다.

하나스 왕국과 가이칸 제국은 불의 나라인 호로스와 미메이라의 국경선에서부터 시작되는 폴리카르와 낮지만 험준한 산맥인 페이요트를 사이에 두고 대치하고 있다.

한때 폴리카르의 중반부까지 제국에게 영토를 빼앗겼던 하나스 왕국은 세비 통산 연합국에서도 두 번째로 강력한 군사력을 자랑하는 국가로 200년에 걸친 가이칸 제국과의 분쟁 속에서 페이요트의 서쪽 자락을 거의 잠식해 들어와 있는 상태였다.

　현재 일행의 목적지는 폴리카르를 끼고 발달한 도시 이오카로, 과거 가이칸 제국이 폴리카르의 서부 지방까지 세력을 확장했을 때 만들어졌던 도시다.

　당시 3개국 국경 가까이 위치해 있던 이오카는 현재의 레카가 그렇듯이 한때는 제국령 안의 얼마 안 되는 자유 도시였던 곳이다. 그리고 지금까지도 그 영향이 남아 있어 다른 어느 하나스의 도시보다 훨씬 가이칸 제국의 느낌이 많이 살아 있는 곳이다.

　"이대로 이오카까지 가는 데는 별일 없을 것 같은데, 로운?"

　"그렇군."

　"레카에서 한숨 좀 돌리고 천천히 여행이나 해볼까 했는데 참 뜻대로 되지 않는다니까."

　"원하는 대로만 뭐든지 이루어진다면 노력이라는 것도 필요없는 것이겠지."

　로운은 힐끗 옆에 로운의 망토를 둘둘 뒤집어쓴 채 잠들어 있는 시안을 바라보았다.

　시안은 야반도주 끝에 완전히 나가떨어져서 지금은 거의 탈진한 채로 잠들어 있었다. 그런 시안을 보면서 로운은 한숨을 내쉬었다.

　앞으로 가야 할 길은 멀고 멀다. 그런데 그 여행의 당사자라고 할 수 있는 시안은 초장부터 자꾸만 삐걱거리고 있다.

　"아득하군, 정말."

　"로운, 생각해 봤는데 말이야."

　"뭘?"

　기엘은 잠시, 자신들과는 조금 떨어진 곳에서 경치를 감상하고 있는 이리야라는 남자를 바라본 다음 목소리를 죽여서 이야기했다.

"지금 불가능하다면 최대한 빨리 호로스에 들러 일을 마친 후에 시안님을 원래 모습으로 돌려놓으면 안 될까?"

"…또 그 이야기야?"

당사자인 시안이 원래의 모습으로 바꾸어달라고 난리를 치고 있는 것은 익히 알고 있는 터이다. 하지만 기엘이나 로운은 대신관으로부터 되도록 현재의 모습을 유지한 채 여행을 하라는 명령을 받고 있었다.

그런 사실을 알고 있음에도 불구하고 기엘이 그런 소리를 하는 것이 로운은 조금 이상하다고 생각했다.

"글쎄, 역시 여자보다는 남자인 쪽이 여행하는 데 위험이 없잖아. 그리고 또 하나는……"

기엘은 말을 하다 말고 잠들어 있는 시안의 몸 위로 손을 뻗었다. 그 손에서 투명한 엘의 기운이 흘러나오는 것이 로운의 눈에 보였다.

기엘의 손에서 흘러나온 엘의 가닥은 시안 쪽으로 흘러가다 말고 무슨 투명한 벽에라도 부딪힌 것처럼 도로 튕겨 나왔다.

"기본적으로 어느 누구나 이 정도로 반탄력을 가지고 있다고 하지만 아무래도 좀 이상하지 않아?"

기엘이 말을 하는데 갑자기 로운이 기엘의 팔을 잡아당겼다.

"응?"

"잠깐, 기다려."

로운이 자신의 행동을 가로막자 기엘이 이상하다는 듯 로운을 쳐다보다가 이내 그가 왜 그런 행동을 하는지 알아차리고는 손을 거두었다.

이리야가 자신들 쪽으로 다가오고 있었기 때문이다.

"곧 이오카에 도착할 것 같은데."

"그렇습니까?"

이리야가 털썩 자리에 주저앉았다.

"생각보다 굉장히 조용하신 분들이군요."

이리야가 빙긋 웃으면서 말을 하자 기엘과 로운은 그가 무슨 말을 하고 싶어서 그런 것인지 궁금해했다.

"사실 나는 배에 타자마자 댁들이 날 붙들고 이것저것 물어볼 것이라고 생각했거든요."

"아아."

"뭐 그런 것은……."

"하기사 저도 아직 아무것도 묻지 않았으니까 넘어가죠, 뭐."

사실 기엘이나 로운도 앞에 있는 이 이리야라는 남자의 정체가 궁금하기는 했다.

물론 이리야가 자신들에게 적대감 같은 것을 가지고 있지 않다는 것쯤은 알고 있기 때문에 특별히 묻지 않은 것이긴 했지만 말이다.

"일단은 그쪽이나 우리나 레카에서는 도망나와야 할 운명을 가지고 있었다라는 것만으로 충분하긴 했죠."

"그렇기는 합니다만."

"하지만 나는 그래도 궁금해."

순간 들려온 다른 목소리에 세 사람의 시선이 일제히 한쪽으로 몰려갔다.

거기엔 조금 전까지 세상모르게 잠들어 있던 시안이 부스스 일어나서 눈을 비비면서 앉아 있었다.

"뭘 그렇게 쳐다봐. 사람 일어나는 거 처음 봤어?"

"괜찮으십니까, 시안님?"

"안 괜찮으면 버리고 가려구?"

퉁명스럽게 시안이 대답하자 이리야가 조금 쓴웃음을 지었다.

"귀한집 아가씨라고 하기에는 말이 험하구만. 아름다운 아가씨는 그런 말을 쓰면 안 되지."

"…웃겨. 누가 아름다운 아가씨냐?"

이리야의 발언에 대뜸 시안이 반응했다.

"자꾸 그런 잠소리하면 확 뒤집어 버린… 우앗!!"

순간 배가 기우뚱하면서 차가운 강물이 뱃전으로 튀어 올라왔다.

당연히 물을 뒤집어쓸 줄 알고 몸을 움츠렸던 시안은 얼굴 가까이까지 튀어왔던 물방울들이 허공을 맴도는 것을 보고 눈이 휘둥그레졌다.

"헤에~"

투명한 물방울들이 허공에서 춤을 추고 있었다.

"히야~ 당신 물의 술사? 죽이는군."

"죽여? 뭘?"

이리야가 들었던 손을 살짝 옆으로 치우자 허공을 맴돌던 물방울들은 다시 강물로 돌아갔다.

"아, 그냥 굉장하다 정도로 해석하시면 됩니다. 가끔 시안님께서는 특이한 표현을 쓰시니까 그다지 신경 쓰지 않으셔도 됩니다. 시안님, 여기. 이거 드세요."

"아, 고마워요, 기엘."

시안은 기엘이 건네준 음료수가 담긴 병을 들고 꿀꺽꿀꺽 마셨다.

"물의 힘을 쓰시는 것을 보니 나유인이신 것 같은데?"

"아니요."

가볍게 떨어지는 이리야의 대답에 기엘과 로운이 멈칫했다.

"머리끝부터 발끝까지 순수한 제국인입니다. 제국을 등진 사람으로서 할 말은 아닙니다만."

"왜? 무슨 큰 죄라도 저질렀어요? 이거 염색한 거 아니죠?"

시안은 이리야의 짙푸른 머리카락 색이 신기한 듯 그 머리카락을 만지작거렸다.

사실 자신의 현재 머리 색인 은색도 특이하기는 하지만 그래도 은색 머리카락은 외국 영화에 등장하는 여배우들에게서 몇 번 보아 왔던 터라 신기한 정도는 아니었다.

이른바 플라티나 블론드라고 하는 머리카락이 바로 시안의 머리카락 색.

하지만 역시 이런 짙푸른색은 염색을 하지 않고는 현실적으로 있을 수 없다고 생각하는 시안이었다.

"설마. 타고난 머리카락이라고 이건."

"그럼 이리야 씨의 부모님도?"

"아니요. 저만 그렇습니다. 태어날 때부터 이런 색이었죠."

"진짜 파랗기는 하네."

신기한 듯 말하는 시안을 로운과 기엘이 약간 걱정스러운 얼굴로 바라보았다.

"이 머리 색 때문에 무슨 왕따라도 당한 건가요? 우리는 그렇다고 치고 댁은 왜?"

"틀린 말은 아니지. 아니, 실제 이 머리 색 때문일 수도 있고. 제국에서는 지금 엘러들을 찾아내는 데 혈안이 되어 있거든. 그래서 도망치고 있는 거야."

"그래서 그런 거였나? 그 메로슨지 베로슨지 하는 녀석이 자꾸

날 떠보던 이유는?"

"이유도 모르고 감으로 느낀 건가? 그 녀석의 재수없음을?"

"뭐 나는 그런 이상한 놈하고 어울릴 생각은 없으니까."

대수롭지 않은 듯 말하는 로운에게 이리야가 쓴웃음을 지어 보였다.

이리야가 볼 때 눈앞에 있는 일행들은 정말 아무것도 모르는 사람들로밖에 보이지 않았다. 그런 사람들이 정말 이유도 모른 채 단순하게 감으로 '아니다'라고 생각하고는 정말 줄행랑을 쳐버린 것이다.

이리야는 언뜻 스쳐 봐도 고급스러운 옷감으로 몸을 감싸고 있는 일행들을 다시 한 번 눈여겨 보았다.

이 선상에 올라타기 전부터 눈여겨 봐왔던 일행은 척 보면 정말 귀한집 아가씨를 모시고 세상 구경을 시키고 있는 그저 그런 일행으로 보이지만 실제 조금이라도 주의 깊게 살펴보면 이상한 점이 한두 가지가 아니었던 것이다.

일단, 시안을 데리고 다니는(?) 두 남자부터 수상했다. 둘 다 기사 수업을 받은 듯한, 빈틈없는 몸가짐을 하고 있지만 그렇다고 해서 완전한 기사로 보기에는 어딘가 모르게 조금 이상한 점이 있었다.

또한 두 사람이 시안을 대하는 태도도 뭔가 묘했다.

기엘이라고 하는 남자는 아주 정중하게 무슨 공주라도 대하듯 꼬박꼬박 자신보다도 한참 어리게 보이는 시안에게 존댓말을 하며 무슨 일이라도 일어날까 전전긍긍하고 있는 반면, 로운이라는 남자는 시안을 꼬마라고 불렀다가 다음 순간에는 또 시안님이라고 부르는 등 그녀를 칭하는 말을 수시로 바꾸어 말하고 있는 것이다.

그럼에도 불구하고 자신이 정말 살짝이나마 시안에게 다가가려고 하면 대뜸 눈에 힘을 주고는 무언의 협박을 해오는 것이다.

이렇게 보았을 때 이미 두 남자만으로도 충분히 수상한 것이다. 하지만 그에 한술 더 뜨는 것이 저 하늘하늘한 머리카락을 가지고 있는 절세의 미녀, 아니, 아직 이리야의 관점으로 보았을 때는 미소녀로 보이는, 두 사람이 애지중지하고 있는 아름다운 소녀 시안이다.

처음 레카의 중앙 광장에서 눈이 마주치는 순간 이리야는 그녀에게서 흘러나오는 맑고도 강한 파장을 금세 알아챌 수 있었다.

그것은 지금도 마찬가지. 하지만 그 파장은 시간이 지나면 지날수록, 그리고 주의를 기울이면 기울일수록 뭔가 이상하게 느껴지고 있는 것이다.

정말 뭐라고 말할 수 없이 이상한 느낌을 그는 시안에게서 받고 있었다.

물론 그 때문에 더 더욱 시안에게 집적거리고 있기도 한 이리야였다.

"그건 그렇고 말이야."

이리야가 잠시 자신의 생각 속에 빠져 있는데 시안이 대뜸 이리야를 노려보면서 말을 했다.

"너무 이상해."

"뭐가요, 시안님?"

"아무리 생각해도 그렇잖아. 그 이상하게 생긴 아저씨 따라갔다가 와서는 대뜸 도망치자고 한 주제에 이 느끼한 아저씨는 서로 멀뚱멀뚱 얼굴만 확인하고는 지금까지 동행하고 있잖아. 의심도 안 해?"

"하하. 내가 그렇게 의심스러워 보이나?"

"당연히 의심스럽지. 안 의심스러워?"

자꾸 자신을 향해 느글느글한 표정으로 반말을 하고 있는 이리야라는 남자에게 시안은 같이 반말로 대꾸를 해주었다.

"어디 사람인가, 뭐 하는 인간인가 안 궁금하면 그게 사람이야? 쳇."

시안이 꼬치꼬치 따지기 시작하자 기엘이 웃으면서 시안에게 말했다.

"그것은 다 이유가 있습니다. 시안님, 잠깐 이렇게 해보시겠어요?"

"응?"

기엘은 시안을 편안하게 앉게 한 다음 이리야에게 손짓을 했다.

"미안하지만 시안님께……."

기엘의 말에 이리야는 기엘이 자신에게 무엇을 원하는지 금방 알아차렸다.

아마도 이 곱게만 보이는 아가씨는 세상 물정을, 아니, 세상 물정보다도 기본적인 무엇인가에 상당히 무지한 모양이다.

"뭐 어려운 것도 아닌걸. 그런데 정말 해도 되나?"

이리야는 슬쩍 로운의 눈치를 보았다. 이상하게도 기엘보다는 로운이 더 신경 쓰였다.

로운은 못마땅한 표정을 하기는 했지만 팔짱을 끼고는 묵묵히 고개를 끄덕였다.

"잠깐 손을 잡아도 되겠습니까? 아름다운 아가씨?"

"두 번 다시 그따위 호칭으로 안 부른다면 생각해 보지."

"호오~ 그럼 뭐라고 불러드릴까요?"

"시안이라고 부르면 돼."

"아름다운 아가씨가 원하신다면."

이리야는 불쑥 시안이 내민 손을 아주 살며시 잡았다. 그리고 처음 이들 일행을 만났을 때와 똑같이 행동했다.

불쑥—

굳이 표현을 한다면 아마 그렇게밖에 표현이 안 될 것이다.

이리야가 잡은 손에서부터 눈에 보이지 않는 무엇인가가 밀려왔다.

이리야는 혀를 챘다.

"빌어먹을, 운이 없으려면 죽어라~ 없다더니 내 꼴이 딱 그 꼴이구만."

그는 길거리의 돌멩이를 신경질적으로 걷어챘다.

그 돌은 핑— 하고 날아가서 앞서 걸어가던 사람의 종아리에 맞았다.

순간 남자는 벌컥 화를 내면서 뒤를 돌아다보았다.

"당신 뭐야!!! 앙?!"

"어이, 어이. 돌 하나 걷어찬 게 뭐가 그리 대수라고 그리 인상을 쓰슈?"

"이 인간이!"

이리야는 씩씩거리며 덤벼드는 남자에게 잠시 대항을 할까 하다가 관둬 버렸다. 지금 여기서 사건을 일으키면 곤란한 쪽은 자신이다.

무슨 수를 써서든지 근 시일 내로 레카에서 벗어나야 하는데 지금 문제를 일으킨다면……

"아아, 형씨. 미안하우. 좀 꼴리는 게 있어서 말이야. 괜찮으면 내가 사과의 의미로 한잔 사고 싶은데. 응?"

남자는 술 한잔을 사겠다며 사과를 하는 이리야를 보고는 치켜올렸던 주먹을 내려놓았다.

"호오~ 뭘 좀 아는구만. 내가 이래봬도 말이야……."

남자와 그의 일행은 왁자지껄 떠들면서 이리야를 자신의 일행 속으로 구겨 넣었다.

이리야는 그런 행동이 맘에 들지는 않았지만 언뜻 옆쪽으로 지나가는 수비대 대원들을 보면서 안도의 한숨을 내쉬었다.

'정말이지 맘에 안 들어서 죽겠구만.'

자신을 쫓는 사람들을 피해서 흘러흘러 들어온 곳이 이 자유 도시 레카였다. 어느 도시보다도 이방인들이 많고, 그래서 이방인이라는 게 특별해 보이지 않는 곳.

내내 쫓기는 생활을 했던 이리야에게 있어서 이곳보다 마음 편한 곳은 없었다. 적당한 곳에 숙소를 잡고, 떠돌이 용병인 척하면서 어디선가 지나가며 들었던 용병단 출신인 것처럼 꾸며서 잡일을 하면서 지내온 그에게 있어서 얼마 전 확인한 한 남자의 얼굴은 정말 청천벽력과 다름없었다.

'빌어먹을! 하필이면 그놈이 올 줄이야. 아니, 오려면 좀 더 있다가 오든지. 쳇! 역시 난 운도 더럽게 없군.'

이리야는 낮술을 거나하게 퍼먹고 주머니에 있는 돈을 탈탈 털어 술값을 내고 레카의 중앙 광장에서 서성였다. 아무리 술을 마셔도 그는 취하지 않는다.

그 남자가 이곳에 도착한 것을 알게 된 이상 더 이상 레카에서 머물 수는 없었다.

하루라도 빨리 이곳에서 벗어나야 한다.

욱씬—

순간 어깨 부근이 쑤셔오는 듯한 느낌이 들었다.

'빌어먹을.'

이리야는 쑤셔오는 어깨 부근을 손으로 문지르면서 투덜거렸다.

평소에는 거의 의식을 하지 못하다가도 신경이 쓰이는 순간 그 부분이 아파오는 것이다.

'하아… 젠장. 조금만 더 일찍 눈치를 챘으면 그냥 줄행랑을 쳤을 텐데. 어째서 몰랐지?'

그 남자, 자신에게 노예의 인장을 찍은 문제의 남자 얼굴이 떠올랐다.

그는 보기에는 반듯한 기사로 보이지만 상당히 비열한 인물이었다. 아니, 정확하게 말하면 비열하다기보다는 자신이 원하는 것을 위해서는 수단과 방법을 가리지 않는 인물인 것이다.

'수비대도 보강되었고, 전에 봤던 얼굴이 한둘 눈에 띄는 것으로 봐서 정식으로 성문을 통과하기는 이미 글렀군. 수로도 이미 완전히 봉쇄되어 버렸을 테니 정말 난감하구만. 정말 월장(越牆)이라도 해야 하나. 젠장. 성벽을 넘어간다는 건 쉬운 일이 아닌데.'

명하게 한구석에 주저앉아서 지나가는 사람들의 인영을 바라보면서 그는 생각을 했다.

두 번 다시 끌려가고 싶지 않았다.

"후우. 날씨 좋구… 어?"

명하게 앉아 있었던 탓일까?

이리야는 갑자기 자신의 신경을 자극하는 그 무엇인가가 자신 쪽으로 가까이 오고 있다는 것을 느꼈다.

'설마… 날 찾아내기 위해서 엘러들을 데리고 온 건가? 아니야. 확실히 감추고 있었는데 벌써 찾아낼 수 있을 리가 없어. 게다가 숙

련된 추적자들이라면 이렇게……'

그는 살짝 몸을 움츠리고 앞쪽을 뚫어지게 바라보았다.

수없이 지나가는 사람들, 그 사이로 부드러운 바람이 불어왔다.

바람의 한 자락이 그의 뺨을 살짝 간지르는 순간, 그의 눈에 은색의 나부낌이 포착되었다.

두리번두리번 신기하다는 표정을 숨지지도 않은 한 미소녀가 주위를 둘러보고 있었다.

밝게 빛나는 플라티나 블론드. 머리끝부터 발끝까지 유려한 선으로 이루어진 아름다운 소녀였다.

'설마…?'

놀라서 눈을 크게 뜬 순간 그의 눈이 문제의 소녀와 마주쳤다.

그는 얼결에 빙긋— 하고 웃어버렸다. 그러자 소녀는 눈이 커지기가 무섭게 화사한 미소를 그에게 돌려주고는 이내 시선을 돌려버렸다.

미처 시선을 다른 데로 돌리지도 못하고 이리야는 마치 그 은색의 나부낌에 취해 버린 듯 자신도 모르게 그 소녀 쪽으로 걸어갔다.

그러는 와중에 그녀는 귀찮은 인간한테 걸려든 모양.

이리야는 무의식 중에 그녀의 뒤로 다가가서 말을 했다.

"이런! 위험하잖나. 이런 아름다운 아가씨한테 그게 무슨 말버릇이야?"

있는 힘껏 눈에 힘을 주고 그는 상대방을 노려보았다. 위협적인 그의 시선에 상대방은 뭐라고 더 말을 하려다가 말고 주춤주춤 사라졌다. 그제서야 이리야는 한숨을 내쉬고는 바로 앞에 있는 예쁜 소녀에게 말을 걸었다.

"괜찮으신가요, 아름다운 아가씨?"

"아, 그… 괜찮으니까 이 손 좀 놓아주시겠습니까?"

"오~ 실례, 실례. 아름다운 아가씨."

감싸 안은 어깨는 놀라우리만치 작고 부드러웠다.

"조심하셔야지요. 레카에는 위험한 남자들이 많이 있답니다."

그는 시안의 어깨를 놓고 한 발자국 뒤로 물러났다. 하지만 그는 그녀의 어깨에 손을 올려놓는 순간 느껴진 이상한 파장에 고개를 갸우뚱했다.

"어디 찾는 곳이라도 있으신지? 아니면 그냥 시간을 때우러 나오신 겁니까? 괜찮으시다면 제가 좋은 곳을 안내하지요. 레카의 밤거리는 아주 훌륭하답니다."

자신도 모르게 손이 앞으로 나간다.

"이건 정말 아름다운 은발이군요."

손에 닿는 머리카락은 마치 은실처럼 사라락거리면서 손가락에 감겨들었다.

하지만 그가 그 머리카락의 감촉을 제대로 느끼기도 전에 바람같이 두 사람의 남자가 달려들었다.

"무슨 일이십니까? 저희 아가씨에게 볼일이라도?"

"괜찮으십니까, 시안님?"

눈빛만으로 사람을 죽일 수 있었다면 아마도 그는 그 자리에서 그 남자들의 눈빛에 찔려 죽어버렸을 것이다.

그는 조금 전 그가 소녀의 어깨를 잡았을 때 느낀 묘한 위화감이 무엇인지 되씹어보기도 전에 물러날 수밖에 없었다.

"이제 보니 굉장한 나이트를 거느린 아가씨셨군요. 실례했습니다."

그는 자신을 향해 살벌한 눈빛을 번득이고 있는 남자의 눈치를 살피면서 물러났다.

그들은 그 소녀를 애지중지 챙겨서 휭— 하고 사라졌다.

뒤에 남은 이리야는 아직도 그의 몸을 감싸고 있는 청량한 공기 속에서 멍하게 그들의 뒷모습을 바라보았다.

"…헤에."

이리야는 감았던 눈을 떴다.

눈앞에는 신기하다는 표정을 숨기지도 않은 채 자신을 말똥말똥 바라보는 환상적인 미소녀가 앉아 있었다. 그 얼굴을 바라보고 있 자니 꿀꺽하고 목구멍으로 침이 넘어가는 소리가 나는 것 같았다.

"물속에 잠겨 있는 거 같으셨죠?"

"정말 그러네……."

기엘은 웃음을 지으면서 슬쩍, 아직도 이리야가 꼭 잡고 있는 시 안의 팔을 끌어당겼다.

이리야는 속으로 쓴웃음을 지으면서 시안의 손을 놓아주었다.

"어떠셨어요?"

"뭐가?"

기껏 시안에게 있는 힘을 다해 자신을 느껴보라고 노력했던 이리 야는 아무것도 모르겠다는 시안의 반응에 휘청했다.

'뭐, 뭐냐. 이 반응은.'

"뭔가 이상한 느낌 같은 것은 없었습니까?"

그녀는 고개를 끄덕끄덕하며 설명을 요구하는 듯한 표정을 해 보 였다. 이리야가 멍청하게 시안을 바라보고 있는 동안 기엘은 시안 에게 이런저런 설명을 하기 시작했다.

그런 모습을 바라보면서 이리야는 정말 재미있는 일행을 만났다고 생각했다.

한참을 기엘의 설명을 듣던 시안은 아하! 하고 탁— 손바닥을 쳤다.

"그런 거구나. 호오~ 이거 무슨 완전 아슈레이식 신원 조회구만. 쓸 만한데."

이리야는 피식 웃으면서 기엘에게 말했다.

"댁도 고생이 심하시겠수. 세상 물정 모르는 아가씨를 모시느라."

"뭐, 제 일이라서요, 괜찮습니다. 그건 그렇고 이대로라면 곧 하나스령으로 들어가게 되는데 이리야 씨는 앞으로 어느 쪽으로 가실 예정입니까?"

"글쎄. 나야 뭐, 물 흐르는 데로 따라가는 사람이니까. 될 대로 되겠지."

이리야는 크게 기지개를 켠 뒤 목 뒤로 팔짱을 끼고는 옆에 잔뜩 쌓여 있는 커다란 나무통에 몸을 기댔다.

어차피 특별한 목적지도 없는 그였다.

"그런데 왜 쫓기는 겁니까? 우리야 그렇다고 치고, 댁은 왜?"

대뜸 시안이 이리야에게 물었다. 기엘이 막을 사이도 없이.

순간 6개의 눈동자가 한 번에 이리야에게로 쏟아져 들어왔다.

"아? 아아아, 이제야 제대로 묻는 사람이 나왔군. 아름다운 아가씨, 아니, 시안님. 아! 그냥 시안이라고 불러도 되나?"

"상관없죠. 당연히."

로운이나 기엘이 잔소리를 할 사이도 없이 시안이 먼저 대답을 하자 기엘이 한숨을 내쉬었다.

그런 그에게 눈길을 슬쩍 돌렸다가 이리야는 대뜸 위에 걸치고 있는 망토를 한쪽으로 걷어내고는 셔츠를 훌러덩 벗어버렸다.

"에엑? 누가 누드쇼하라고 했어요?"

"누드쇼는 또 뭐야?"

이리야는 커다란 셔츠를 벗어버리고는 어깨가 드러나는 짧은 속옷과 가슴을 보호하고 있는 보호대는 그대로 두고 왼쪽 어깨를 가리켜 보였다.

"이거 보이지?"

톡톡, 하면서 근육이 불끈 솟아 올라와 있는 어깨춤에는 검푸른 무늬와 몇 개의 글자가 박혀 있었다.

"그게 뭔데요?"

"노예의 인장이야."

"에, 에엑—!!"

"쉴드. 바헬."

순간 로운이 주문을 외웠다. 갑자기 왜 그러느냐고 묻는 듯한 눈빛에 로운이 대답했다.

"그냥. 남이 들으면 좀 그럴 내용이 나올 것 같아서."

"호오~ 재미있군, 그 주문."

"그래서요? 아저씨, 도망 노예 같은 거? 이거 곤란한 거 아닌가요, 기엘?"

"글쎄요. 일단 이야기를 들어보죠."

세 사람의 반응에 이리야는 잠시 생각을 정리했다. 보통 이런 노예 인장을 보여주면 열에 열 명은 대부분 대뜸 그를 대하는 태도가 달라진다. 하지만 이들은 정말 일반적인 반응을 보여주기는커녕 한 명은 다른 사람들이 소리를 듣지 못하게 쉴드를 치고, 한 명은 이야기를 들어보자는 신중한 태도를 보여주고 있다. 그리고 마지막 한 사람은 아무 생각이 없는 느낌. 그는 왠지 자신에 대한 모든 이야기

를 해도 이들이 자신을 대하는 태도가 크게 달라지지 않을 것 같다
는 생각이 들었다.

"난 보기에는 그 나유인지 뭔지 하는 신국인으로 보이지만 아까
말했다시피 제국인이지. 그리고 이런 노예의 인장이 찍힌 것은 내
가 제국인이면서도 신국인들과 같은 능력을 가지고 있기 때문이야.
내가 도망치는 신세가 된 것도 다 그 이유지."

"그게 왜요? 제국에서는 그런 능력을 가지고 있으면 설마 모두
노예 취급당하는 건가요?"

"그런 건 물론 아니야."

이리야는 다시 옷을 주워 입고는 이야기를 시작했다.

그는 간단하게 정리해서 세 사람에게 자신에 대한 이야기를 들려
주었다.

그의 말에 따르면 그는 평범한 한 농부의 자식으로 태어났는데
이상하게도 나유인 같은 외모와 능력을 가지고 태어났다는 것이다.

얼마 전까지만 해도 그는 그런 외모와 상관없이 그냥 평범하게
부모님과 같이 농사를 지으며 살았다. 하지만 어느 날 갑자기 그가
살고 있던 부근의 성주에게 한 장의 공문이 날아오면서부터 그의
인생은 뒤틀어지기 시작했다.

그 공문의 내용이 정확하게 무엇인지는 몰랐지만 그는 어느 날
이유없이 징집이 되어서 그대로 제국의 수도인 카드미엘로 끌려갔
다. 그리고 그곳에 도착하자마자 노예의 인장이 찍힌 채 강제적으
로 물의 술을 배우게 되었다.

"그럼 그때까지는 아무것도 몰랐다는 거예요?"

한참 이야기를 듣고 있던 시안이 희한하다는 듯 묻자 이리야는
쓴웃음을 지으면서 대답했다.

"이봐, 내가 지금은 이렇지만 이래뵈도 평범한 농사꾼이었다고. 물론 어느 정도는 물을 가지고 놀면서 자랐지만 그때는 그냥 단순하게 내가 뭔가 물과 친근하다고 느꼈을 뿐이야. 여기저기서 들었기 때문에 신국인에 대해서 모르는 것은 아니었지만 부모님이 평범한 사람들인데 누가 나한테 '너는 엘러다' 하고 물의 술을 가르쳐 주었을 것 같아?"

"그건 또 그러네."

"암튼 지금 제국은 난리도 아니라구. 방방곡곡을 돌아다니면서 엘러들을 색출해 내고 있는 실정이지. 그때 그 남자 만났다고 했죠? 눈이 이렇게~ 찢어진 재수없는 녀석."

이리야가 자신의 눈을 찍— 하고 찢어 보이며 로운을 향해 말하자 로운이 고개를 끄덕였다.

"그 녀석이 그 총책임자 중의 하나인데 아주 비열한 놈이라구. 그 녀석, 내가 좀 반항하니까 날 질질 끌고 가서 대뜸 이걸 찍게 만들었어. 젠장. 그때 내가 물의 술을 좀 쓸 수만 있었으면 그 자식을 묵사발 내버리는 건데, 난 그때는 아직 아무것도 배우지 못했기 때문에 어쩔 수 없이 당하고 말았지."

그가 혀를 내두르면서 말을 하고 있는 동안 잠자코 있던 기엘이 불쑥 끼어들었다.

"엘러들을 색출해 낸다고 하셨는데 그 이유가 뭔지 아십니까?"

"정확하게는 나도 몰라. 암튼, 불의 술사, 바람술사, 물의 술사, 또 하나는 뭐더라? 여하튼 간에 엘러들을 모아서 뭔가 하려는 것은 틀림이 없어. 내 이야기는 여기까지. 난 죽어도 노예 취급받을 생각은 없으니까 이렇게 도망을 다니는 거야. 이것으로 끝."

"흐응……."

"자아, 나도 몽땅 털어놓았으니까 그쪽도 좀 털어놓는 게 어때? 사실 엄청 궁금하거든."

"뭐가 그렇게 궁금하십니까?"

"별거 없소. 그냥 세상 물정 모르는 우리 아가씨를 모시고 적당히 세상 구경하고 오라고 하셔서 여행을 하고 있는 것뿐이니까."

"…으음. 불공평해, 불공평."

"정말입니다. 시안님께서는 사실 한 번도 미메이라 밖으로 나오신 적이 없으시거든요. 그래서……."

"아니야, 아니야. 자네들이야 일단 호위 기사라고 칠 수 있다지만 그걸로는 저 친구의 태도가 난 이해가 안 간다구. 주인집 아가씨를 향해서 대하는 태도가 아니야. 말도 오락가락하고."

"쉴드. 바헬. 오프."

로운은 이리야가 하는 말은 들은 척도 안 하고 그때까지 쳐두었던 쉴드를 풀었다. 순간 거센 파도 소리가 뱃전에 부딪히는 소리가 생생하게 들려왔다.

"하하. 로운은 그러니까… 그게."

기엘은 아차 싶어서 변명을 하려고 했다. 그렇지 않아도 로운에게 시안을 대하는 태도에 대해서 몇 마디 하고 싶었지만 기회를 찾지 못하고 있던 차였다. 그는 이번에야말로 꼭 로운에게 주의를 주어야겠다고 속으로 마음먹었다.

"워낙 시안님과 가까이 지내는 처지라……."

"오호~ 뭐 약혼자쯤 되시나?"

이리야의 농담처럼 하는 말에 로운은 속이 뜨끔했다.

하지만 로운이 그 농담에 반응하기도 전에 시안이 불같이 화를 내면서 벌떡 일어났다.

"이봐!! 당신, 듣자 듣자 하니까 못하는 소리가 없어!! 어디가 이 아저씨 얼굴이 내 약혼자로 보이냐!! 앙!!!"

"어어. 이거 진짜인가 본……."

하지만 이리야는 그 말을 끝까지 하지 못했다.

철썩— 쏴아아아아아—!!

"우, 우아아악!!"

"시안님!!"

파도가 거세게 밀려오면서 배가 옆으로 크게 요동쳤다. 벌떡 일어났던 시안은 중심을 잡지 못하고 팔을 허우적대면서 넘어졌다. 기엘이 달려들어 시안의 몸을 받는 순간 로운이 허리춤에서 라이트를 뽑았다.

"기엘!!!"

촤악— 하는 소리가 나면서 세찬 물방울들이 튀어 올랐다. 그 사이에서 검은색의 복면으로 온통 얼굴을 가진 남자들이 몇 사람이나 함께 튀어 올랐다.

"우악!! 이게 도대체 뭐야!!"

챙강—!

물방울 사이로 검과 검이 마주 부딪치는 소리가 울렸다.

그 소리는 심하게 요동치는 배 위에서 산산조각이 되어 흩어졌다.

"로운!! 뒤!!"

"하앗!!"

로운은 앞쪽에서 달려드는 한 사람을 전광석화처럼 찌르고 그대로 라이트로 커다란 호를 그리면서 갈랐다.

"우억!"

"기엘 디 하라스다인. 헤레프!!"

로운의 라이트가 바람을 가르는 순간 큰 소리로 기엘이 주문을 외치는 소리가 났다.

쐐엑— 하는 파공성이 바닷바람을 가르고 쏜살같이 새롭게 물속에서 뛰어오르는 남자에게 쏘아져 갔다.

"크억!!"

"이, 이게 도대체 뭐야!! 젠장할. 카라스!!"

이리야는 로운의 공격을 받고 넘어졌던 남자가 자신에게 다가오는 것을 보자마자 악을 쓰면서 주문을 외쳤다.

그의 손이 공기를 가르자 공기 중에 흩어져 있던 물방울들이 순식간에 그의 주위로 몰려들었다.

철퍼덕—

물의 장벽이 남자를 덮쳤다. 그는 뒤로 한참을 굴러 가다 말고 옆에 떨어뜨렸던 검을 들고 다시 덤벼들었다.

"우아아아아—!"

하늘 높이 치켜든 검에 물의 장벽이 남긴 물기가 바람처럼 흘러내렸다. 이리야는 그것을 놓치지 않고 다음 주문을 외웠다.

"젠장. 어디 물위에서 나한테 수작을 걸어! 이리야 노런. 케샤!!"

짧은 호선을 그리면서 얇게 흩어지던 물이 이리야의 말이 끝나기가 무섭게 단단하게 변하면서 남자의 칼에 들러붙었다. 그와 동시에 뒤쪽에서 거대한 물줄기가 그 남자를 덮쳤다.

"기엘, 피해!!!"

로운은 자신을 향해 달려들다 말고 기엘 쪽으로 몸을 날리는 남자를 발견하고 소리를 질렀다.

챙강!!

불빛이 번쩍였다.

기엘이 라이트를 꺼내 달려드는 남자의 검을 막아냈다.

온몸의 무게를 실어 달려든 남자의 검은 묵직하게 기엘을 압박해 왔다.

"시안님! 제 뒤에서 떨어지지 마세요!! 이야— 압!!"

있는 힘을 다해서 자신을 향해 떨어지는 검의 무게를 밀쳐 버리고 기엘은 기합을 넣으면서 상대방에게 달려들었다.

시안은 눈앞에서 벌어지는 광경에 입을 쩍 벌리고 어떻게 해야 할지 몰라서 소리만 질렀다.

"우아아아악!!!"

시안이 이성을 잃고 머리를 감싸며 그 자리에 주저앉는 순간 거센 바람이 시안의 몸에서부터 불어 나오기 시작했다.

"으아아아악!!!"

불어 나오기 시작한 바람은 시안의 계승식 때를 능가하는 회오리 바람이 되어 난장판이 되어가는 주위를 덮쳤다.

"시안님!!!!"

로운은 앞에서 쉴 새 없이 덤벼드는 남자의 칼을 밀쳐 내다 말고 뒤에서 강하게 덮쳐 오는 시안의 힘에 밀려 앞으로 고꾸라졌다.

"제길! 저 바보가!!"

시안이 일으킨 바람에 밀려 뱃전까지 굴러 갔던 로운은 자신도 힘을 개방하여 시안의 힘에 맞섰다.

'젠장. 이대로라면 이 배까지 날아갈 텐데.'

문득 고개를 든 로운의 시야에 바람에 날려가지 않기 위해 안간 힘을 쓰는 사람들이 보였다.

그중의 하나가 바로 이리야였다.

'제, 젠장. 이게 뭐야!!'

이리야는 자신을 덮쳐 오는 거대한 엘의 회오리바람을 견디기 위해 갑판에 납작 엎드려서 주문을 중얼거리고 있었다.

두터운 물의 장벽이 그의 몸을 보호하고 있었다.

'세상에! 저런 게 가능하단 말이야?'

흐린 그의 시야에 미친 듯이 고함을 치고 있는 시안이 보였다. 그녀는 몸을 조그맣게 웅크리고서 이 미친 듯이 불어대는 바람 한가운데에 앉아 있었다.

'젠장. 어떻게든 해보라구!!'

그의 시선이 로운과 마주치자 그는 속으로 악을 썼다. 하지만 로운 역시 시안의 바람을 막아내는 데 급급한 듯 꼼짝도 하지 못하고 있었다.

휘이이이잉.

쒜에에에엑—

귀에 들리는 것은 오로지 바람이 미친 듯이 하늘로 돌아 올라가는 광경뿐.

그 사이사이로 갑판에 쌓여 있던 커다란 나무통들과 짐들이 바람에 휘말려 하늘 높이 치솟고 있었다.

그 순간 이리야와 로운, 그리고 기엘의 눈에 기이한 광경이 들어왔다.

'저, 저건…'

미친 듯이 불어대고 있는 회오리바람의 한가운데 희미하지만 무엇인가 분명 정확한 형태를 가지고 있는 것이 시안의 몸에서부터 시작되어 미동조차 하지 않고 공중에 떠 있는 것이 보였다.

그것은 길고 긴 형태를 하고 있었고 은백색으로 빛나는 비늘을 가지고 있었다.

'도대체 저건 뭐지?'

힘겹게 눈을 뜨고 기엘은 그 광경을 멍하니 바라보고 있었다.

이제 시안이 만들어낸 회오리바람은 쎙쎙 소리를 내면서 그 은백색으로 빛나는 무언인가를 중심으로 정리되어 가고 있었다.

"기엘!! 시안님을 어떻게든 진정시켜 봐!!"

로운이 소리를 질렀지만 기엘 역시 구석탱이에 처박혀서 그냥 그 기이한 광경을 보는 것이 고작이었다. 물론 로운이 소리를 지르는 것도 듣지 못했다.

기엘 역시 고전하고 있었다.

그는 자신의 라이트를 단단하게 잡고는 있었지만 시안을 바라보는 것이 고작인 상태에 처해 있었다.

힘겹게 고개를 들자 그의 눈에도 점점 형태를 뚜렷하게 해가는 그 미지의 형태가 눈에 들어왔다.

'도대체 어떻게 해야 하지. 그리고 저건….'

바로 그때. 휘양찬란하게 은백색으로 반짝이는 두 개의 동공이 그와 눈이 마주쳤다.

그것은 분명 눈이었다. 길게 양쪽으로 찢어져 있는 그것이 내뿜는 빛은 온몸을 얼려 버릴 것처럼 기엘을 덮쳐 왔다.

그 은백색의 눈 아래에 약간 회색으로 길게 늘어져 있는 입이 있었다.

순간 기엘은 자신의 눈을 의심했다.

은백색으로 반짝이는 눈이 실처럼 가늘어지면서 그것은 분명 웃고 있었던 것이다.

온몸에 소름이 끼쳤다.

씨익— 하고 기엘을 향해 웃어 보인 얼굴은 다시 아래쪽에 웅크리고 있는 시안을 힐끔 바라보고는 다음 순간 그대로 사라져 버렸다.

다른 어떠한 단어로도 표현할 수 없었다.

마치 처음부터 없었던 것처럼 그것은 그대로 사라져 버렸고 그것이 사라지는 순간부터 회오리바람은 갑작스럽게 그 위세가 약해지기 시작했다.

기엘은 너무 놀라서 로운 쪽으로 고개를 돌렸다. 로운 역시 같은 것을 본 듯, 믿을 수 없다는 표정을 한 채 하늘을 바라보고 있었다.

바람은, 시안이 일으킨 거센 돌풍은 이제 서서히 조용하게 가라앉아 가고 있었다.

"꼬마는 어때?"

한차례의 회오리 돌풍이 가라앉고 다시 고요함을 찾은 새벽의 갑판. 그 위에는 탈진한 듯한 몇 사람과 이미 시체가 되어 있는 몇 개의 물체가 여기저기 널브러져 있었다.

그 가운데에서 기엘은 탈진한 채 정신을 잃은 시안의 몸을 감싸 안고 필사적으로 시안이 기력을 차리도록 하기 위해서 노력하고 있었다.

"나도 몰라."

"잠깐 비켜봐."

로운은 지친 몸을 이끌고 시안의 앞에 무릎을 꿇었다.

그의 입에서 조용하게 단어가 흘러나왔다. 정화의 주문이었다.

"로운 디 로크레슈. 메. 하니다."

싸아 하는 바람 소리에 흠칫하는 사람이 있었다.

이리야는 다시 바람 소리가 들리자 화들짝 놀라서 뒷걸음질을 쳤다.

"그, 그거 괜찮은 거야?"

"일종의 치유술입니다. 아까 그런 바람과는 다르죠."

기엘이 변명을 했다.

기엘이 보기에도 갑판은 정말 난장판이었다.

수부들이 미친 듯이 뛰어다니면서 사건을 수습하고 있었지만 그들은 방금 전에 일어난 일이 뭔지도 모르는 눈치였다. 단지 갑작스런 날씨 탓만을 하고 있을 뿐이다.

이리야는 그들이 시안에게 달라붙어 있는 동안 네 구의 시체를 끙끙대면서 한구석에 살며시 옮겨놓고는 굴러다니는 짐을 몇 개 모아서 그 시체를 감추어두었다.

돌풍 때문에 난리가 난 선상에 더 이상의 문제를 일으키고 싶지 않았기 때문이었다.

'젠장할, 어쩐지 뭔가 수상하더라니. 사람을 잘못 골랐나.'

약간 후회하는 마음도 없지 않았다.

"도대체 이게 웬 난리야? 당신들, 이거 제대로 설명해 주지 않으면 가만두지 않겠어!"

이리야가 시비를 걸었지만 기엘이나 로운 둘 다 들은 척도 하지 않았다. 아니, 들은 척을 하지 않은 것이 아니라 그들의 귀에는 이리야의 투덜거림도, 사람들이 분주하게 뛰어다니는 소란도 들리지 않았다.

그들의 눈에 보이고 들리는 것은 새파랗게 질려서 쌕쌕거리는 숨소리만을 내고 있는 시안이었다.

"그거 봤어?"

"응."

"다른 사람들도 보았을까?"

"글쎄."

로운은 무뚝뚝하게 대답했다.

사실 그도 아까 자신이 보았던 그것이 무엇인지 전혀 알 수가 없었기 때문이다.

대신 로운은 이리야가 낑낑대면서 감추어둔 시체 옆으로 다가가서 검은색의 두건을 벗겨보았다.

시체에 손을 대고 잠시 힘을 불어넣어 보았지만 그들의 몸에서 느껴지는 엘의 양은 엘러라고는 볼 수 없는, 단순하게 평범한 사람들이 가지고 있는 수준일 뿐이었다.

정확하게 말해서 엘러는 아니라는 소리다.

"분명히 우리를 노리고 덤벼들었어. 아니, 정확하게 이야기하면 꼬마를 향해서였지."

기엘은 로운의 말을 듣고 고개를 끄덕였다. 그의 품에는 아직도 기절해 있는 시안이 안겨 있었다.

"암살자인가?"

"그렇겠지."

"하지만 미메이라인은 아닌 것 같은데."

"……"

로운은 입을 꾹 다물었다.

도대체 이들의 정체는 뭘까? 자신들을 노린 것을 보면 확실히 이들은 그들의 정체를 알고 있는 사람들일 것이다.

하지만 아무리 시체의 몸을 뒤져 보아도 그들의 신분을 증명할 만한 것은 아무것도 없었다.

"이들은 미메이라인이 아니더라도 사주한 사람은……."

"그것보다 우선 시체를 처리해야 할 텐데. 사람들이 다시 갑판 위로 올라오고 있어."

기엘이 속삭였다.

로운은 고개를 끄덕이기는 했지만 도대체 어떻게 하면 이것을 사람들의 눈에 띄지 않게 처리할 수 있을지 고심했다.

그대로 물에 던져 버리면 분명 풍덩하는 소리가 날 것이다.

그렇게 로운이 고민을 하는 사이 이리야가 다시 로운 쪽으로 다가왔다.

"이제는 정신이 좀 드는 모양이구만. 이게 도대체 무슨 소동인지 이유나 좀 압시다. 젠장. 저 말괄량이 아가씨 때문에 목이 댕경하고 잘리는 줄 알았다구."

로운은 앞에서 껄렁껄렁거리고 있는 이리야를 노려보았다.

뭐라고 한마디라도 해주고 싶기는 했지만 지금 그의 입장으로서는 그런 말을 할 수 있는 처지가 아니다.

"시체 처리가 문제겠지? 어때? 이것들 모두 내가 처리를 해줄 테니까 적당히 나한테도 사정을 좀 이야기해 달라고. 나라는 인간은 이유없이 당하는 것은 딱 질색이란 말이야."

"어떻게 처리하겠다는 거지?"

이리야는 믿을 수 없다는 반응을 보이는 로운을 보며 피식하고 웃어버렸다.

"이래봬도 속성이긴 하지만 난 어엿한 물의 술사라고. 이 정도 처리도 못할 줄 알아? 자, 어쩔 거야? 기사 양반."

이리야가 마지막에 붙인 말에 로운은 움찔했다.

"좋소. 거래를 하지. 당신이 이걸 소리없이 처리해 준다면 적당한 선까지는……."

"아아, 좋아, 좋아. 그러면……."

로운은 이리야가 소곤거리며 말해 주는 대로 소란스러운 틈을 타서 하나씩 하나씩 시체들을 들어서 배 밖으로 던질 기회를 찾았다.

사람들이 갈기갈기 찢어진 돛에 우르르 몰려 있는 동안 로운은 한 구의 시체를 바다 속으로 던져 넣었다.

그것을 꼼꼼하게 옆에서 지켜보고 있던 이리야는 로운이 시체를 던져 버리는 순간에 맞추어서 배 주위에 큰 파도를 밀려오게 하면서 길고 긴 물줄기가 순식간에 시체를 감싸 강물 속으로 소리없이 잠기도록 했다.

물의 술사만이 할 수 있는 방법이었다.

그렇게 네 구의 시체를 한참의 시간을 들여 처리하자, 로운은 안도의 한숨을 이리야는 피곤한 한숨을 내쉬었다.

"젠장, 다른 쪽으로 시선을 끌게 하려니까 이것도 되게 피곤하군. 당신들 운이 좋은 줄 알아. 이런 건 대하인 나하르나 이 폴리카르에서나 가능한 일이라구. 이 정도로 큰 강이 아니면 저런 물살이 자꾸 밀려오는 것도 이상하단 말이야."

"고맙소."

로운은 간단한 단어로 이리야에게 고마움을 표현했다.

지친 이리야는 로운이 그러거나 말거나 들은 척도 안 하고 축축하게 젖어 있는 갑판에 벌렁 드러누웠다.

"이유는 나중에 듣기로 하고 이젠 좀 쉽시다. 댁도 얼굴이 말이 아니우."

"……."

하지만 로운은 이리야의 옆에 드러눕는 대신 시안 쪽으로 다가갔다.

"괜찮아, 로운. 이제 어느 정도 진정되신 것 같아."

"그런 것 같군."

"그리고……"

기엘은 가까이 다가온 로운에게 손가락을 움직여 더 더욱 가까이 오라는 신호를 했다.

"다 좋은데, 시안님을 부르는 호칭만큼은 어떻게 좀 해봐. 저 사람이이야 어쩔 수 없다지만 앞으로는 문제가 될 수도 있어."

"……"

"대답은?"

"아아, 알았어. 알았다구."

"좋아."

기엘이 씨익 웃어 보이면서 로운의 어깨를 쳤다.

"그건 그렇고 얼마나 더 가야 하는 거야, 이놈의 폴리카르는?"

"글쎄, 배에 탈 때 들은 말로는 반나절 정도라고 했으니까 이제 곧……"

그 말을 누군가 듣기라도 한 것처럼 멀리서 소리가 들려왔다. 아마도 선장인 것 같았다.

"주 돛대에 손상이 많이 가서 앞으로 몇 시간은 더 걸릴지도 모르겠습니다. 승객 여러분들께서는 불편하시더라도 조금만 더 기다려 주시면 감사하겠습니다."

"좀 더 걸린다는군."

"들었어."

기엘이 대답하자 로운은 한심하다는 얼굴로 시안의 얼굴을 내려다보았다.

"정말, 이거 문제 많은 녀석이라니까. 젠장. 어떻게 사건 수습은 되었지만."

기엘은 불평을 말하는 대신 약간 어두운 얼굴을 하고서 말했다.

"그보다는 난 아까 그게 뭔지가 더 궁금해. 로운 너도 봤지?"

"…응."

"분명히 나랑 눈이 마주쳤어. 은백색으로 빛나는……."

"나도 봤어, 그거."

"그렇지?"

하지만 두 사람이 아무리 궁리를 해봐도 그 사건 와중에 보았던 은백색의 눈을 가진 것이 무엇인지는 알 수가 없었다.

기엘과 로운 두 사람은 과연 그것이 무엇일까 고민하면서 날이 밝는 것을 지켜보았다.

*　　　　*　　　　*

"아으… 잘 잤다."

"몸은 좀 괜찮으십니까, 시안님?"

시안은 뿌드드한 몸을 쭈욱 펴면서 기지개를 켜다 말고 저 밑바닥에서부터 끓어오르는 느끼함에 화들짝 놀랐다.

"에, 에엑?"

"어디 안 좋은 곳이라도 있으신가요?"

정중하게 시안에게 물어오고 있지만 시안은 그에 대답하는 대신에 파랗게 질려서 손가락으로 문제의 남자를 가리키면서 벌벌 떨었다.

"기엘! 기엘!!"

시안이 다급하게 기엘의 이름을 부르자 멀리서 얼마 안 되는 짐을 정리하고 있던 기엘에 쏜살같이 달려왔다.

"무슨 일이십니까, 시안님?"

"기, 기엘. 아, 아저씨 얼굴이, 얼굴이……"

"제 얼굴에 뭐라도 묻었습니까?"

"으, 으아악!! 이 인간 어디 다쳤나 봐!!"

"풋!"

시안은 완전한 패닉 상태에 빠져서 이상하다는 얼굴을 하고 자신을 바라보는 로운을 바라보고 있었다.

'나, 나한테 존댓말을 했어. 아무도 없는데.'

"푸, 푸하하하하하핫!"

기엘은 파안대소를 하면서 미친 듯이 몸을 흔들며 웃었다.

"푸하하하핫! 하하하하핫!"

"뭐야!! 기엘도 어디 이상한 거 아니에요? 도대체 내가 자는 동안 무슨 일이 있었… 앗!!!"

시안은 그제서야 자신이 기절(?)하기 직전의 상황이 떠오른 모양이었다.

"푸하하하핫!"

"그만 웃어, 기엘. 이러라고 한 건 너였잖아."

"푸, 푸하하핫! 하, 하지만 너무 웃기잖아. 푸, 푸하하하핫!"

로운은 못마땅한 눈길로 기엘을 바라보았다.

그러고 있는 와중에 이리야가 끼어들었다.

"이거 아침부터 웬 웃음소리가 들리나 했더니. 무슨 일이슈? 나도 좀 같이 웃읍시다."

"푸, 푸핫! 아무것도 아닙니다. 아무것도. 아하하하하!"

시안은 자꾸만 웃고 있는 기엘을 이상한 눈으로 쳐다보았다.

'정말 이 인간도 허파에 바람 든 거 아냐?'

설명을 해주길 바랐지만 로운은 못마땅한 얼굴을 하고 있고 기엘은 웃느라고 정신이 없는 상태다. 결국 시안은 자신과 마찬가지로 어리둥절한 얼굴을 하고 있는 이리야에게 시선을 돌렸다.

"이봐요, 아저씨. 제정신인 것은 아저씨뿐인 듯하니까 도대체 여기가 어디고 그 배에서 무슨 일이 있었는지 설명 좀 해주실 수 있겠어요?"

"어어. 아저씨라니. 난 아직 결혼도 안 했고 아저씨라고 불릴 나이도 아니야. 고생하느라고 좀 늙어 보일지는 몰라도 아직 25살밖에 안 되었다구."

"으윽!! 거짓말!!"

"뭐가 거짓말이야!! 사람이 말하면 좀 믿어라. 믿어!"

"그래도 거짓말이야. 25살이라니……."

"시안님, 일단 식사부터 하시지요. 오후에 출발하려면 지금 든든하게 먹어두셔야 합니다."

기엘은 간신히 웃음을 멈추고 시안에게 말했다.

"배고프시죠? 꼬박 이틀 동안 아무것도 먹지 못하셨으니."

"이틀?"

기엘의 말을 듣고 시안이 고개를 파악— 돌렸다.

"이틀이나 잤다구요? 내가?"

"네. 배에서 사고가 좀 있었습니다. 그때 시안님께서 무의식 중에 힘을 쓰시는 바람에 아마도 탈진하신 듯싶습니다."

"아, 맞아, 맞아. 그 사람들은 도대체 누구예요? 도대체 왜."

"해적입니다."

로운이 뒤에서 불쑥 끼어들었다.

"해적?"

"네, 해적. 사실 바다가 아니라 해적이라고 하기는 뭐하지만 폴리카르 같은 강은 워낙에 큰 강이라서 바다에서 활약하던 해적들이 종종 있다고 하더군요. 아무튼 큰일은 아니었으니까 너무 걱정하지 마세요."

로운이 얌전하게 설명을 해주었지만 역시 시안은 그런 로운의 태도가 너무나 껄끄러웠다.

"…이봐요, 아저씨 얼굴."

"……"

로운은 지금까지는 기엘이 한 말에 따라서 얌전히 말을 하고 있었지만 시안이 대뜸 아저씨 얼굴이라고 부르자 꿈틀하고 신경이 곤두섰다.

평소 자신의 성격 같았으면, 그리고 이런 입장이 아니라면 뒤통수를 한 대 갈겨주고 싶은 심정이었다.

"뭐 잘못 먹었어요? 왜 말투가 그래?"

"별로. 그냥 잠시간 제 임무와 위치를 잊고 있었던 것 같아서 반성을 했을 뿐입니다."

로운은 끓어오르는 화를 내리누르며 대답했다.

"저어, 나 이거 더 먹어도 돼요?"

"네. 여기 오리구이 하나 더 주십시오."

식사 시간은 조용했다. 아니, 적어도 겉으로는 조용하게 보였다.

하지만 시안은 불안한 마음을 누르지 못한 채 아침 식사를 하고 있었다.

살살 눈치를 살펴보지만 어느 누구도 대답해 줄 만한 얼굴을 하고 있지 않았다.

과연 자신이 잠들어 있는 동안에 무슨 일이 생긴 것일까? 도대체 무슨 일이 있었길래 로운이 자신을 향해서 시안님, 시안님, 하면서 꼬박꼬박 존댓말을 하고 있는 것인지 그는 전혀 알 수가 없었다.

"일단 아침 식사를 하시고 나면 기엘이 시안님께 바람술을 가르쳐 드릴 것입니다. 먼젓번 같은 일이 생기지 않도록 조금씩 연습을 하셔야 한다고 생각해서요."

"……."

시안은 입에 한껏 오리 고기를 처넣고 있었기 때문에 고개를 끄덕이는 것으로 대답을 대신했다.

"일단 오후에 호로스로 가는 상인 일행에 합류할 것입니다. 레카에서 바로 들어갔으면 좋았을 테지만 이런저런 사정도 있었고……."

밥을 먹으면서 시안이 들은 것은 일행이 있는 곳이 폴리카르에 인접한 이오카라는 도시라는 것이었다.

시안이 잠들어 있는 동안 일행은 배에서 내려서 일단 이오카에 숙소를 정하고 시안이 몸을 회복하기를 기다렸다는 것이었다.

물론 설명을 듣는 내내 로운과 기엘이 번갈아가면서 자신에게 존대를 하는 것은 변함이 없었다.

시안은 온몸이 간질거렸다.

기엘이 존댓말을 해온 것이야 처음부터 그래왔기 때문에 특별하게 이상할 것이 없었다. 하지만 로운은 그게 아니다. 연일 이어져 오던 반말 지꺼리와 구박(?)이 한순간에 사라지니 불안하기 짝이 없는 것이다.

"저… 저어."

"뭐가 더 필요하십니까, 시안님?"

대뜸 로운이 대답하자 시안은 화들짝 놀라서 고개를 푹 숙였다.

"스, 스프 한 그릇 더 먹으면 안 될까요?"

"안 될 리가 없지 않습니까. 얼마든지 드십시오."

'젠장할! 너무 이상해!!'

시안은 속으로 절규했다.

'이상해도 너무 이상하다구!!!!'

*　　　　*　　　　*

"여기부터가 호로스입니다."

시안은 탁 트인 넓은 평야의 앞에 서 있었다.

군데군데 나무들이 서 있는 그 평야는 짙게 녹음져 있는 것은 아니지만 그럭저럭 푸른색의 평야라고 봐줄 수 있는 그런 광경이었다.

"헤에~ 생각 외네, 여긴."

"왜 그렇게 생각하십니까?"

"불의 나라라고 하니까 사실 난 온통 사막이 아닐까 생각했거든."

시안이 놀라는 것도 무리가 아니었다.

실제 호로스에 처음 발을 디디는 사람들 누구나가 한번쯤은 이런 호로스의 풍경에 놀라 넋을 잃고는 하기 때문이다.

"읽으신 책 중에 호로스에 대한 책은 별로 없었던 모양이군요. 분명 호로스는 불의 나라가 맞기는 하지만 그렇다고 해서 온통 불바다로 이루어져 있는 나라는 아닙니다. 물론 사막 지대가 있기는 하지만 만일 나라가 온통 사막이라면 사람들이 살기는 힘들지 않겠습니까?"

"그건 그렇긴 하지만."

"일단 오늘은 이곳에서 좀 쉬도록 하지요. 호로스에는 이미 연락이 취해져 있는 상태니까 얼마 안 가서 사절이 올 것입니다."

"사절?"

"일단은 국빈이신걸요, 시안님께서는."

"그, 그런가?"

시안은 머리를 벅벅 긁으면서 고개를 돌렸다.

"자, 시안님. 어제 알려드린 것을 한번 해보시겠습니까?"

호로스의 국경 옆 작은 마을. 그 작은 마을에 단 하나밖에 없는 여관 2층에서 시안은 끙끙대고 있는 중이다.

이유는 다름 아닌 바람술 연습 때문.

겉으로는 살살 웃고 있는 기엘이지만 일단 '선생'이 되어버리면 상당히 엄하다는 것을 시안은 몸소 깨닫고 있는 중이다.

"시안 리에 디 하로이엔 미메이라. 쉴드. 바헬."

부웅하고 가볍게 공기가 움직이는 소리가 났다. 시안이 온몸으로 내뿜은 기운은 주위의 공기를 밀어붙이면서 자연스럽게 공기로 이루어진 쉴드를 만들어내기 시작했다.

그 모습을 멀리서 지켜보고 있던 이리야는 재미있다는 듯이 중얼거렸다.

"언제나 생각하지만, 저 아가씨 대단한걸?"

"……."

로운은 특별히 이리야의 말에 대답을 하지는 않았다. 사실 뭐라고 말하기도 그랬다.

어쩔 수 없는 상황 때문에 살짝 시안의 신분을 적당하게 알려주기는 했지만 그가 대뜸 자신들을 따라오겠다고 했을 때는 정말 당황스러웠다.

"에에. 정말?"

"정말입니다."

"호오~ 이거 뜻밖인데?"

이리야는 넋을 잃고 잠들어 있는 침대 위의 시안을 힐끔 훔쳐보았다.

"진짜 저 아가씨가 미메이라의 귀족 아가씨란 말이야?"

"그렇습니다."

"세상 구경을 시킨다는 말이 이해가 가기는 가는군."

로운과 기엘이 의논을 한 결과 이리야에게는 시안이 어느 정도는 신분이 있는 집안의 막내딸이라고 말한 것이다.

"저런 아가씨를 사절로 내보내다니. 거기다가 수행원이 둘뿐이라고 한다면, 저 아가씨 아버지도 강심장이로구만."

이리야는 고개를 끄덕였지만 역시 약간의 의구심이 일었다.

아무리 그래도 다른 나라에 사절을 보내면서 수행원이 둘뿐이라는 것은 역시 뭔가 수상한 점이 있었다.

"그럼 자네들은?"

"기엘은 기사입니다. 그리고 저는 수행 신관이죠."

로운은 간단하게 자신들을 소개했다. 하지만 이리야의 반응은 그렇게 간단하지만은 않았다.

"뭐라구? 당신이 신관이라구? 말도 안 돼!!!"

"왜, 제가 신관이라니 믿어지지 않습니까?"

"당연하지. 맹세코 나는 신관이 그렇게 검을 잘 쓰는 것은 처음 봤다구. 말도 안 돼. 기사라면 몰라도."

로운은 싱긋 웃었다.

"미메이라에서는 신관이라고 해도 어느 정도까지는 검술을 배우게 되어 있습니다. 적어도 자신의 몸은 지킬 수 있어야 하니까요."

"그래도 그렇지, 그런 몸놀림은……."

"신관이라고 해서 언제나 비실비실하게 주문만을 외우고 기도만 한다고 생각하시면 곤란합니다."

"세상에… 정말 믿을 수가 없구만 이거."

이리야는 이마를 짚어가면서 놀라움을 표시했지만 로운은 그저 싱긋거리며 웃기만 했다.

"허허, 참나. 나도 나지만 정말 참……."

이리야는 잠시 생각에 빠졌다.

기사와 신관을 대동하는 귀족 집안의 아가씨.

그중에서도 그 문제의 아가씨는 자신이 지금까지 만나본 어느 엘러보다도 더욱 특이한(?) 능력을 가지고 있는 사람이다.

밝힌다고 밝히기는 했지만 분명 저 은발의 소녀는 좀 더 높은 신분의 사람이 틀림없다는 것이 그의 생각이었다. 물론 말하는거나 하는 태도로 봐서는 영 아니긴 하지만 말이다.

뭐라고 해야 할까. 이리야는 아주 어릴 때부터 그가 보통 사람과는 다른 모습을 하고, 보통 사람과는 다른 능력을 가지고 있다는 것에 일종의 궁금증을 가지고 있었다. 아니, 궁금증이라는 단어로 표현하기에는 조금 더 큰, 호기심 같은 것이 있었다.

그것은 그가 징병 아닌 징병으로 카드미엘에 끌려가 물의 술을 배우기 시작하면서 더 더욱 커져 갔다.

과연 엘러라는 존재라는 것은 어떤 존재일까?

그리고 그들이 가진 엘이라는 것은 왜 보통 사람들과 이렇게나 차이가 나는 것일까? 또한 자신은 어째서 엘러로 태어났을까 하는 것이 그의 가장 큰 궁금증이었다.

그 때문일까?

그는 이 일행을 보면서 왠지 이들이 자신의 궁금증을 풀어줄 수 있을지도 모른다는 생각이 들었다.

"흐음……."

한참이나 생각에 빠져 있던 그는 마음속으로 어떤 결정을 내리고 나서 고개를 들었다.

"결정했어. 나도 댁들을 따라가겠어."

"……?"

"예?"

"일이 이렇게 되었고 내 내력도 밝혔고, 그리고 당신들 내력도 알게 되었잖아? 게다가 나도 완벽하지는 않지만 어느 정도 물의 술을 배웠고, 실제 지난번 일에서 내 능력도 꽤나 쓸모가 있다는 것도 증명했고. 그러니까 난 당신들을 따라가겠어."

"그, 그건 좀 곤란합니다만."

"이봐, 이봐. 그렇게 딱딱하게 굴지 말라구. 어차피 당신들 목적은 저 시안이라는 아가씨를 무사하게 보호하는 데 있잖아? 바람술을 쓸 수 있다고 해도 당신들 능력으로 안 되는 일도 있을 거야. 뭐 오래도록 따라다니겠다는 것은 아니야. 적당한 때가 되면 적당한 선에서 물러날 테니까."

"그렇지만……."

"안 됩니다."

기엘이 그의 말을 듣고 난감해하고 있는데 옆에서 로운이 딱 잘라서 거절을 해버렸다.

"물론 이리야 씨의 도움을 받은 것은 사실입니다만, 그것은 서로의 필요에 의해서가 아니었습니까? 솔직히 말해서 저희들은 시안님을 보호하는 데 전력을 다해야 하는 판입니다. 당신까지 신경 쓸 여력 같은 것은 없습니다."

"그러니까 내가 하는 소리가 그거 아니야. 나를 옆에 두면 적어도 물의 술에 대해서만큼은 어느 정도는 커버해 줄 수 있지 않겠냐는 거지. 안 그래?"

절대로 안 된다는 표정을 하고 있는 로운. 물론 기엘의 표정도 만만치 않았다. 그들의 얼굴을 보면서 이리야는 방글방글 웃는 얼굴로 계속 말을 했다.

"절대로 귀찮게 하지 않겠다고 약속하지. 정말이야. 어차피 나도 떠돌아다니는 입장이고. 사실 솔직히 밝히자면 난 신국인이라는 것에 호기심이 있어. 난 제국인이고 평범한 농부의 아들인데 당신들과 비슷한 외모를 가지고 있잖아? 왜 내가 이렇게 태어난 것인지 사실 궁금하다구."

"저희들은 그런 것을 가르쳐 드릴 만한 지식 같은 것은 가지고 있지 않습니다만."

"상관없어. 난 그냥 궁금할 뿐이니까. 단지 그냥 옆에 있다가 뭔가 한두 가지 깨닫게 되는 정도로 난 족해. 응? 어때? 진짜로 귀찮게 하거나 걸리적거리지는 않을 테니까."

태도나 말투는 껄렁껄렁해도 그의 진심은 충분히 로운과 기엘에게 전해지고 있었다.

미약하게나마 그의 몸에서 흘러나오는 기운은 그가 말하는 것 보다 훨씬 간절하게, 그리고 진심을 담고 있었기 때문이다.

"하지만 그래도 곤란한데……"

기엘은 계속 난감함을 표시하고 있었고 로운은 아무 말 없이 시안이 누워 있는 침대만을 바라보았다.

"그런데 왜 저 아저씨가 우릴 따라오는 거죠?"

"그냥 여행을 좀 하고 싶다고 하시는군요, 이리야 씨는."

"그럼 자기 혼자 다니면 되잖아요. 그래도 되는 건가?"

"일단 현재로써는 저 사람이 따라온다고 해서 안 될 이유도 특별히 없으니까요. 무엇보다도 물의 술을 좀 알고 있으니 시안님께 도움이 될 수도 있다는 생각이 들어서 일단 당분간만 동행하는 것을 허락했습니다."

사실 로운과 기엘이 의논 끝에 이리야를 동행시키기로 마음먹은 것은 역시 그의 능력을 높이 샀기 때문이었다.

여행을 하다 보면 무슨 일을 당할지 모른다는 것이 지난번 배에서의 습격 때 증명되었다. 시안에게는 그저 해적이었다고 둘러대기는 했지만 분명 배후를 모르는 어떤 존재가 그들, 특히 시안을 노리고 있는 것은 명백한 사실.

이런 상황에서는 아군이 될 수 있는 사람이 한 사람이라도 더 있는 게 유리하다고 판단한 것이다.

"자, 이리야 씨 이야기로 딴생각하지 마시고 어서 해보십시오. 다음에는 정화의 주문입니다. 역시 어제 가르쳐 드렸죠?"

"에이. 정말이지."

시안은 투덜투덜대면서 다시 자세를 바르게 했다. 사실 농땡이를 피우고 싶은 마음이 없는 것은 아니다. 하지만 역시 바람술 자체에 매력을 느끼고 있는 시안으로서는 기엘이 하나씩 하나씩 가르쳐 주는 주문들에 마음을 빼앗기고 있었다.

"꼭 주문을 외우실 때 앞에 이름을 붙일 필요는 없습니다. 이름을 붙이는 것은 좀 더 정신을 집중하는 동시에 일종의 증폭력을 위한 것이니까요. 기본적인 주문만으로도 충분히 연습을 하실 수 있습니다."

"알았어요, 알았어. 웬 잔말이 그렇게 많아. 칫. 아저씨 얼굴만 잔소리를 하는 줄 알았더니 기엘이 더하잖아."

"하하하."

시안은 눈을 감고 다시 정신을 집중했다.

아직 그는 로운이나 기엘처럼 자유자재로 바람술을 쓸 만한 실력은 안 되었기 때문에 언제나 주문을 외울 때면 하나하나 신경을 집중해서 자신이 만들어내는 엘을 컨트롤해야 했다.

"메. 하니다."

가슴 앞에 모은 손바닥 사이에 작은 바람이 일었다.

시안의 엘이 만들어낸 바람의 가락은 살아 움직이면서 손바닥 사이에서 맴돌기 시작했다.

"우웃. 간지러워."

"정신을 집중하세요. 금방 흐트러지지 않습니까?!"

기엘의 잔소리에 시안은 뚱하게 입술을 내밀고는 손바닥 사이의 느낌이 온몸으로 퍼져 나가도록 했다.

기본적으로 시안은 바람의 술을 쓰는 것이 그렇게 힘들지는 않았다. 문제는 자신이 만들어낸 힘을 어떤 작용을 하게 하느냐는 것.

나지막한 기엘의 목소리를 들으면서 시안은 온몸으로 퍼져 나가는 그 신기한 감각 속으로 빠져 들어가기 시작했다.

처음 엘을 사용하기 시작했을 때만 해도 마치 수만 마리나 되는 벌레가 꿈틀거리면서 자신의 몸속으로 파고드는 것이 아닐까 할 정도로 불쾌하게 느껴졌던 그 감각은 이제 시안의 감각과 하나가 되면서 사뭇 다르게 느껴지기 시작했다.

실 같은 바람이 손바닥에서 시작되어 피부를 뚫고 신경을 거슬러 올라갔다. 손가락 끝에서부터 발끝까지 온몸에 시원한 바람을 맞는 기분이 들었다.

'신기해. 마치 몸속에서 바람이 부는 것 같아.'

정화의 바람은 생기를 불어 넣어주는 일종의 치유술이다.

특히 바람에 속한 엘을 가지고 있는 자들에게 있어서 메. 하니다의 주문은 거의 모든 상처와 병을 치료하는 데 탁월한 효과를 발휘하는 주문.

그것은 피곤한 몸을 다시 활발하게 돌려주는 역할까지 해낸다.

온몸의 신경을 따라 엘이 돌아가기 시작하자 시안의 몸 구석구석이 그에 반응하여 깨어나기 시작했다.

두근거리는 심장 소리와 혈관을 타고 흐르는 붉은 액체의 소리까지 시안의 귓속으로, 정확하게 말하면 시안의 머리 속으로 파고 들어왔다.

한참을 그런 상태에 있던 시안은 무엇인가 자신의 몸속에 자신의 것이 아닌 어떤 것이 있다는 것을 알아채기 시작했다.

'이건… 뭐지?'

그것은 꼭 몸 어디에 있다고 말하기도 힘든 이상한 감각이었다.

강하면서도 따스하고, 그러면서도 예리한 느낌.

시안의 엘은 그에 접근하기는 했지만 그 안으로 파고들지는 못했다.

"기엘. 시안님은?"

"아아, 마아세의 상태로 접어드신 것 같아. 뭐 이런 상태로 있는 것은 감각을 익히는 데 상당한 도움이 되니까 잠시 이대로 두려고."

"마아세? 그건 뭡니까?"

"아, 이리야 씨."

아까부터 시안과 기엘이 하는 꼴을 계속 지켜보고 있던 이리야가 궁금하다는 듯이 물었다.

기엘은 로운을 한번 쳐다보았다가 고개를 끄덕이고는 이리야를 향해 입을 열었다.

"뭐랄까. 단어는 조금 틀리겠습니다만 아마도 물의 술에도 이런 것이 있을 거라고 생각합니다. 시술자가 엘의 운용법을 배울 때 가끔 이런 현상이 생기지요. 자신이 만들어낸 힘을 다시 몸속으로 받아들여서 있는 그대로의 힘을 느끼는 상태라고 할까요? 시안님께서는 조금 전에 정화술을 연습하셨는데 아마도 그 정화술을 만들어낸 엘 그 자체에 빠져드시게 된 것 같습니다."

"흐응. 나도 될까?"

"아마도 가능하겠죠. 정화술을 배우신 적이 있습니까?"

"아니, 그런 것은 배우지 못했어. 내가 배운 것은 주로 공격을 위한 것이었으니까. 치유술을 조금 배우긴 했지만 제대로 배우기 전에 뛰쳐나왔기 때문에."

"흐음."

기엘은 고개를 조금 갸우뚱했다.

물의 술사들에게 있어서 그들의 힘을 가장 잘 활용할 수 있는 것이 치유술이라는 것은 신국인들이라면 누구나 다 아는 사실이다.

불과 바람술사들은 파괴적인 공력 능력을, 물의 술사는 치유력을, 마지막으로 땅의 술사는 방어력을 쓸 때 그들이 가지고 있는 엘이 가장 활발하게 그리고 강력하게 그 힘을 발휘하는 것이다.

미메이라에서 신관을 선발할 때 바람의 엘 이외에 다른 능력을 가지고 있는 자를 선호하고, 그 때문에 복합적인 능력을 가진 자만을 선택한다는 것은 아는 사람은 다 아는 사실.

"괜찮으시다면 정화술이나 치유술을 조금 가르쳐 드릴까요?"

"예? 어떻게 그게 가능합니까? 당신들은 바람술사인데?"

"기본적으로 바람이든 물이든 가지고 있는 엘은 신력이라고 하는 것에는 다를 바가 없지요. 저는 조금 부족합니다만 로운의 경우에는 신관이기 때문에 물의 술도 어느 정도 알고 있습니다. 어떠신지?"

이리야는 놀랍다는 표정을 하면서 로운을 바라보았다. 로운은 내키지 않는다는 표정이었지만 결국 고개를 끄덕였다.

기왕 일행이 되었으면 좀 더 쓸모있게 되는 편이 좋겠다고 생각했기 때문이다.

"내가 알고 있는 물의 술은 사실 치유술에 국한된 것이라 어떨지 모르겠습니다만 배우시겠다면 가르쳐 드리죠."

"나야 그러면 고맙죠. 이야~ 세상에 바람술사에게서 물의 술을 배울 수 있을 줄이야. 역시 내가 선택은 잘했군."

"그렇게 생각하시니 다행입니다. 그럼 시작해 볼까요?"

"오오, 좋죠~"

로운이 이리야에게 몇 가지 치유술의 주문을 가르치고 있는 동안에도 시안은 계속 마아세라고 부르는 상태에 빠져 있었다.

하지만 그것은 일반적인 마아세와는 조금 달랐다.

기엘이나 로운이 그것을 눈치 채지 못한 것은 바로 곁에서 이리야가 자신의 엘을 쓰고 있었기 때문이다.

기엘이 조금만 더 시안의 상태를 민감하게 관찰했다면 지금 시안의 몸에서 시안이 가지고 있는 원래의 힘과는 조금 다른 느낌의 엘이 미미하게 흘러나오고 있다는 사실을 눈치 챌 수 있었을지도 몰랐다.

'젠장. 다른 데는 다 되는데 왜 여기만 안 되는 거지?'

시안은 조금 신경질을 내고 있었다. 온몸을 시원스럽게 관통하던 의식이 딱 한 부분에서만 멈추어서 도무지 노력을 해봐도 움직이질 않았다.

한참을 씨름하고 있는데 시안은 그 문제의 부분, 또는 '그것'에서 어떤 움직임이 시작된 것을 느끼기 시작했다.

'이건 뭐지?'

동그랗게 뭉쳐 있는 그것에서 살그머니 어떤 형태가 고개를 들더니 마치 사과에서 벌레 한 마리가 꼬물거리며 기어나오는 것처럼 빠져나왔다.

그것은 자신의 의지와는 전혀 상관없이 살그머니 빠져나와서 마치 어항 속을 헤엄쳐 다니는 금붕어처럼 시안의 몸속, 정확하게는 시안의 엘이 만들어낸 공간에서 여기저기 탐험이라도 하는 것처럼 움직였다.

하지만 그것이 이상하게도 시안은 전혀 거부감 없이 느껴졌다. 그것은 마치 오래전부터 시안의 엘과 하나가 되어 있던 것처럼 시안의 의식 속에서 이리저리 움직였다.

'나와 하나이면서 또 다른 것?'

문득 시안의 머리 속에 자신이 이 세계에 처음 왔을 때 받아들였던 풍옥이라는 것이 떠올랐다.

'이게 그 풍옥이라는 건가?'

그 생각이 들자마자 시안의 의식 속을 헤엄쳐 다니던 그것이 반응했다. 마치 자신을 알아봐 주어서 기쁘다는 듯 움직이더니 순간 파악— 하고 부풀어 올랐다.

쏴아아아아—

시안의 몸에서 강하면서도 부드러운 공기가 흘러나왔다.

"시안님?"

기엘은 옆에서 정화술을 배우고 있던 이리야를 보다 말고 놀라서 시안에게로 다가갔다.

맑고 청량한 공기가 시안의 몸속에서 퍼져 나왔다. 그것은 주위 모두를 정화시키는 것처럼 기엘의 몸속에도, 로운과 이리야의 몸속에까지도 파고들었다.

바람과 함께 시안의 풀어헤친 머리카락이 하늘거리면서 주위로 퍼져 나갔다. 은빛으로 반짝이는 머리카락은 이제 막 저물기 시작한 노을 빛을 받아서 불그스름한 은빛으로 화하여 온 방 안을 반짝임으로 가득 채웠다.

기엘은 자신의 눈에 비치고 있는 그 아름다운 광경에 넋을 잃었다.

쏴아아아아—

그 청량한 기운은 처음 시작되었을 때와 마찬가지로 시원한 소리를 내면서 차차 가라앉았다.

그것이 가라앉자마자 시안이 반짝하고 눈을 떴다. 하지만 시안이 눈을 뜨자마자 한 말은 기엘의 감동을 여지없이 산산조각 내버리는 거친 말이었다.

"젠장할!!! 머리가 이게 뭐야!!!! 빌어먹을!!"

바람에 흩날렸던 머리카락이 여기저기 미친 듯이 흩어져 있는 것을 발견한 시안이 대뜸 화를 내면서 소리를 고래고래 지르기 시작했다.

"에잇!! 젠장! 가위 줘, 가위!!! 으아아아악!!"

"시안님~"

기엘은 감격이 깨진 것을 아쉬워할 새도 없이 시안을 달랠 수밖에 없었다.

"시안님, 조금만 더 참으세요. 제발."

"싫어!!! 가위 내놔!!! 안 내놓으면 이놈의 머리카락 전부 뽑아 비릴 거야!!"

"시안니~ 임."

난리 법석이 벌어지기 일보 직전. 누군가 그들이 머물고 있는 방의 방문을 두드렸다.

똑똑똑.

"기엘. 시안님 좀 진정시켜!!"

멍청하게 그 광경을 바라보던 로운이 간신히 정신을 차리고 자리에서 일어났다.

"누구십니까?"

문밖에서 사람들의 목소리가 들려왔다.

하지만 그전에 로운은 이미 그들이 누군지 알 수 있었다. 문밖에 있었지만 그들이 내뿜고 있는 엘의 기운이 그들이 누구인지를 이미 증명하고 있었기 때문이다.

"호로스의 카와라고 합니다."

로운은 대답을 채 듣기도 전에 문을 열고 그들을 맞았다.

불꽃같이 타오르는 듯한 머리 색을 지닌 사람들이 그 안으로 들어섰다.

짙고 검붉은 눈동자의 그들은 한눈에 보아도 그들이 호로스인임을 드러내고 있었다.

"처음 뵙겠습니다. 카와 쇼운입니다."

"처음 뵙겠습니다. 미메이라의 프리스트, 로운 디 로크레슈입니다."

정중하게 인사를 하는 남자에게 로운 역시 예를 갖추어 인사를 했다.

"기다리시게 해서 죄송합니다."

"아닙니다."

로운이 살짝 몸을 비틀어 그들을 안으로 인도하자 제일 앞장섰던 남자는 침대 위에 은백색의 찬란한 머리카락을 풀어헤치고 앉아 있던 시안을 발견하고는 그쪽으로 뚜벅뚜벅 걸어갔다. 기엘이 한쪽 옆으로 물러섰다.

"호로스에 오신 것을 환영합니다."

시안은 소리를 지르다 말고 멍청하게 그 붉고 붉은 머리카락을 가진 남자들이 하나둘씩 자신의 앞에 무릎 꿇는 것을 지켜보고 있었다.

제4장
호로스

The Wind of Ashurei

"이전에 가르쳐 드린 대로만 하시면 됩니다, 시안님."

"알았어요, 알았다구. 젠장, 무슨 잔소리가 그렇게 많아."

시안은 귓가를 간지르는 장신구가 자꾸 신경에 거슬리는 것을 느끼면서 투덜거렸다. 두 번 다시 입고 싶지 않았던 예복이건만 지금은 어쩔 수 없다는 것을 그도 알고 있는 터라 더 이상 뭐라고 말하지는 않았다.

시안이 지금 걷고 있는 곳은 호로스의 수도 나카리안의 한가운데 세워진 수장궁의 접견실로 이어지는 붉은 양탄자 위였다.

발걸음 소리를 모조리 흡수해 버리는 붉은 양탄자 위를 시안은 최대한 얌전한 걸음걸이로 걸으면서 혹시라도 머리에서 장신구가 떨어져 나가지는 않을까, 또는 혹시나 잘못 걸어서 치맛자락을 밟지는 않을까 전전긍긍하고 있었다.

제법 얌전히 위엄있게 걷고는 있지만 아무리 봐도 위태위태한 걸음걸이를 지켜보고 있는 기엘과 로운의 마음속 역시 불안하기 짝이 없었다.

호로스의 사람들이 갑작스럽게 일행이 머물고 있는 여관에 들이닥치는 바람에 너무 놀라서 아직도 심장을 두근거리고 있는 이리야는 현재 수장궁의 건너편에 위치한 소궁에 머물고 있었다.

그리고 시안과 나머지 두 사람은 이렇게 부랴부랴(?) 호로스의 수장을 접견하기 위해 지금 걸어가고 있는 중이다.

"저어, 시안님."

"……."

"어디 불편하신 데라도 있으십니까?"

기엘은 얌전(?)하게 시키는 대로는 하고 있지만 훨씬 이전부터 약간 불규칙적인 엘의 파장을 만들어내고 있는 시안에게 조심스럽게 물었다.

"그런 거 없는데요?"

시안은 퉁명스럽게 대답했다.

하지만 물론 시안은 불편한 곳이 있었다. 그것은 기엘이 상상하는 것처럼 육체적인 것은 아니다. 시안이 불편한 것은 다름이 아니라 이른바 '심기'라고 말하는 것. 즉 기분이 나쁘다고 하는 쪽이 정확할 것이다.

시안은 나름대로 미메이라의 키리엔에서 경험했던 것과 비슷한 정도의 환영 인파 내지는 그에 준하는 환영 행사 정도는 있을 것이라고 생각해 왔던 터였다. 물론 그런 자리는 몸이 뒤틀릴 정도로 답답하고 심장이 두근거리고 얼굴이 화끈화끈해지는 자리긴 하지만 역시 사람 마음이라는 것이 간사해서 그런지 은근히 그런 것을 기대했던 것이다.

그러나 호로스에 도착해서 나카리안에 도착할 때까지, 그리고 나카리안에 도착해서 지금 이렇게 수장을 만나러 가는 그들 일행은 환영을 받기는커녕 무슨 밀사라도 되는 양 취급받고 있었다.

그런 것을 알 리 없는 기엘은 단지 연약(?)해 보이는 시안의 몸 어딘가에 또 다른 이상이 있는 것이 아닌가 해서 걱정하고 있었다.

시안이 속으로 꽤나 궁시렁거리면서 걸어가는 동안 어느새 그들은 목적지에 다다라 있었다.

그들이 굳게 잠겨져 있는 석조문 앞에 다다르자 그 앞에 서 있던 사람들이 일제히 고개를 숙였다. 잠시 후 굳게 닫혀 있던 문이 소리 없이 열렸다.

탁 트인 공간. 그 앞으로 어두운 붉은색의 양탄자가 넓게 깔려 있는 바닥이 보였다.

시안은 안내에 따라 그 안으로 한 발자국을 디디려다가 말고 움찔했다.

무엇인가 강한 반발력이 있는 무형의 힘이 그를 향해 뻗쳐 오고 있었다.

"…웃."

시안이 느끼고 있는 그 감각을 기엘이나 로운도 비슷하게 느낀 듯 뒤에서 작은 신음 소리가 났다.

시안은 자신도 모르게 한 팔을 내밀어 두 사람의 앞쪽에 내밀었다.

강한 열기를 한 몸에 받고 있던 두 사람은 시안이 한쪽 팔을 내미는 순간 숨 쉬기가 조금 편해진 것을 느꼈다. 그제서야 두 사람은 자신들을 향해 밀려오던 그 무형의 힘이 무엇인지 눈치를 챘다.

그 힘은 이 나카리안의 주인, 호로스의 수장이 온몸에서 내뿜고 있는 강한 엘이 주는 파장이었다.

'정말 대단하군. 호로스의 현 수장이 역대 어떤 수장보다도 강한 능력을 가지고 있는 분이라는 소리는 익히 들었지만.'

호로스의 수장이 수장 계승자이던 시절, 지금의 시안과 마찬가지로 미메이라의 키리엔을 방문했던 것은 벌써 20여 년이 되어가고 있었다.

"환영합니다. 미메이라의 수장 계승자."

멀리서 단아한 목소리가 들려왔다.

"먼 길을 오시느라 수고가 많으셨습니다."

"아니요. 그렇게 힘들지는 않았습니다. 두 사람의 도움이 있었기 때문에."

후훗— 하는 작은 웃음소리가 강한 엘의 파장을 타고 세 사람에게 전해져 왔다.

시안은 왠지 자신도 모르게 엄숙해지는 것 같았다. 그리고 그는 살짝 고개를 돌려서 두 사람에게 말했다.

"여기서 기다려요."

"예?"

"더 가까이 가면 왠지 안 좋을 것 같기도 하고……."

시안이 하는 말에 기엘은 고개를 갸우뚱했다. 특별한 위험이 느껴지는 기미는 아무것도 없다. 그럼에도 불구하고 시안은 마치 모든 것을 다 알고 있다는 듯한 표정으로 자신들을 만류하는 것이다.

"그게 뭐라고 설명해야 할지는 모르겠지만. 으음."

"……."

"뭐라고 해야 하나. 그러니까… 여하튼 큰 문제는 없을 것 같지만 그래도……."

"아마도 미메이라의 수장 계승자께서는 당신들의 안위가 걱정스러우신 모양입니다."

"에?"

멀리에서 다시 단아한 여성의 목소리가 들려왔다.

"두 분께서는 잠시 밖에서 기다리시지요."

기엘과 로운은 그 말을 듣자마자 살짝 예를 올리고는 황급하게 문밖으로 물러났다.

"반갑습니다."

"에에. 저두요."

기엘과 로운이 문밖으로 사라지고 나자마자 발걸음 소리조차 나지 않았는데 붉은색의 드레스로 온몸을 감싼 여성이 자신의 앞에 나타나서 인사를 했다.

시안은 좀 움찔거리기는 했지만 나름대로는 여유있게, 하지만 상당히 예의에는 어긋난 인사를 하고 말았다.

"아, 이, 이게 아닌데. 우우… 어떻게 하더라."

"후훗. 괜찮습니다. 이미 사정은 알고 있으니까."

"예? 설마… 아줌마도 알고, 앗! 틀렸다. 폐하… 도 아니고. 뭐라고 부르면 되더라. 젠장."

혼자서 궁시렁궁시렁거리는 시안에게 호로스의 수장, 레나텐은 부드럽게 미소를 지으면서 대답했다.

"레나텐이라고 부르시면 됩니다. 저는 시안님이라고 불러도 될까요?"

"예? 무, 물론이죠."

시안의 머리 속이 새하얘졌다. 이곳에 들어오기 전 기엘과 로운이 번갈아가면서 밤새도록 외우게 했던 공식적인(?) 인사말이며 기타 등등 의례적인 단어들은 이미 어디론가 홀라당 사라지고 없었다.

'으으. 도대체 뭔 말을 하면 되는 거냐. 젠장.'

"대접이 소홀해서 죄송합니다. 하지만 원래 수장 계승자의 방문은 공식적이면서도 또한 비공식적인 것이라… 부디 마음 상하시는 일이 없기를 바랍니다.

"아하. 그래서 그렇구나."

시안은 손바닥을 타악— 하고 쳤다. 그제서야 자신들이 이곳에서 무척이나 정중한 대접을 받고는 있지만 마치 밀사 같은 취급을 받고 있는 이유를 깨달은 것이다.

'젠장. 이런 거는 좀 미리미리 말을 해주면 안 되나.'

"쉬운 일이 아니실 텐데, 정말 훌륭하시군요. 아참. 이쪽으로 오세요. 이렇게 서서 이야기할 것이 아니라 천천히 다과라도 드시면서 이야기하시죠."

시안은 그녀의 말에 식은땀을 삐질삐질 흘리면서 뒤를 따랐다.

분명 처음에 시안이 들었던 것과는 뭔가 약간 다른 느낌이다. 그놈의 흰 수염을 잔뜩 기른 대신관 양반에게 들었을 때는 그냥 가서 시안이 새롭게 미메이라의 수장 계승자가 되었다고 알리기만 하면 된다고 했는데 말이다.

'다과만 먹으면 되는 건가.'

*　　　　　*　　　　　*

"어? 왜 당신들만 오는 거야? 아가씨는 어떻게 하고?"

"아아, 누구를 좀 만나시느라구요. 시간이 좀 걸린다고 해서 일단 저희들만 먼저 돌아왔습니다."

로운은 대답을 마치자마자 벌렁 긴 의자 위에 드러누웠다.

그것은 기엘도 크게 다르지 않아서 로운처럼은 하지 않았지만 역시 푹신한 의자에 털썩하고 주저앉아서 길게 한숨을 내쉬었다.

"힘들군."

"그러게나 말이야."

"그게 무슨 소리지? 아참! 저기 신관 양반, 나 좀 봅시다. 지난번에 가르쳐 준 주문들이 좀 잘 안 돼서 말이야."

이리야는 탈진한 듯한 두 사람이 왜 그런 것인지 좀 신경 쓰이기는 했지만 물어보았자 그들이 별로 대답을 해주지 않을 것 같다는 생각에 이내 호기심을 지워 버렸다.

"분명히 안 되는 것이 아니었는데 이상하게 지금은 안 된다구."

고개를 갸우뚱하면서 이리야가 끙끙거리고 있자 로운이 코웃음을 치면서 중얼거렸다.

"굉장히 예민한 줄 알았더니 의외로 둔하군."

"어이, 이봐. 그게 무슨 소리야."

"하기사 그렇기는 해. 이리야 씨, 혹시 몸에 이상 없으신지?"

기엘도 로운의 말에 동의를 표하면서 이리야를 향해 물었다. 이리야는 두 사람의 말을 듣고는 주문 연습을 하려다 말고 뚜벅뚜벅 걸어와서 허리에 손을 얹고는 조금은 따지는 듯한 목소리로 물었다.

"그건 또 무슨 소리야?"

"뭐, 별로 이상이 없으시다면 괜찮겠습니다만."

"이봐, 이봐. 매사에 그렇게 행동하고 말하지 말라구. 인간들이 말이야 좀……."

한숨 잠이라도 청하고 싶은데 자꾸만 이리야가 껄렁거리면서 말을 걷자 로운은 슬슬 신경질이 났다.

"정말이지. 입을 다물라고 소리를 지를 수도 없고. 좋소. 딱 한 번만 말할 테니까 잘 들어둬요."

"그 소리 정말 잘하는군. 입버릇인가?"

빠직 소리가 나는 것처럼 착각이 들 정도로 로운이 살벌한 눈빛으로 이리야를 노려보았다.

"어어, 농담이야, 농담. 농담이라구. 자아, 자아, 선생님, 부족한 제자는 아무래도 모르겠사오니 좀 제대로 이해할 수 있도록 설명을 해주시겠습니까?"

이리야는 장난기를 섞어가며 말한 후 로운의 옆자리에 털썩 주저앉았다.

"참나. 나던 화도 사라지는군. 에이, 귀찮아. 기엘, 네가 설명해 줘."

"이봐, 이리야 씨를 가르치는 것은 너잖아. 시안님 가르치는 것을 나한테 다 떠밀 때는 언제고."

기엘이 피식 웃으면서 말하자 로운은 인상을 찌푸렸다가 결국 입을 열었다.

"여기는 호로스, 불의 땅이지. 말하지 않아도 그 정도는 알 테고, 불의 땅은 다른 어느 곳보다 불의 신 호로스의 힘이 강하게 작용하는 곳. 때문에 다른 성격의 엘은 그만큼 제재를 받고 있는 것이나 다름이 없죠."

"흐응. 그건 이해가 가."

사실 이리야도 호로스의 대지에 발을 디딘 순간부터 뭔가 조금 묘한 위화감을 느끼고 있었다. 단지 그것이 불편할 정도가 아니었기 때문에 특별히 말하지 않았을 뿐이다.

"진짜 주문을 외우려고 한다면 못할 것도 없지만, 연습 정도의 주문은 아무래도 발동되기가 힘들다고 해야 할까? 아무튼 그런 겁니다. 게다가 우리들은 바람의 엘을 가지고 있기 때문에 그다지 문제가 없지만 이리야 씨의 엘은 물. 즉 불과는 상극인 성질을 가지고 있는 거라서 아무래도 힘이 좀 드실 겁니다."

로운의 설명에 이리야는 고개를 끄덕였다. 실제 주문을 배우면서 신국들에 대한 정보를 접해보지 않은 건 아니지만 실제로 이렇게 몸으로 체험해 보는 것은 처음이었기 때문이다.

뭔가 새로운 것을 몸으로 직접 체험하며 배우고 있다는 생각에 이리야는 약간의 감동마저 느꼈다.

"아무리 그래도 정말 그분은 대단했던 것 같아. 숨 쉬기가 곤란할 정도였으니."

기엘은 조금 전의 기억을 떠올리면서 말을 했다.

견디지 못할 정도는 아니었지만 숨이 막히도록 강하게 느껴지던 강한 불의 엘.

그것을 떠올리다가 기엘은 문득 그때 시안이 손을 들어서 자연스럽게 그들에게 가해지는 힘을 차단시켜 주었던 것을 기억해 냈다.

기엘은 고개를 갸우뚱했다.

"로운, 그거 자각을 하시고 한 행동이었을까?"

"뭐?"

설명을 마치고 이제야말로 한숨 자보려고 했던 로운은 한쪽 눈을 빼꼼하게 뜨고는 건너편의 기엘을 바라보았다.

"아까 말이야. 문이 열리자마자 시안님이 팔을 들어서……."

"아, 그거? 글쎄. 자각을 한 거라고 하기는 그렇겠지, 아무래도."

"그럴까?"

로운은 조금 전의 상황을 떠올리면서 다시 눈을 감았다.

무의식적으로 했을지는 몰라도 분명 시안은 자신들의 앞에 서서 팔을 들어 그들을 보호하려 했던 것이다.

그렇게 생각하자 왠지 로운의 가슴 한구석이 지끈하고 아파져 왔다.

'쳇. 그런 꼬마 녀석.'

보호를 하는 것은 자신들이지 시안이 아니다.

로운은 자신의 가슴속 한구석이 지끈거리는 것을 단순하게 자존심이 상해서라고 그렇게 결정을 지었다.

'쳇. 그 정도 따위는 아무것도 아닌데….'

한편 시안은 어쩔 수 없는 당혹감과 함께 호로스의 수장인 레나텐과 함께 다과 아닌 다과를 즐기고 있었다. 물론 즐긴다는 표현은 레나텐의 입장에서만 가능한 것이긴 하다.

"어떠신가요? 이곳에서의 생활은? 아니, 정확하게 하지요. 이곳 아슈레이는 마음에 드십니까?"

"예? 아, 아하하하하."

시안은 뭐라고 대답할 수도 없어서 대충 웃음으로 얼버무리려 했다. 처음 만났을 때도 느낀 것이지만 역시 이 여자는 자신의 정체(?)를 눈치 채고 있는 것인가 하는 생각 때문에 시안의 등에는 식은땀이 배어 나오고 있었다.

"아주 오래전에……."

타오르는 불꽃 같은 색의 머리카락이 폭포수처럼 레나텐의 머리에서부터 발끝까지 흘러내리고 있다. 언뜻 보아서는 정확한 나이를 판별하기 힘들 정도로 레나텐의 외모는 굉장히 젊게 보였다. 하지만 왠지 시안은 그녀가 꽤나 나이를 먹은 것이 아닐까라는 생각을 하고 있었다.

"아주 오래전에 저희 호로스에서도 시안님과 같은 분이 계셨지요."

"아, 그런가요?"

문득 그저 맞장구를 치던 시안은 다음 순간 놀라서 벌떡 일어났다.

"뭐, 뭐라구요오—!!"

"오래전이긴 하지만 분명히 기록되어 있으니 사실이겠죠. 왜, 놀라우십니까? 시안님께서 그 당사자이시면서."

"예? 그, 그렇기는 하지만."

레나텐의 말에 대답을 하다 말고 시안은 입을 막았다.

'아뿔싸! 유도 심문(?)에 넘어갔다.'

"그렇게 놀라시지 않아도 좋습니다. 수장 정도 되고 보면 다른 사람은 느끼지 못하는 것을 한두 개쯤은 느낄 수 있는 능력이 있는 법이지요. 실제 시안님께서 저를 처음 만나실 때 제 힘으로부터 그 기사분들을 보호하려고 하시지 않았습니까?"

시안은 레나텐이 지금 무슨 말을 하나 싶어서 눈을 껌벅였다.

"후훗. 의식적으로 하신 행동은 아니셨나 보군요."

점점 알 수 없는 소리만 하고 있다고 시안은 생각했다.

"보통은 아무 이상이 없겠지만 아무래도 로열 나이트에 신관이다 보니 그 두 분은 제 힘을 강하게 느끼시는 것 같더군요. 그래, 시안님은 어떠신지?"

"예? 뭐, 그냥, 뭐랄까. 안 느껴진다고 하기에도 뭐하고……."

시안은 머리를 긁적이려다 말고 슬그머니 손을 내렸다. 왠지 실례되는 행동이 아닐까 하는 판단 때문이었다.

그런 시안의 행동을 지켜보던 레나텐을 살짝 말을 돌렸다.

"같이 오신 분은 물의 술사이신 것 같더군요."

"아아, 이리야 씨요? 맞아요. 물의 술사죠. 나유 사람은 아니라고 하지만."

"흥미있는 분이로군요."

방글방글 자신을 향해 웃어 보이면서 말을 하는 레나텐을 보면서 시안은 점점 자신이 앉아 있는 의자가 바늘방석처럼 느껴졌다. 도대체 언제까지 이 여자와 이렇게 말을 나누고 있어야 하는 걸까?

"피곤하시죠?"

"예? 벼, 별로……."

엉겹결에 대답을 하다 말고 시안은 아차 싶었다. 이럴 때는 '네! 피곤합니다. 그러니 이제 가서 좀 쉬었으면 하는데요'라고 말을 해야 했었을 텐데 워낙 긴장하고 있던 터라 그만 대답이 엉뚱하게 나와 버린 것이다.

"말씀은 그렇게 하시지만 아마도 여독이 많이 쌓이셨을 겁니다. 며칠 푹 쉬시도록 하세요. 불편하지 않으시도록 모든 편의를 보아 드리겠습니다."

"네? 아, 예, 감사합니다."

"아마 아슈레이의 중간 지대로 접어들면 그렇게 쉽기만 한 여행이 되지는 않을 것입니다. 미리미리 쉴 수 있을 때 쉬어두는 것이 좋으실 거예요."

조용조용한 목소리로 말하는 것을 얌전히 듣고 있다가 시안은 문득 고개를 바짝 쳐들었다.

'중간 지대? 방금 저 사람이 중간 지대라고 말했지? 분명히?'

"아, 저, 죄송합니다만……."

"뭔가 물어보실 것이 있으신가요?"

"저어, 괜찮으시다면, 그러니까… 레나텐님이 그 중간 지대로 가셨을 때의 이야기를 조금 해주시면 안 될까요?"

시안은 쭈뼛거리면서도 조심스럽게 말을 꺼냈다. 하지만 시안의 이런 질문은 아주 가벼운 웃음과 함께 완벽하게 거부되었다.

"그에 대해서는 저도 뭐라고 드릴 말씀이 없습니다. 그저 그곳에 도착하시면 모든 것이 자연스럽게 이루어질 거라고밖에는요."

"그것뿐?"

"네. 그것뿐입니다."

여전히 부드럽게 미소 짓고 있는 레나텐이었지만 시안은 그런 레나텐의 얼굴에 마음 같아서는 주먹을 있는 힘껏 쥐고 한 대 후려쳤으면 좋겠다는 생각을 했다.

'젠장할. 사람이 진지하게 물어보면 진지하게 대답을 해주어야 할 거 아냐!! 이 아줌마나 전의 그 전 수장이라는 아저씨나 왜 하나같이 수장이라고 하는 인간들은 모조리 이 모양이냐구우!'

"실비아."

"네. 부르셨습니까, 레나텐님."

레나텐의 부름에 금방 시녀 한 사람이 모습을 드러내었다.

"시안님을 정중하게 모시도록 하세요. 많이 피곤하실 테니 잘 보살펴 드리라고 전하고."

"예, 알겠습니다. 이쪽으로 저를 따라오시지요."

"안녕히 가십시오, 시안님. 또 언젠가 당신과 만날 수 있게 되기를 바랍니다."

시안이 뭐라고 하기도 전에 실비아라고 불린 시녀는 부지런히 앞장을 서기 시작했다. 그 바람에 시안은 뭔가 좀 더 물어볼 수 있을 만한 기회를 놓친 채 헐레벌떡 레나텐에게 인사를 하고 그 방을 나올 수밖에 없었다.

그 뒤로 쿵— 하는 소리가 나지는 않았지만 육중한 문이 닫히는 소리가 희미하게 들려왔다.

순간, 시안은 자신이 조금 전에 들었던 이야기 중에서 자신이 가장 궁금해하던 사실이 하나 있었다는 사실을 깨달았다.

'헉!! 자, 잠깐. 못 물어본 게 있잖아!!'

"저, 저어."

"예."

시안은 말을 꺼내려다 말고 지레 입을 다물어 버렸다.

인사말을 하던 그 레나텐의 표정이나 분위기로 보아 아마도 이제 이곳을 떠날 때까지 그녀를 만날 기회는 없어 보였다.

'젠장. 조금만 정신을 차리고 있었더라면 좋았을 텐데.'

레나텐은 시안과 마찬가지의 경우로 이 아슈레이에 온 사람이 있었다는 이야기를 했었다. 그때는 너무 갑작스러운 것이라 그냥 넘기고 말았지만 레나텐에게 제대로 물었으면 자신이 이곳 아슈레이에서 다시 현실 세계로 돌아갈 수 있는 다른 방법을 들을 수도 있지 않았을까?

마치 파도와 같은 후회가 시안의 등 뒤로 덮쳐 왔다.

'제길. 운이 없으면 뒤로 넘어져도 코가 깨진다더니. 으윽. 나라는 녀석, 정말 바보였어!!'

시안은 후회에 또 후회를 거듭하면서 비참한 걸음걸이로 시녀의 뒤를 따라갔다.

*　　　　　*　　　　　*

"후우— 확실히 호로스가 다른 곳보다 덥기는 더웠던 것 같군."

"아무래도 그렇지요? 나카리안을 벗어나서 얼마 되지도 않았는데 벌써 시원해지는 기분이 드는 것을 보면."

"시안님, 마차는 괜찮은가요?"

기엘은 말고삐를 조금 늦추어 속도를 낮춘 다음에 마차 안에서 얌전히 앉아 있는 시안 쪽으로 다가가서 물었다.

"싫어."

대뜸 시안은 투덜거렸다.

하지만 그런 투덜거림에도 이젠 이골이 난 듯 기엘은 '조금만 더 참으시면 됩니다'라는 말을 해준 후에 다시 마차 앞쪽으로 차고 나왔다.

"기엘, 넌 매번 그런 똑같은 말만 할 거면서 뭐하러 반복하는 거야?"

"하하. 심심하실 것 같아서."

"하이고~"

바람이 시원하게 불어오는 방향 쪽으로 열심히 말을 몰고 가던 로운은 기엘이 수시로 시안의 상태를 점검하는 것을 유심히 바라보고 있었다.

굳이 기엘이 아니더라도 자신 역시 최대한 신경을 곤두세워서 시안의 몸에서 흘러나오는 엘의 파장을 꼼꼼하게 살펴보고 있었다.

이렇게 두 사람이 긴장을 한 채 시안을 '감시'하고 있는 것은 다른 이유에서가 아니었다.

로운은 아침 일찍 여장을 꾸리던 기엘과 로운 두 사람에게 갑작스럽게 방문했던 호로스의 수장인 레나텐의 말을 떠올렸다.

"아니. 그렇게 격식을 차리실 필요는 없습니다. 정말 잠깐, 한두 마디 꼭 해두어야 할 말이 있어서 왔을 뿐이니까."

레나텐이 손짓을 하자 그녀 뒤에 줄줄이 늘어서 있던 일행들이 모조리 자리를 피하고 그 자리에는 레나텐과 나머지 두 사람만이 오도카니 남아 있을 뿐이었다.

"무슨 일이신지."

"그러니까… 이런 말을 한다고 그리 놀라지는 않았으면 하지만, 혹시 당신들……."

레나텐은 말을 하려다 말고 뭔가 조금 난감한 듯 하던 말을 끊고 잠시 고개를 돌렸다. 무엇인가 단어를 고르는 듯한 느낌이다.

"아니, 그럴 수는 없는 것이고, 혹시 시안님에게서 이상한 것을 느끼지 않았나요?"

"예?"

"뭐랄까, 나쁜 기운은 아니지만… 그래요, 확실히 이상하다고밖에는 표현이 안 되는군요. 아무튼 이상한 느낌을 받은 적이 없는지 모르겠습니다."

"……"

기엘과 로운 두 사람 모두 입을 다물고 레나텐의 말에 귀를 기울였다.

"그녀의 엘이 조금 이상한 느낌을 주더군요. 나로서도 뭐라고 정확하게 판단할 수 없을 정도로 강력한 것이라고 해야 하나?"

레나텐의 얼굴은 어느새 심각한 표정으로 바뀌어져 있었다.

'이상한 것이라.'

로운은 레나텐이 하는 말이 무슨 말인지 그녀의 말을 듣자마자 어느 정도는 이해하고 있었다.

그것은 아마도 그들이 얼마 전에 보았던 그 정체 불명의 은색 눈동자를 가진 '그것'과 같은 것일지도 모른다.

'확실이 이상하기는 하지. 하지만….'

기엘과 로운이 번갈아서 시안의 상태를 충분하리만치 열심히 살펴보고 있기는 했다. 하지만 그들이 발견할 수 있는 것은 단 하나의 사실뿐.

그것은 바로 시안의 엘이 일반적인 사람보다 훨씬 강하다는 것과 그 강함이 뭔가 비정상적으로 표출되고 있다는 것뿐이었다. 물론 그것만으로도 충분히 이상하지만 그럼에도 불구하고 시안은 멀쩡하게 잘 걸어다니고 멀쩡하게 생활을 하고 있기 때문에 뭐라고 할 수도 없는 처지였다.

보통의 경우 엘러라고 불릴 만큼의 능력을 가지고 있는 사람들은 그들이 가지고 있는 엘에 조금의 이상이라도 생기면 곧장 그것이 몸에도 영향을 주기 마련이다.

'하지만 시안님은 현재로써는 이상이 없으니 정말 뭐라고 말하기도 힘들군.'

"저기, 기엘."

"어이, 기엘, 부르신다."

"아! 이런."

기엘 역시 비슷한 생각을 하고 있었던지 시안이 부르는 소리를 미처 알아듣지 못하고 멍하게 있다가 로운의 언질을 듣고서야 마차 쪽으로 황급히 다가갔다.

"저기, 이제는 어디로 가죠?"

"네, 시안님. 일단 다시 이오카로 돌아갈 예정입니다. 거기서 일단은 조금 남하를 했다가 다시 폴리카르를 건너야 합니다. 레카 쪽은 좀 피할 생각이지만……."

"그 정도로 해둬, 기엘. 시안님?"

"아, 아앗! 넵!!"

문득 돌아오는 로운의 존댓말에 시안은 화들짝 놀라서 자신도 모르게 대답을 해버렸다.

아차 싶었지만 이미 엎질러진 물.

로운 역시 이맛살을 약간 찌푸렸지만 그렇다고 해서 시안에게 뭐라고 말을 할 수도 없어서 그냥 일단 넘어갔다.

"나머지는 일단 이오카로 돌아가서 말씀을 드리겠습니다. 빠르면 오늘 밤 늦게 이오카에 도착할 수 있을 겁니다."

"아, 알았어요."

시안은 괜시리 뻘쭘해져서 꼬물꼬물 다시 원래의 자리로 돌아왔다.

"하아, 시시해. 호로스에 오면 뭔가 불쇼 같은 것이라도 볼 수 있지 않을까 했었는데. 이게 뭐람."

거기다가 한술 더 떠서 뭔가 중요한 것을 들을 수 있었을지도 모르는데 그 기회가 흐르는 강물처럼 홀러덩 사라져 버린것까지 포함하여 시안은 호로스에 대해서 나름대로는 꽤나 실망하고 있는 처지였다.

하지만 시안이 실망을 하든 말든, 이미 때는 지나간 지 오래다.

시안 일행은 그렇게 짧디짧은 호로스에서의 일정을 마치고 부지런히 다음 목적지를 향해 떠나고 있었다.

제5장

추적자

The Wind of Ashurei

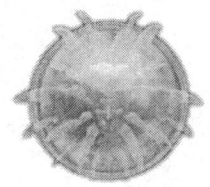

"역시 아무래도……."

"응?"

"아무래도 저 꼬마 녀석을 원래대로 돌려놓는 편이 좋을지도 모르겠어."

호로스와 하나스의 국경선을 넘어 이오카에 도착하여 호로스의 사람들을 돌려보내자마자 로운이 불쑥 말을 꺼냈다.

로운은 슬쩍 뒤를 돌아다보았다.

뒤에서는 시안이 이리야와 말다툼이라도 하는지 꽤나 법석을 떨고 있었다.

이리야는 호로스를 벗어나자마자 마치 기다렸다는 듯 다시 그가 언제나 머리에 쓰고 다니는 두건을 다시 칭칭 돌려 맨 상태였다. 하지만 시안은 원래 그랬듯이 아무렇지도 않게 그 반짝이는 플라티나 블론드를 휘양찬란하게 날리면서 걸어가고 있었다.

자신의 눈으로 보아도 역시 시안은 너무나 눈에 띄었다.

로운이 자신들을 바라보는 것을 느꼈는지 꽤 뒤떨어져서 걸어 오고 있던 시안이 갑자기 두다다다다— 달려서 기엘과 로운을 따라 잡았다.

"잠깐!! 기다려!!"

로운과 기엘은 무슨 일인가 싶어서 그 자리에 멈추어 섰다.

헐레벌떡 뛰어온 시안은 로운과 기엘 앞에 우뚝하고 멈추어 서더니 다짜고짜 화를 내면서 말했다.

"전부터 생각해 온 건데, 둘 다 나한테 왜 그래요?"

"예?"

"아저씨 얼굴은 갑작스럽게 사람 태도가 확 바뀌었잖아. 뭐 잘못 먹었어요? 게다가 기엘은 로운이 왜 그러는지 설명도 안 해주고."

"예? 아, 아아, 그 때문에 그러십니까?"

"말이야 말이야. 사람이 그러는 게 아니라구요. 왜 그렇게 사람을 불안하게 해?!"

기엘은 갑자기 시안이 왜 그러는가 싶어서 머리를 굴렸다. 뭐가 시안을 불편하게 만든 것일까?

"전부터 생각해 오던 건데 말이죠. 기엘, 몇 살이죠?"

"저야, 스물두 살입니다만 그것은 왜."

"아저씨 얼굴은?"

자신에 대한 여전한 호칭에 로운은 울컥 화가 치밀었지만 기엘의 얼굴을 봐서 꾹꾹 눌러 참으면서 대답했다.

"스물셋."

"봐!! 둘 다 나보다 나이가 많잖아. 말이 나와서 말인데. 나이도 이렇게 차이가 나는데 꼭 나한테 그렇게 꼭꼭 존댓말을 쓸 필요가 있느냐구요. 저 이리야 씨도 마찬가지야. 나한테 절대로 존댓말하라고 두 사람이 협박했다면서!! 도대체 왜 그래요!!"

"그거야 당연히 저희는 시안님을 모시는 사람들이니까 그렇지 않습니까."

"내가 진짜로 시안이라면 그렇죠. 하지만 아니잖— 웁!!"

버럭 화를 내면서 시안이 말을 하자 기엘이 깜짝 놀라서 시안의 입을 틀어막았다.

"시안님, 여기는 좀… 로운."

도와달라는 듯이 기엘이 로운을 불렀다.

"젠장, 하는 수 없지. 일단."

"시안님, 부탁이니까 나머지 이야기는 숙소를 잡고 들어가서 하도록 하지요. 네?"

"우우— 우우부부부우웁(놓고 이야기해)!!"

"앗, 죄송합니다."

시안이 버둥거리자 기엘이 황급하게 손을 놓았다.

그때 뒤에서 따라오던 이리야가 다가왔다.

"뭔 일이야?"

"별것 아닙니다, 이리야 씨."

"흐응…."

*　　　　*　　　　*

"그러니까 내가 절대적으로 어리다구. 알아들어요?"

"물론 그렇습니다."

"장유유서(長幼有序)! 나는 동방예의지국에서 태어난 사람이고, 뭐 상황에 따라서 내가 기엘이나 아저씨 얼굴한테 반말을 좀 할 수도 있기는 하지만 어쨌든 간에 내가 태어난 곳에서는 나이가 든 사람이 나이가 적은 사람에게는 말을 놓는 법이에요. 무슨 말인지 알아들어요?"

시안은 마치 설교라도 하는 사람인 양 기엘과 로운, 그리고 이리야를 나란히 앉혀놓고 손가락을 들어가면서 설득을 하는 중이다.

호로스에서야 워낙 다른 사람들의 눈도 많고, 공식적인 자리가 되면 자신에게 자연스럽게 경어체를 쓰던 로운을 봤었기 때문에 아무 말도 못하고 있었지만 이제 그 문제의 공식적인 일을 해야 할 곳도 아니다.

그렇기 때문에 시안은 마치 물을 만난 고기처럼 팔팔하게 날뛰고 있었다.

하지만 아무리 열심히 설명을 해도 이리야를 제외한 두 사람은 요지부동이다.

"그래도 안 되는 것은 안 되는 것입니다, 시안님."

"맞아."

로운은 턱을 괴고 앉아서 따분하다는 듯이 하품을 했다.

"맞기는 뭐가 맞아!!!! 이게 말이나 돼?!"

시안은 헉헉거리면서 화를 냈다.

사실, 기엘이 그러는 것은 왠지 처음부터 그래왔기 때문인지 이해를 하는 것은 아니더라도 납득이 갔다. 하지만 처음부터 자신의 원래 모습까지 알고 있는 로운이 저렇게 강경하게 나오는 것은 이해가 가지 않았다.

"그냥 가볍게 하자구요. 적어도 여행하는 동안만큼은."

"안 됩니다."

"으아아아악!! 벽창호!!"

열심히 열을 내도 씨알 하나 먹히지 않는다.

시안은 요지부동의 자세를 보이고 있는 기엘에게 이제는 답답함마저 느끼고 있었다.

실제로 시안이 이렇게 난리를 치는 것은 조금쯤은 시안의 마음 속 어디에선가 동경하고 있는 일반적인 판타지에 나올 만한 그런 것을 기대하는 마음도 있었다.

나이와 상관없이 모든 멤버가 서로서로의 이름을 부르면서 친근하게 지내는….

거기까지 생각하던 시안은 문득 시큰둥한 얼굴로 앉아 있는 로운을 보면서 아무리 생각해 봐도 로운과는 그렇게까지 친근한 관계가 되기에는 좀 문제가 있기는 있다고 생각했다. 하지만 역시 껄그러운 것은 껄그러운 것이다.

"이제 다 말씀하신 것이라면 저는 좀 쉬고 싶습니다만?"

"안 끝났어!!"

시안이 버럭 소리를 질렀다.

어떻게 해야 할까? 어떻게 해야 이 사람들을 설득해서 그놈의 듣기만 해도 근질근질해져 오는 존댓말을 집어치우게 만들 수 있을까?

시안은 머리를 굴리고 또 굴리고 또 굴렸다. 돌돌 돌이 굴러 가는 소리가 날 지경이다.

있는 머리 없는 머리를 미친 듯이 굴리던 시안은 순간 기가 막힌 방법을 생각해 냈다. 아니, 생각해 냈다기보다는 너무나도 자연스럽게 머리 속에 떠올랐다.

'그래! 그 방법이 있었지!!!!'

"우하하하하핫. 역시 난 천재야!!!"

언젠가 만화책에서 보았던 주인공이 하는 대사. 그 대사를 멋지게 손가락으로 V자까지 그려 보이면서 해 보인 시안은 의기양양하게 말을 했다.

"이봐, 아저씨 얼굴."

"네, 시안님."

반사적으로 로운이 대답했다.

"나 말이지, 원래대로 돌려놔 줘."

"아아."

멍하게 그저 때리니까 반응한다는 식으로 말을 듣고 있던 로운은 다음 순간 자리를 박차고 일어날 만큼 놀라서 소리를 질렀다.

"뭐, 뭐라구?!"

"반응이 느려도 한참 느리구만. 약속했잖아. 호로스만 디녀오면 원래대로 돌려놓아 준다고."

시안은 속으로 '이겼다!' 라고 생각을 하면서 음흉한 웃음을 지어 보였다.

'움하하하하하. 이겼다!! 이겼어!'

"그래. 내가 왜 이 생각을 못했지? 캬아, 사람은 역시 머리를 써야 한다니까. 그렇지 않아요, 기엘? 내가 원래 모습으로 돌아가면 간단한 거라구요. 어차피 앞으로 갈 길도 먼데 이놈의 머리카락은 치렁치렁 귀찮기만 하고. 그러니까 나를 원래대로 돌려놓으면 여행하는 데도 좋고, 원래대로 돌아가면 굳이 나한테 경어체를 쓸 필요도 없고, 일석이조라니까."

"로, 로운……."

기엘은 자기가 시안을 원래대로 돌려놓는 것이 어떠냐고 말을 했었기는 하지만 막상 시안이 저렇게 나오자 당황스러워서 로운을 쳐다보았다.

이리야는 지금 이들이 무슨 소리를 하는 것인지 이해를 할 수가 없어서 그냥 눈만 말똥말똥 뜨고 있는 차였다.

"저기, 이봐, 아가씨. 이게 지금 무슨 상황인지 좀 말해 줄 수 있겠어?"

"아아, 별거 아니에요. 사실 나 이거 내 진짜 얼굴이 아니거든요. 사정이 있어서 이러고 있을 뿐이지."

"시안님!!"

시안이 자신도 모르게 비밀(?)을 술술 불려고 하자 기엘이 황급하게 그를 만류했다.

"뭘, 어차피 이 사람한테는 다 알려주기로 한 거 아니었어요? 이왕 이렇게 된 거 그냥 확— 까발리는 게 편할 것 같은데."

"그래도 안 됩니다."

"뭐가!!"

기엘에 맞서서 시안도 지지 않고 소리를 질렀다.

번쩍이는 눈빛이 아무것도 없는 공간에서 맞부딪쳐서 빠지지직— 하고 타올랐다. 하지만 기엘도 시안도 두 사람 다 단 한 발자국도 양보하지 않은 채 서로 노려보기만 하고 있었다.

"절대로. 절대로 불가능합니다. 설사 로운이 허락한다고 해도 적어도 이리야 씨가 있는 동안은 절대로 허락할 수 없습니다."

"웃기지 마!! 제대로 따지고 들면 내가 기엘의 상관이야!! 시키는 대로 해!!"

"그것만은 절대로 안 됩니다!!"

"시끄러!! 명령이야!!"

"못합니다."

'어휴, 골이야. 도대체가 이 난장판은 정말이지.'

"저기 말이지."

기엘과 시안이 팽팽하게 맞서고 있자 그때까지 조용하게 아무 말 없던 이리야가 주춤주춤 자리에서 일어났다.

"저기… 아무래도 내가 있어서 좀 그런 것 같은데 자리를 피해 줄까?"

"당신은 입 닥치고 앉아 있어!!"

시안은 엉거주춤 일어나려고 하는 이리야에게 명령을 내리듯 소리를 쳐 그를 다시 주저앉게 했다.

"당신에게 여기서 발언권 같은 것은 없어. 그러니까 입 닥치고 가만히 앉아 있기나 하란 말야. 무슨 말인지 알아들어?"

"아, 예예, 가만히 앉아 있읍죠. 네네."

이리야는 두 손을 들고 항복의 포즈를 취하면서 의자 깊숙하게 다시 엉덩이를 들이밀었다. 그러면서 그는 옆에서 뚱하게 앉아 있는 로운에게 속삭이는 것을 잊지 않았다.

"당신네 아가씨 만만치 않은데?"

"뭐, 그렇지요."

그 모습을 놓치지 않고 보고 있던 시안은 로운을 향해 살기 어린 눈빛을 쏘아 보냈다.

"결정을 내려. 저 인간은 죽어도 말이 안 먹힐 것 같으니. 아저씨 얼굴하고 말하는 쪽이 좋을 것 같으니까."

"시안님!!"

시안이 자신을 무시하는 듯한 발언을 하자 기엘이 열이 올라 달려들었다.

"기엘!!"

"시안님!"

"당신은 거기 얌전히 앉아 있어. 한 발자국이라도 움직이면 가만
두지 않겠어."

무시무시한 눈빛으로 시안이 협박을 했다. 기엘이 그에 대해서
뭐라고 말을 하려고 했지만 이상하게도 그 무시무시한(?) 눈빛 때
문인지 기엘은 아무 말도 못하고 그 자리에 주저앉고 말았다.

시안은 낮고 엄숙한 목소리로 로운의 앞에 섰다.

"매번 말했지만 난 이 머리카락도 참아줬고, 이 물렁한 몸도 지금
까지 참아왔고, 또 말도 안 되는 이곳에 끌려와서도 고분고분하게
모든 조건을 들어줬어."

로운은 그런 시안의 말을 들으면서 속으로 중얼거렸다.

'고분고분 좋아하시네.'

"그러니까 당신도 이제 나랑 한 약속을 지키란 말이야. 당신들 말
대로 여행이 일 년이 되든 한 달이 되든 간에 어차피 여행은 해야
하지 않아? 그리고 난 이미 다 해주겠다고 했어. 그러니까 그에 필
요한 최소한의 요구는 들어줘야 한다고 생각해."

고요한 침묵만이 네 사람이 머물고 있는 방 안에 맴돌기 시작했다.

시안은 더 이상의 말은 필요없다고 생각했는지 그 말을 마치고
나서 팔짱을 터억 끼고는 입을 꾸욱 다물었다.

기엘은 옆에 앉아 있는 로운의 눈치를 살폈다.

애초에 시안을 원래 모습으로 돌려놓자고 했을 때 로운은 항상
반대의 입장을 취하고는 했었다. 지금도 자신의 마음은 바뀌지 않
기는 했다. 하지만 상황이 상황인만큼 조금쯤은 시안의 소원대로
해줘야겠다는 생각을 하고 있었다. 원래 모습으로 돌려주는 것은

어려운 일이 아니다. 다만, 그가 바라는 것은 적어도 이 사실을 알
게 되는 사람이 더 이상 늘어나지 않는 것뿐이다.

"좋습니다."

기엘의 기대와는 달리 한참이나 침묵을 지키고 있던 로운의 입에
서 나온 말은 기엘의 기대를 한순간에 저버리는 말이었다.

"로운!! 어떻게……."

"어차피 너도 원했던 일이잖아. 그렇게 따지고 들지 마. 단, 시안
님, 조건이 있습니다."

"조건?"

시안은 로운의 말을 듣는 순간부터 입이 귀밑까지 찢어질 지경이
었지만 지금까지 무게를 잡아왔던 것에 초를 칠까 싶어 애써 무표
정을 가장하면서 대답했다.

"일단 이곳은 너무 사람들의 눈이 많습니다. 먼저 이오카를 벗어나
서 원래대로 돌려놓아 드리겠습니다. 어차피 다시 가이칸으로 돌아가
야 할 텐데 지난번 일도 있고 하니 겸사겸사 나쁜 일은 아니겠지요."

"하나 더!"

"네?"

시안은 자신의 뜻대로 술술 일이 풀려간다는 것을 알고 나자 더
욱 의기양양해졌다.

"두 번 다시 나한테 존댓말 쓰지 마. 기엘도 마찬가지고. 아저씨
는 처음부터 논외야."

"그건 뭐 어렵지 않지만……."

"뭐가 어렵지 않지만이야. 뭐가!! 로운!!"

"기에~ 엘."

간드러진 목소리가 주먹을 불끈 쥐며 일어서려고 하는 기엘의 귀

에 들렸다.

"기에~ 엘."

"예? 시, 시안님?"

"내 부탁 들어줄 거죠?"

커다란 은회색 눈동자가 자신을 뚫어지게 바라보고 있다.

기엘은 움찔해서 이러지도 저러지도 못한 채 식은땀만 철철철 흘렸다.

"들어줄 거죠?"

"시, 시안님."

"기엘이라면 들어줄 거라고 생각해요. 난 기엘을 믿으니까."

'으윽. 입이 썩는 것 같아.'

시안은 속으로 오만 가지 욕을 퍼부으면서도 기엘의 앞에서 열심히 애교를 떨었다. 내일의 평온을 위해서라면 지금 잠시 잠깐의 괴로움은 얼마든지 감내할 수 있다.

아버지부터 시작해서 막내 누나, 그리고 어지간하면 떠올리고 싶지 않은 변태 형까지 이 간드러진 애교 공격에 넘어가지 않은 사람은 없었다.

"시, 시안님, 이러시면……"

"이히히히! 들어주기로 한 거죠? 움하하하하하!"

시안은 기쁨을 만끽하며 마음껏 웃었다.

"좋았어. 이걸로 이 몸하고는 좋이다. 좋이라구. 푸하하하하!"

*   *   *

"젠장할! 왜 이렇게 많은 거야. 이리야 노운. 카라스!"

주문의 마지막 단어가 공기 중에 흩어지는 순간 꽃과 풀들이 만개해 있는 넓은 평원 위로 뿌연 안개 같은 것이 높이 솟아올랐다.

"우악!! 이게 뭐야!!"

"젠장할, 겁먹을 것 없다. 이런 것은 다 허상이다! 앞으로 나가!"

뒤쪽에서 들려오는 고함 소리에 이리야는 삐죽거리면서 투덜거렸다.

"웃기고 있네. 그게 니들 눈에는 환상으로 보이냐? 빌어먹을!! 앞에 가는 녀석들!! 왜 공격을 안 하는 거야!"

"헉, 헉."

"시안님, 손을……."

"우악!!"

"시안님!!"

"머리카락이 걸렸어!!"

옆으로 삐죽하게 나와 있던 가지에 시안의 은백색 머리카락이 끼어버렸다.

기엘이 급하게 그 머리카락을 떼어내려는 순간 철컹 소리가 나더니 다음 순간 파스스하고 머리카락이 흩어졌다.

"로운!"

"머리카락 따위에 신경 쓸 시간 같은 것은 없어. 이리야 씨는?"

로운은 라이트를 꺼내 들고는 주위를 둘러보았다.

"아래쪽에. 방어벽을 만든 것 같아."

"이리야! 이리야 씨!!!! 어디 있습니까!!"

"여기야, 여기."

다급하게 부르는 로운의 목소리에 멀리서 이리야가 손을 들어서 자신이 있는 곳을 알렸다.

"지난번에 성벽을 넘었던 그 주문은 안 돼요?"

"나무가 너무 우거져서 제대로 착지할 곳을 찾기가 힘듭니다. 오히려 더욱 위험에 빠질 수도 있구요. 시안님, 이쪽입니다."

"젠장할. 이번에는 아무 일 없이 강을 건너서 기뻐하고 있었는데 이건 또 웬 날벼락이야!! 정말 재수 똥 튀기는구만!!"

시안은 흩날리는 머리카락을 두 손으로 붙들어서 대충 옷 사이로 마구 꾸겨 넣었다.

몸을 원래대로 돌리는 것이 소원 중의 소원이었건만 한가한 곳을 찾기도 전에 쫓기는 몸이 되어버리는 바람에 시안은 아직까지도 그대로 여자의 몸을 하고 있었다.

"빌어먹을. 다음번에 시간이 생기기만 하면 그냥 파악—!!"

이오카를 출발해 오늘까지 근 일주일의 여정 동안 기가 막힐 정도로 일행은 순탄한 여행을 해왔다.

지난번에 배를 탔을 때 일이 벌어졌었기 때문에 기엘과 로운, 이리야가 배를 타고 있는 내내 신경을 곤두세우며 불침번까지 했기에 다행히도 일행은 아무 일 없이 넓은 폴리카르를 건널 수 있었다. 그리고 나서 조금 한숨을 돌리려는 순간 그들이 머물렀던 여관이 난데없이 폭염에 휩싸이면서 사건이 시작되었던 것이다.

그렇게 줄행랑을 치기 시작한 것이 어제 밤.

지난번과 똑같은 정체 불명의 복면 사나이들이 우르르 그들의 뒤를 쫓고 있었다.

시안을 위시한 일행들은 결국 대로를 포기하고 가까운 숲으로 뛰어들어서 필살의 탈출을 감행하고 있었다. 도대체 누가 자신들을 죽이려고 하는지 조사를 해보려고 해도 밑도 끝도 없이 닥쳐오는 암살자들(대낮에 와서 칼을 휘두르는 인간들이 과연 암살자인지 의심스럽지만) 때문에 불가능했다. 그들이 할 수 있는 일은 오로지 도망치는 것뿐.

"도대체 몇 놈이나 몰려든 거지? 이거야, 평생 뛸 거를 오늘 하루에 다 뛰고 있는 기분이야."

시안이 힐끗 뒤를 돌아다보는 순간 멀리서 파스스스— 하는 소리가 나면서 무엇인가가 무너지는 소리가 났다.

그때 불쑥 시커먼 인영이 시안의 앞으로 뛰어들었다.

"우악!!!"

"시안님!!"

"결국 무너졌군. 완전 인원 수로 밀어붙이는 모양이야. 어느 정도까지는 시간을 벌 수 있을 것이라고 생각했는데."

"아, 이리야 씨였군요."

"괜찮아요?"

"물론."

이리야는 말은 그렇게 하고 있었지만 등골이 서늘해져 왔다. 자신이 조금 전에 만들어낸 물의 장벽은 자신이 만들어낸 최고의 작품 중 하나였던 것이다. 그것이 파괴되는 순간 미약하지만 심장을 관통하는 듯한 통증이 그의 몸을 스쳐 지나갔다.

"정말이지, 몇 번을 생각해 봐도 내가 너희들을 선택한 것은 실수 같아."

"이리야 씨!! 머리 위!!"

"우아앗!!"

이리야는 몸을 옆으로 날렸다.

슈칵—

"크헉!!"

기엘이 던진 단검이 남자의 어깨에 깊숙하게 박혔다.

"시안님, 어서!!"

시안은 남자의 어깨에 박혀 아직도 파르르 떨리고 있는 단검의 손잡이에서 눈을 뗄 수 없었다.

도대체 왜 이런 일들이 일어나는 걸까?

"모두 앞을 보고 달려."

"로운?"

이리야와 시안, 기엘이 로운의 말을 따라 발걸음을 빨리했다.

그들이 앞으로 충분히 나간 것을 확인하자 로운은 들고 있던 라이트를 앞으로 내밀었다.

"어지간하면 사용하고 싶지 않았지만 일이 이렇게 된 이상 어쩔 수 없지."

기엘에게 이끌려 마구 달려가던 시안은 로운의 모습이 머리끝만 보이게 되자 기엘의 손을 뿌리쳤다.

"지금 뭐하는 거야? 로운을 놓고 오면 어떻게 해!"

그 말이 끝나기도 전에 시안은 섬뜩한 바람 한줄기가 그의 목덜미를 스치고 지나가는 것을 느꼈다.

"설마."

시안은 몸이 오싹해지는 것을 느꼈다. 설마…….

"앞으로 그대에게 많은 사람들의 생명이 더해질 것입니다. 그것을 이겨내실 각오가 되어 있으십니까?"

'설마. 아니야. 그럴 리가 없어.'

미메이라를 떠나기 직전 예언의 현자라고 하던 사람의 말이 불현듯 시안의 머리 속에 떠올랐다.

"젠장. 죽으면 용서 안 해, 아저씨 얼굴!"

"시안님!! 가시면 안 됩니다!"

시안은 몸을 돌려 오던 길을 거슬러 가기 시작했다. 용서할 수가 없었다. 아니, 용납할 수조차 없다.

벌떼처럼 몰려오던 검은 옷을 입은 남자들.

'그런 놈들한테 죽으면 가만 두지 않을 거야!!! 젠장, 여기는 그렇게 심각한 전쟁터도 아니라구!!'

시안이 숨을 헐떡이면서 로운을 막 따라잡으려는 순간, 낮게 주문을 외우는 소리가 들려왔다.

"로운 디 로크레슈. 라이트 온 케라브 포트, 루하(철퇴의 바람)—!"

시끄럽게 나뭇가지와 나뭇잎들이 부딪히는 소리가 로운이 서 있는 자리를 중심으로 점점 크게 퍼져 나갔다.

"으읏!!"

로운이 불러 일으킨 바람은 시안이 서 있는 곳까지 강하게 밀려왔다. 시안은 두 팔로 얼굴을 감쌌다.

촤아아아—

싸늘한 칼날 같은 바람이 시안의 빰을 스치고 지나갔다.

강렬한 폭풍과 같은 바람이 로운을 중심으로 하여 그의 앞으로 미친 듯이 몰아쳐 갔다.

'젠장, 태풍의 한가운데라도 있는 느낌이군….'

얼굴을 가리고 있는 팔 사이로 희미하게 로운의 모습이 보였다.

로운은 정말로 태풍의 한가운데 서 있는 것처럼 머리카락 하나

흩뜨리지 않은 정갈한 모습으로 단정하게 서 있었다.

그는 조금 전 대인용 주문으로는 가장 큰 파괴력을 가진 주문을 하나 시전한 후 곧 이어 또 다른 주문을 준비하고 있었다.

바람 한 점 없는 태풍의 눈 한가운데에 서 있는 남자를 시안은 마치 약에 취하기라도 한 사람처럼 미동조차 하지 못한 채 오도카니 서서 바라보고만 있었다.

'실낱 같은……'

머리 속에 떠오르는 그대로의 이미지대로 로운은 라이트를 들고 주문을 외웠다.

'실전에서 써볼 수 있을 것이라고는 생각도 하지 못했는데…'

"로운 디 로크레슈. 바람의 이름, 미메이라의 시작에서 끝."

실낱처럼 반짝이는 바람이 그의 주위에 형성되기 시작했다.

"나햐트!!"

로운은 커다랗게 주문을 외우는 동시에 하늘 높이 치켜 올렸던 라이트를 사선으로 바람과 같은 빠르기로 내리쳤다.

그 검날을 따라서 로운의 몸 주위에 형성되었던 은빛 실 같은 바람이 말려 들어갔다가 은빛 칼날로 화하여 앞으로 쏟아져 나왔다.

파바바바박—

강하게 부는 바람을 받아 더욱 힘을 받은 은색의 칼날은 무성히 쌓여 있는 풀들과 가지들과 아름드리 나무까지 가차없이 베어 나갔다.

"크어억—!!"

"으악!!"

붉은색의 안개가 여기저기서 피어 올랐다.

"앞으로 그대에게 많은 사람들의 생명이 더해질 것입니다. 그것을 이겨내실 각오가 되어 있으십니까?"

'아니야……'
"크으으윽—"
'아니야… 이런 게 아니야.'

"그것을 이겨내실 각오가 되어 있으십니까?"

머리 속에서 예언의 현자 마샤의 목소리가 자꾸만 울려오는 것 같았다.

지금까지 도망을 치면서 사람의 죽음을 직접 목격한 적은 한 번도 없었다. 지난번 선상에서 있었던 일은 기절하는 바람에 하나도 목격하지 못했었다.

그리고 지금 이렇게 줄행랑을 치면서 로운이나 기엘이 라이트를 휘두르는 것을 보기는 했지만 도망치느라고 정신이 없었기 때문에 그들이 죽었는지 살았는지 확인할 길도 없었다.

'아니야!!! 아니라구!!!!'

처음으로 목격한 죽음의 현장.

실제 그들의 얼굴을 보고 있는 것은 아니지만 빨갛게 흐트러지는 붉은 안개로 봐서 그들이 말 한마디 남기지 못하고 죽어가고 있다는 것은 분명했다.

죽음이라는 두 개의 글자가 생생하게 시안의 신경 속으로 파고들고 있었다.

시안은 자신이 너무나도 단순하게 생각하고 있었다는 것을 깨달았다.

죽음이라는 것은 꼭 자신이 아는 사람에게만 일어나는 일이 아니다.

"아니야!!!"

앞쪽에서 들려오는 사람들의 비명 소리를 하나하나 확인해 가던 로운은 갑작스럽게 바로 뒤쪽에서 들려오는 시안의 목소리에 깜짝 놀랐다.

"설마, 이 꼬마가……."

그가 몸을 돌리는 순간 거미줄처럼 이어져 있던 엘의 흐름이 후두둑 하고 흩어져 버렸다.

"도대체 어떻게 된 거야!!"

"시안님!!!"

바람이 가라앉자마자 기엘이 황급하게 뛰어왔다.

"시안님!! 괜찮으신 겁니까?"

"기엘, 어떻게 된 거야. 먼저 가라고 했잖아. 야!! 너 꼬마!!"

"아니야!!! 이런 게 아니야!!!"

"시안님!!!"

정신없이 소리치는 시안의 모습을 보고 로운은 이를 악물었다.

자신이 세어보았던 사람들의 비명 소리로 보아 조금 전 자신의 주문으로 처치한 사람들은 모두 15명. 그중 혹 부상자가 있는 경우를 생각한다면 아직도 꽤 많은 사람들이 자신들을 쫓고 있다.

"아니라구!!! 내가 생각한 것은 이런 게 아니야!!!"

찰싹!!!

"정신 차려!!"

"로운!!"

기엘이 놀라서 시안의 뺨을 힘껏 쳐버린 로운의 팔을 붙들었다.

"감상 따위에 빠질 시간 같은 것은 없어. 저 녀석들을 죽이지 않으면 네가 죽어!"

"……."

기엘이 잡고 있는 로운의 팔은 지금도 미세하게 떨리고 있었다.

"따지고 싶으면 일단 이 자리를 벗어나서 따져. 무슨 말인지 알았어?"

로운은 기엘이 잡고 있던 팔을 뿌리쳐 버렸다.

"기엘, 꼬마를 책임지고 끌고 와."

"아, 으응."

로운은 그 말을 마치고 그대로 몸을 돌렸다.

이리야는 그들이 하는 양을 보고 있다가 다시 뒤쪽에서 사람들의 기척이 나기 시작하는 것을 느끼고 로운의 뒤를 따랐다.

기엘은 잠시 망설이다가 말고 시안의 팔을 잡았다.

"시안님, 어서!!!"

"앞으로 그대에게 많은 사람들의 생명이 더해질 것입니다. 그것을 이겨내실 각오가 되어 있으십니까?"

기엘의 손에 잡혀 미친 듯이 달리고 있는 시안의 머리 속에는 한 가지 생각밖에 떠오르지 않았다.

그저 희희낙낙하게 여행만 하면 된다고 생각했다.

모르는 것을 보고, 모르는 곳을 여행하고, 모르는 사람들을 만나다가 그냥 시킨 일만 그대로 하면 된다고 그렇게 생각해 왔다.

설마 그들이 가는 길이 이렇게나 험난할 것이라고는 생각도 하지 못했다. 마샤가 하던 말도 그저 그런 걱정의 말이라고 생각했다. 정말 단순하게….

그것은 이 추격전이 숨돌릴 틈도 없이 갑자기 일어났기 때문에 더 더욱 그랬다.

"시안님, 숲이 끝나갑니다."

기엘은 로운이 선행하면서 길게 삐죽삐죽 튀어나온 나뭇가지를 제거한 길을 따라서 시안을 무작정 끌고 가다가 말고 말을 했다.

기엘의 말에 시안 역시 눈을 들자 멀지 않은 곳에 빛이 환하게 내리쬐고 있는 평원이 보였다.

환하디환한 평원.

그 평원이 눈에 들어오자마자 문득 시안의 머리 속에서 어떤 생각이 떠올랐다.

왜 그런 것이 떠올랐는지는 시안도 알 수 없었다. 단지 그가 원하는 것은 지금의 이 일들이 어째서, 왜 일어나는지 그 이유뿐이다.

"기엘."

"예?"

"가서 한 사람 잡아와."

"예?"

"절대 죽이지 말고, 그리고 기엘도 절대 죽지 말고 가서 한 놈만 잡아와."

"시안님!!"

"토 달지 말아!!"

시안은 버럭 소리를 질렀다.

"나 혼자서도 충분히 뒤따라갈 수 있으니까 가서 한 놈만 잡아와. 평원으로 나가면 그때 그 성벽을 넘었을 때……."

후욱— 하고 숨이 차왔다.

"그때 그 주문 쓸 수 있지? 그럼 도망치기 쉽잖아. 가서 한 놈 잡아와!! 어서!!!"

뭔가 단단하게 결심이라도 한 듯한 얼굴.

"도대체 일이 어떻게 되어가는 것인지 좀 알아야겠어. 로운한테는 내가 말할 테니까 가서 한 놈만 잡아와. 알았어? 절대로 다치거나 하면 용서하지 않을 거야!!!! 기엘은 내 기사니까!!"

조금 전에 충격을 받아서 그저 기엘이 끌고 가는 대로 따라오던 그 얼굴과는 전혀 다른 얼굴을 보고 기엘은 마음을 굳게 먹었다.

"알겠습니다. 그럼."

기엘이 단단하게 잡고 있던 손이 떨어져 나갔다.

그 손이 떨어져 나가자 그 부분에서부터 오한 같은 것이 온몸으로 퍼져 나가는 것이 느껴졌다.

'괜찮아. 무섭지 않아. 이런 일 따위. 절대로.'

시안은 마음속으로 다짐했다.

앞쪽에서 자신을 기다리고 있는 로운과 이리야의 모습이 희미하게 보였다.

'할 수 있어. 분명히!!'

시안은 주먹을 꼭 쥐고 로운이 기다리고 있는 곳으로 힘차게 뛰어가기 시작했다.

로운은 눈앞에 펼쳐진 평원을 보고 당혹스러움을 금치 못했다.

숲은 생각했던 것보다 훨씬 작은 규모였던 듯싶었다.

"꼬마!!"

로운은 시안이 헐레벌떡 뛰어오는 것을 보고 안도의 한숨을 내쉬다 말고 그가 혼자 오는 것을 보고 눈을 크게 떴다.

"기엘은?"

"헉— 헉, 헉."

가쁜 숨을 내쉬는 시안을 보면서 로운이 다그쳤다.

"어떻게 할 거야. 아직 잔당이 남아 있는 것 같은데."

"기엘은 어떻게 한 거야!! 설마."

"아니야. 내가 명령을 내렸어. 그러니까 입 닥치고 있어!!"

로운은 시안이 신경질적으로 말하는 것을 보고 자신도 모르게 입을 다물었다.

힘겹게 숨을 내쉬는 시안은 그렇게 말해 놓고 스스로 불안한지 자신들이 방금 빠져나온 그 숲을 뚫어지게 쳐다보고 있었다.

시안의 시선을 따라 나머지 두 사람도 숲의 자락을 뚫어지게 쳐다보았다.

아주 잠깐의 기다림. 하지만 머리끝부터 발끝까지 단숨에 푹 젖어버릴 정도로 숨 막히는 시간이었다.

기엘은 숨을 골랐다.

'절대로 다치거나 하면 용서하지 않을 거야!!!! 기엘은 내 기사니까!!'

머리 속에서는 시안이 했던 말이 고스란히 떠올랐다.

고요함이 그의 몸을 감쌌다.

'내 기사라구?'

필사적인 의지가 가득 들어차 있던 시안의 얼굴.

기엘은 한숨을 내쉬었다.

'간단하게 정리를 내려주시는군.'

기엘은 들고 있던 라이트의 손잡이를 굳게 쥐었다.

"좋아."

결심을 하는 순간 옆에서 부스럭하는 소리가 났다.

'오른쪽!'

기엘은 자세를 낮추었다.

오른쪽으로 길게 뻗은 팔에 힘을 주고 그는 주문을 외웠다.

무엇을 해야겠다고 정확하게 결심한 것도 아니었다. 그저 몸에 밴 듯 자연스럽게 머리 속에 떠오른 주문이 그의 입에서 흘러나왔다.

"그물과 같은 창살……."

머리 속에 떠오른 이미지는 투명한 엘로 짜여진 그물과 같은 것.

그 이미지 그대로 만들어진 주문이 소리없이 퍼져 나갔다.

"헤렘—"

작은 시동어가 발동되는 순간 조금의 움직임도 없이 굳어 있던 나뭇잎들이 한 방향으로 일제히 기울어졌다.

공기 중에 흩어져 있던 기엘의 투명한 엘이 살아 움직이면서 주위의 공기 그 자체가 실 한 오라기도 지나갈 수 없는 무형의 그물이 되었다.

길게 뻗은 라이트의 끝이 살짝 움직였다.

'지금이다!!'

파르르하게 떨리는 라이트의 끝이 불규칙한 곡선을 그리면서 번쩍였다. 다음 순간 숨이 끊어질 것만 같은, 목구멍 깊숙한 곳에서부터 끓어오르는 신음 소리가 그 뒤를 이었다.

무형의 그물이 되어 넓게 펴져 있던 기엘의 엘이 한 남자의 목을 조르고 있었다.

'생각보다 쉬운……!'

챙강—!

기엘은 라이트를 휘둘러 날아오는 암기를 막았다.

뒤를 이어 두 사람의 남자가 빠른 속도로 다가왔다. 기엘은 날렵한 몸놀림으로 그들의 기습을 피하면서 빠르기로 소문난 그의 라이트를 휘둘렀다.

급박한 와중에서도 그의 머리는 빠르게 회전하고 있었다.

'라켄의 검술은 안 돼. 그렇다면……'

상대는 정체를 모르는 추적자들이다. 그런 사람들을 상대로 한눈에 정체가 들어날지도 모를 미메이라의 로열 나이트들이 쓰는 검술을 쓸 수는 없다.

기엘은 빠른 스피드를 앞세워서 그에게 공격을 해오는 두 사람을 몰아쳐 갔다.

"하앗—!"

"크헉!!"

기엘은 단칼에 상대의 목을 날려 버렸다.

붉은 핏방울이 사방으로 뿜어져 나왔다. 그는 방금 베어버린 남자를 거세게 걷어찬 후 남은 남자를 향해 돌아섰다.

분수처럼 튀어 오르는 붉은색의 분수가 그의 시야를 가렸다.

'인기척이 늘어나고 있다. 시간을 끌면 위험해.'

기엘이 잠시 간격을 재는 동안 상대는 그것을 허점으로 판단하고 일직선으로 파고들었다. 기엘은 그것을 비스듬히 피하면서 날카로운 라이트에 자신의 엘을 불어넣었다.

"쿠어억!"

스쳐 지나가듯 두 사람의 인영이 맞부딪쳤다가 떨어졌다.

남자는 기엘의 라이트에서 뿜어 나오는 엘의 한 자락에 옆구리를 베인 듯 허리를 접고 쓰러졌다.

'서둘러야 해.'

기엘은 핏방울이라고는 하나도 튀지 않은 라이트를 검집에 꽂고 기절해 있는 남자의 허리께를 들어 올렸다.

손끝에 남아 있는 생명의 감촉.

지금까지 로열 나이트로 지내오면서 상대방에게 부상을 입혀본 적은 많았지만 지금처럼 상대의 생명을 단칼에 잘라 버린 경험은 처음이었다.

그 감촉을 기엘은 애써 무시하면서 늘어진 남자의 몸을 어깨에 메었다. 감상 같은 것은 나중에 할 일이다.

'시안님께서 기다리실 텐데……'

머리 속에 떠오르는 상념을 애써 지워 버리면서 기엘은 발걸음을 옮겼다.

"아—!"

낮은 탄성 소리가 이리야의 입에서 흘러나왔다.

한눈에도 기엘이라는 것을 금방 알아챌 수 있을 정도로 눈부시게 반짝이는 은빛 머리카락이 그의 눈에 들어왔기 때문이다.

"…어라?"

하지만 다음 순간 그의 탄성은 이해할 수 없다는 듯한 단어로 바뀌었다.

그 이유는 시안 못지 않게 숨을 헐떡이고 있는 기엘의 한쪽 어깨에 축 늘어져 있는 흑의의 남자 때문이었다.

"로운! 지난번에 그 주문을 써."

"무슨?"

"성벽을 넘을 때 쓰던 그 비행 주문 같은 거. 그걸 써서 최대한 멀리 달아나는 거야. 목표는 저 앞에 보이는 저 산."

핏방울이 여기저기 튀어 있기는 하지만 무사해 보이는 기엘의 모습을 보고 안도의 한숨을 내쉰 시안이 손가락을 뻗어서 그들의 앞쪽을 가리켰다.

아득한 산자락이 그 손가락 끝에 걸려 있었다.

"뭐라구?"

"방법 없잖아. 그리고 이래뵈도 산 하나는 잘 타. 걱정하지 말고 저리로 가자구. 이대로라면 어딜 가나 저 인간들이 쫓아올 것 아냐. 보아하니 우리가 가는 곳곳마다 죽치고 있는 것 같은데 일단 이유나 알아야 대책 방법을 세우든가 하지."

"로운, 일단은 시안님 말대로 해."

한숨 돌린 기엘이 축 늘어진 남자의 몸을 끌어당기며 말했다.

로운은 뭐라고 말을 하려다 말고 쯧— 하고 혀를 차면서 시안의 몸을 당겼다.

"한 번에 둘은 무리니까 너도 해봐. 어려운 주문도 아니니까 충분히 할 수 있을 거야. 처음엔 내가 인도할 테니까."

한번 결정하고 나자 로운은 재빨리 시안에게 말했다.

"주문은 간단해. 피. 하이로트. 비상 주문의 일종으로 주위의 공기를 이용하는 거다. 한번 해보면 금방 따라할 수 있어."

"해보지."

비상 사태다. 이런 때 '나는 그런 거 못해'라고 말할 수도 없는 노릇.

시안은 일단 하고 보자고 생각했다.

로운의 커다란 손이 시안의 어깨를 감쌌다.

그는 다른 팔로는 이리야의 몸을 감싼 뒤 주문을 외우기 시작했다.

부웅— 하고 주위의 공기가 그의 목소리에 반응했다.

다음 순간.

시안의 몸은 하늘 높이 치솟기 시작했다.

*   *   *

"야영을 하는 건가? 젠장. 이럴 줄 알았으면 그때 그냥 내팽개치고 라센 왕국 같은 곳으로 튀는 건데. 쳇."

"기엘, 이 남자 좀 깨워봐요."

이리야가 뒤에서 야영 준비를 하면서 투덜거리고 있었지만 시안은 그것은 거들떠도 보지 않은 채 기절해 있는 흑의의 남자 앞에 쪼그리고 앉았다.

속이 울렁거리기는 했지만 머리는 말짱했다. 아니, 말짱하기보다는 텅 비어버렸다는 쪽이 훨씬 맞는 말일지도 모른다.

"어이, 이봐, 이걸 나 혼자 하라구?"

"젠장!!! 아저씨!! 지껄일 기운이 있으면 가서 먹을 거라도 좀 구해 와봐요. 배고파서 쓰러질 것 같아."

"허이구! 공주님, 이제 절 주방장으로 부려먹으실려구요?"

"싫으면 말구!!"

시안이 빽 소리를 질렀다.

이리야는 잠시 고민을 하다가 어쩔 수 없다는 생각이 들어서 쳇— 하고 땅바닥을 걷어찼다.

"젠장."

'역시 선택을 잘못했어'라고 중얼거린 그는 곁에 내려놓았던 몇 가지 도구를 챙겨 들더니 훌쩍 어디론가 사라졌다.

그동안 기엘은 기절해 있는 남자의 뺨을 몇 대 쳐서 그를 깨우기 위해 노력하고 있었다.

찰싹 소리가 들릴 때마다 시안은 움찔움찔거리기는 했지만 그 자리에서 떠나지 않고 쪼그리고 앉아서 그를 지켜보고 있었다.

"…으윽."

"앗! 깨어났다."

기엘이 또 한 대의 따귀를 막 내리치려는 순간 흑의의 남자가 번쩍하고 눈을 떴다.

"기엘, 자해 못하게 해."

시안의 말이 떨어지기도 전에 기엘이 낮게 주문을 외우자 꿈틀대던 남자의 몸이 우직— 하고 굳어버렸다.

"오케이. 좋아요, 좋아."

시안의 왠지 즐기고 있는 듯한 모습을 보면서 로운은 한구석에서 조금은 기막혀하고 있었다.

저 꼬마가 조금 전 자신이 추적자들을 주문으로 살해하는 것을 보고 충격을 받았던 그 꼬마인가 하고 말이다.

'도대체 믿을 수가 없군.'

"흐음. 뭐 자백시키는 주문 같은 것은 없나."

시안은 주섬주섬, 흑색의 복면으로 얼굴을 감싸고 있는 남자의 옷을 뒤졌다.

아무것도 나오지 않았다.

그러자 시안은 단단하게 묶여 있는 매듭을 풀고 남자가 머리에 뒤집어쓰고 있는 복면을 벗기려고 했다.

"제가 하겠습니다, 시안님."

"아아, 응. 고마워요."

기엘이 작은 나이프를 들고 복면을 벗겨내었다.

머리를 빡빡 밀어 민둥산이 되어 있는 남자의 머리가 드러났다.

"누가 추적자 아니랄까 봐. 젠장. 창의성이 떨어져."

시안은 남자의 앞에 철퍼덕 주저앉아 버렸다.

"이봐요, 아저씨. 도대체 누가 시켜서 이렇게 난리를 떠는 거유?"

어느새 이리야의 말투를 배웠는지 꽤나 껄렁껄렁한 말투로 시안이 남자를 향해 말했다.

그 말을 듣고 기엘은 순간 웃음이 터져 나오는 것을 꾹꾹 눌러 참았다. 명색이 범인을 심문(?)하고 있는 중이다.

하지만 남자는 기엘의 주문에 입마저 굳어버렸는지 꼼짝도 하지 않는다.

"기엘, 이거 입까지 완전히 굳어버린 거 아니에요?"

"그, 그런가요? 이런……."

어떻게 해야 하나 고민을 하는데 사라진 지 얼마 안 된 이리야가 어디선가 갑자기 툭 하고 튀어나왔다.

"쳇. 뭔가 좀 얻을 것이 있는가 해서 따라다녔더니만."

"이봐!! 아저씨!! 먹을 것 구해 오라고 했잖아!!"

시안이 화가 나서 이리야를 쳐다보는데 순간 그의 머리 위로 후두둑 하고 무엇인가가 떨어졌다.

"우앗!!!"

"잡아 왔어. 먹을 거."

"으, 으악!! 이게 뭐야!!"

시안은 놀라 비명을 지르면서 자리에서 일어섰다.

꿈틀꿈틀대는 뱀이 두 마리. 아직도 파르르 떨고 있는 새가 하나. 그리고 귀에서 피를 흘리고 있는 토끼가 한 마리.

그것이 이리야가 시안의 머리 위에서 떨어뜨린 먹을 것의 정체였다.

"구해 왔잖아, 먹을 거. 하지만 난 요리는 안 해."

심드렁하게 이리야가 말을 했다.

"세상에! 어떻게 그 짧은 순간에."

"여긴 꽤 먹을 게 많던데? 걸어만 가도 이런 거는 수두룩하게 발에 차이던걸."

이리야는 회심의 미소를 지으면서 대답했다.

사실 산을 타면서 이런 것을 잡아 연명하는 것은 이미 도가 튼 터였다.

"말이 도망자가 아니라구, 내가. 이런 쪽은 내가 한 수 위지."

"헤에~"

시안과 기엘이 신기하다는 듯이 이리야를 바라보자 이리야가 어깨를 으쓱거렸다.

"그런데 지금 뭐 하고 있는 거야?"

"예? 아, 이 남자에게 뭔가 물어보려고 하는데 어떻게 해야 할지 난감해서."

"주문을 풀면 위험해. 이 사람들 잡히면 바로 자살을 하는 것 같았어. 하지만 그전에 입이 열린다고 해도 그냥 대답할 위인들은 아니지."

로운이 스윽 다가와서 말했다.

그때까지 기엘과 시안이 하는 꼴을 지켜보고 있었지만 사실 그에게도 딱히 어떻게 해야 하는지는 생각나는 바가 없었다.

"사로잡히면 바로 자해를 한다라. 흐음. 좋아."

세 사람이 꽤나 난감해하고 있는데 이리야는 뭐가 그렇게 좋은지 입술을 실룩거리면서 말을 했다.

"이런 거는 또 내가 전문이지."

자신만만해하는 이리야의 말에 세 사람의 눈이 휘둥그레졌다.

"댁은 기사라면서 이런 것도 안 배웠수?"

룰룰거리면서 이리야가 아직도 몸이 굳어 뻣뻣하게 누워 있는 남자의 옆에 주저앉았다. 그를 따라서 기엘과 로운, 그리고 시안도 옆에 옹기종기 앉기 시작했다.

"내가 주문을 외우기 시작하면 바로 이 사람한테 건 주문을 풀어 줘."

"알겠습니다."

"혹시 물병 가진 거 있어?"

"환상을 이용하는 겁니까?"

기엘이 그 도망치는 와중에도 꼭꼭 챙겨 왔던 작은 보퉁이에서 물통을 꺼내 내밀면서 물었다.

"당연하지. 내가 할 줄 아는 게 그런 거밖에 더 있겠어? 뭐 조금 의미는 틀리지만."

물의 술사가 할 수 있는 주문은 여러 가지다. 물론 다른 것도 마찬가지지만 이리야가 이전에 말했던 것처럼 공격 주문이 있고, 물을 이용한 방어며, 기타 등등 다양하다.

물론 그들의 능력 대부분이 치유술 쪽에 치우쳐 있기는 하지만 다른 어떤 주문보다 다양한 주문이 있는 것이 바로 물의 술이다.

이리야는 기엘이 내민 물통의 마개를 열어서 누워 있는 남자의
얼굴에 주루룩하고 부었다.

"이걸로 준비 끝. 어이, 기사 양반!"

"예, 준비되었습니다."

"좋아. 이리야 노운. 물의 근원 나유르. 그 근원에서부터……."

"라. 마이케시스. 오프."

이리야의 주문이 시작되자마자 기엘이 간단한 오프 주문으로 남
자의 몸에 걸려 있던 포박술을 풀었다.

남자의 몸이 꿈틀 움직이자 로운이 허리에 있는 라이트의 손잡이
에 얼른 손을 가져갔다.

하지만 그런 움직임은 필요없었던 듯, 이리야의 주문이 끝나자마
자 그의 얼굴에 부어졌던 물이 얇고 넓은 피막으로 변하여 남자의
온몸으로 퍼져 나가기 시작했다.

"이제부터 이 남자는 내가 보여주는 것만 보고 들려주는 것만 들
을 수 있어."

넓은 피막처럼 온몸에 퍼졌던 물은 어느 사이 그의 몸속으로 스
며들어 버린 듯 온데간데없이 사라졌다.

"사이— 레너프."

이리야의 손이 남자의 얼굴을 덮었다.

남자의 몸이 순간 요동을 쳤다.

"…크흑."

스며든 물은 남자의 몸속으로 파고 들어가 그의 신경 하나하나에
까지 스며들었다. 얼굴을 덮은 손가락 끝에서 차가운 기가 뻗어 나
와 남자의 머리 속으로 흘러 들어갔다.

"라이크 온."

의미를 알 수 없는 단어들이 계속해서 이리야의 입에서 흘러나왔다.

동시에 남자의 얼굴을 덮고 있는 손바닥에서 수증기 같은 것이 피어 오르기 시작했다.

그 신기한 광경을 시안은 넋을 놓고 바라보고 있었다.

'대단하잖아, 이 아저씨. 언제나 헤헤거리고 있어서 아무것도 못 하는 줄 알았는데….'

피어 오르는 수증기가 공기 중으로 사라지자 이리야는 한숨을 포옥 내쉬면서 손을 떼었다.

"별로 쓰고 싶지 않은 방법이긴 하지만 나도 목숨 부지는 하고 싶으니 용서하라구."

이리야는 이미 눈이 풀려 버린 듯한 남자에게 미안하다는 듯이 말을 했다.

"물어보고 싶은 것이 있으면 얼마든지 물어봐. 자신의 목숨과 심각한 관계가 없는 말 정도는 얼마든지 대답할 테니까. 뭐 죽어도 어쩔 수 없기는 하지."

"어떻게 한 거예요?"

시안이 궁금하다는 듯이 묻자 이리야는 기분 나쁘다는 말투로 대답했다.

"정확하게는 나도 잘 몰라. 단지 이 주문에 걸린 인간이 시키는대로 뭐든 대답하는 것을 봤을 뿐이니까."

'정말 자백 약물 같은 것을 쓴 그런 효과가 나는 걸까?'

시안은 오래전에 보았던 옛날 영화의 한 장면을 떠올렸다.

주삿바늘이 피부를 뚫고 약이 주입되자 범인은 자신도 모르게 입에서 줄줄 기밀을 털어놓는 그런 장면이었다.

시안은 고개를 탈탈 털어서 상념을 떨쳐 버렸다.

어쨌든 간에 중요한 것은 지금 이 남자가 무슨 말을 해줄지다.

"이름은?"

"97호."

"뭐?"

"97호."

감정이 섞이지 않는 목소리가 남자의 입에서 흘러나왔다.

"97호?"

"97호."

"소속은?"

"검은 암살단. 하셰카. 하나스 북부지원."

"뭐라구?"

이리야는 남자가 지껄인 단어에 놀라서 소리를 질렀다.

"검은 암살단 하셰카, 하나스 북부지원 이오카 소속."

"하셰카라구? 맙소사!!!"

이리야가 입을 쩌억 벌렸다.

이리야가 놀라서 말을 잃고 있자 로운이 그 뒤를 이었다.

"무슨 명령을 받았지?"

"은색의 머리카락을 가진 세 사람을 신속하게 처리하고 그 시체를 확보할 것. 특히 여자의 시체는 반드시."

시안이 자기도 모르게 길게 늘어진 자신의 머리카락을 만졌다.

"동원된 인원은?"

"하나스 북부지원 이오카 소속 암살단 전체."

"말도 안 돼……."

"하나스 남부지원 캬라스 소속 암살단 전체."

남자의 말이 이어졌다.

"그리고?"

침묵이 그들을 지배하기 시작했다.

"가이칸 서부지원 레카 소속 암살단 전체."

"그만!!"

이리야가 소리를 쳤다. 그러자 남자의 입이 언제 열렸나 싶게 다시 굳게 다물렸다.

"왜 그래요?"

시안이 이해할 수 없다는 듯이 이리야에게 소리를 질렀다.

"더 들을 것도 없잖아, 젠장!!!"

시안이 무슨 말인가 해서 이리야의 얼굴을 바라보자 이리야는 기가 막히다는 표정을 지었다. 이 인간들은 지금 자신들이 들은 것이 얼마나 대단한, 아니, 얼마나 심각한 소린지도 모르는 모양이다.

"검은 암살단이라고 하잖아. 하셰카라구!!!!"

"그게 뭐예요?"

"글자 그대로야. 암살단!! 아슈레이 최고, 최대의 암살단이야. 그 인원이 얼마나 되는지도 모르고, 그 수법이 얼마나 악랄하고 다양한지 아무도 모르는 지상 최대의 암살단이라구. 하셰카는 청부 살인 집단이야. 계약이 되면 무슨 일이 있어도 그것을 달성하는 무시무시한 암살단이라구. 젠장!! 일이 꼬인다고 생각했더니!!"

이리야는 벌떡 일어나서 머리에 썼던 두건을 벗어서 땅에 내리쳤다.

"빌어먹을. 기껏 잘 도망쳤다고 생각했는데 이따위……."

이리야가 발광(?)을 하고 있는 동안 로운은 무슨 생각을 했는지 다시 암살자에게 물었다.

"의뢰인은?"

"모른다."

"그런 것을 말단 암살원이 알 리가 없잖아!! 좀 되는 거를 물어 보라구!!! 이 멍청이들아!!"

"그 외. 그 암살 대상자들에 대해 알고 있는 사실은 뭐지?"

"23세 가량의 신체 건장한 남자. 22세의 신체 건장한 남자. 17세 가량의 소녀."

"초상화를 가지고 있나?"

"있다."

"또 다른 것은?"

"최근 물의 술을 쓸 수 있는 남자가 합류. 주의를 요할 것."

"뭐라구—?!"

화를 버럭버럭 내면서 하늘을 향해 포효하던 이리야가 우뚝 멈추어 서더니 터벅터벅 남자 쪽으로 걸어왔다.

"다시 한 번 말해 봐."

"최근 물의 술을 쓸 수 있는 남자가 합류. 주의를 요할 것."

"젠장할!!!! 이제는 빼도 박도 못하잖아!!! 니들 책임져!!"

이리야는 꼼짝도 안 하고 누워 있는 남자를 걷어찼다.

기가 막혔다.

"에… 그러니까 이리야 씨."

시안은 이제 포효 정도가 아니라 펄펄 뛰고 있는 이리야에게 다가갔다.

"저기… 그러니까 특별히 이리야 씨까지 노리는 것은 아니라고 보는데요."

"아니긴 뭐가 아니야!! 이놈들은 노린 대상을 방해하는 놈들까지 모조리 말살해 버린다구. 목격자도 살려두지 않아. 설사 그게 어린 애라도!!"

살벌한 이리야의 말에 모두 입을 다물었다.

난감했다.

"젠장할. 정말 도대체 누구야!!!!"

시안은 난감하다 못해서 화가 났다.

이유라도 알고 맞아야 그나마 나은 것이다. 이유도 모른 채 쥐도 새도 모르게 죽임을 당한다는 것은 아주 질색인 것이다.

스르르릉—

시안이 고민을 하고 있는데 갑자기 기엘이 라이트를 빼 드는 소리가 났다.

"어라? 지금 뭐 하는 거야!!"

기엘이 라이트를 쳐드는 순간 시안이 재빨리 그의 앞에 끼어들었다. 기엘이 꼼짝도 못하고 있는 남자를 내리치려고 했기 때문이다.

"뭐 하는 짓이야!"

"암살단원이지 않습니까."

"그렇다고 저항도 못하는 사람을 죽여도 되는 거야?"

"그럼, 살려둘까요? 어차피 이 사람은 이대로 돌아가도 죽게 될겁니다."

"그걸 어떻게 알아."

"값싼 동정심 같은 것이 통할 때가 아닙니다."

"그건 그 녀석 말이 맞아. 저 암살자를 죽이고 살리는 게 중요한 게 아니야. 지금 중요한 것은 나를 비롯해서 기엘, 그리고 너까지 누군가가 계획적으로 죽이려고 하고 있다는 거지."

로운의 말에 시안의 얼굴이 흙빛이 되었다.

사실 그쯤은 그도 알고 있는 사실이다. 하지만 그래도 지금 자신의 눈앞에서 사람이 죽는 것이 보기가 싫을 뿐이다. 어린애 같은 치기라고 해도 좋다.

"값싼 동정심이라도 좋아. 지금 죽이진 말란 말야!! 여기다 이렇게 놔두면 어차피 우릴 따라오는 사람들이 발견할 텐데. 굳이 지금 꼭 죽여야 해?"

"……."

기엘은 시안의 말에 꼭 동조하는 것은 아니었지만 그녀(?)가 커다란 눈에 곧 눈물이라도 흘릴 것처럼 눈물을 그렁이며 자신을 쳐다보고 있는 바람에 이러지도 저러지도 못했다.

"됐어. 어차피 이대로 두면 다른 놈들이 알아서 처리할 거야."

"로운!!"

시안이 차갑게 말하는 로운을 노려보았다.

로운은 아무 생각 없이 말하다가 문득 굳어서 시안을 바라보았다.

시안은 눈치 채지 못한 것 같지만 시안이 처음으로 공식적인 자리를 제외하고 자신의 이름을 부른 것이다.

"…알았어, 알았다구. 하지만 정말이야. 이대로 두면……."

시안이 화가 나서 자신을 쏘아보고 있는데도 로운은 왠지 기분이 좋아지는 것 같았다. 조금 전까지도 자신이 오늘 죽인 남자들의 수를 하나둘 세어보며 쓴 물이 넘어오는 것 같은 기분을 되새기고 있던 그였다.

하지만 그것은 어느 사이엔가 사라져 버렸다.

"살릴 방법 없어?"

"없어."

"젠장—!!"

시안은 버럭 소리를 지르고는 몸을 돌렸다.

"어디 가시는 겁니까, 시안님!"

"냅둬!!"

시안은 저벅저벅 그냥 발길이 가는 대로 걸어갔다.

아무래도 좋았다.

시안이 잡목들이 우거져 있는 숲으로 들어가는 것을 보다가 기엘이 그 뒤를 따르려 하자 이리야가 그를 말렸다.

"알 거 아는 나이니까 그냥 둬. 저러다 제풀에 지쳐서 돌아올 거야."

"하지만 위험할지도 모르는데."

"괜찮아. 아직 추적자들은 가까이 오지도 못했을 거 아냐. 댁들이 이렇게 빨리 이런 곳까지 왔을 거라고는 상상도 못할 테니까. 아아, 그렇지. 아까 굉장히 놀랐어. 그렇게 빠를 줄은 몰랐거든."

이리야는 분위기를 쇄신하려는 듯 화제를 돌리려 했지만 로운도 기엘도 그에 응할 생각은 없어 보였다. 결국 이리야는 투덜대면서 아까 사냥해 온 뱀들과 토끼와 새를 주워서 주섬주섬 챙겼다.

'젠장, 정말 어쩌다가 이런 패거리에 끼게 된 거지?'

돌을 모으고 나뭇가지들을 모아서 그는 불을 지폈다.

'아, 잊은 것이 있었군.'

이리야는 고개를 들고 아직도 멍하게 서 있는 로운을 불렀다.

"어이, 신관 양반. 저기 오른쪽으로 한참 가다 보면 개울이 하나 있을 거야. 가서 물 좀 떠 오라구."

"뭐?"

"물."

"그런 건 당신이 대충 처리할 수 있잖아."

"이봐!!"

이리야는 손질을 하던 새를 땅바닥에 패대기쳤다.

"내가 이런 일에까지 꼭 물의 술을 써야겠어? 응?!"

"……."

로운은 묵묵히 그의 얼굴을 바라보다가 말고 휘익— 하고 몸을 돌렸다.

"야!! 내 말이 말 같지 않아?"

"그러니까 지금 가고 있지 않습니까!!"

기분이 꿀꿀한 것은 로운이나 이리야나 마찬가지였다.

"쳇. 기왕 가는 거 좀 살살거리면서 가면 안 되나."

그런 꿀꿀함을 날려 버리려는 듯 이리야는 계속 투덜거릴 수밖에 없었다.

시안은 발걸음이 가는 대로 마냥 걸었다. 걷고 또 걷고 옷자락이 걸려서 넘어지면 일어나서 다시 걸었다. 그렇게 한참을 시안은 아무 생각 없이 걸어갔다.

한참을 걸어가자 졸졸졸 흐르는 시냇물이 하나 시안의 눈에 들어왔다.

시안은 그 옆쪽에 조금 마른 곳을 찾아서 털썩 주저앉았다.

"하아……."

어쩔 수 없는 한숨이 새어 나왔다.

"젠장! 정말 별일 다 당하는구나."

시안은 혼자 중얼거렸다.

시안은 눈을 감고 손을 깍지 끼어 목뒤로 돌리고는 벌렁 드러누워 버렸다. 앞날이 깜깜하다는 생각이 절로 들었다.

"도대체 뭘 잘못했다고 암살단은 암살단이람. 게다가 암살단 주제에 왜 그렇게 설치는 건지… 참나."

보통 암살단이라고 하면 자고 있는 사이에 쥐도 새도 모르게 와서 칼로 목을 딴다거나 그러는 게 보통이라고 생각했던 시안에게 있어서 오늘의 추격전은, 사실은 도망전이지만 여하튼 간에 신기하게 생각되었다.

현실 세계에 있을 때는 그런 것은 어디까지나 책이나 영화 속에서만 등장했던 것들이다. 책 속에나 등장해야 마땅한 상황들이 지금 시안의 주위에서는 얼마든지 일어나고 있다.

"하기사 판타지 세계였지, 여기는……."

가만히 누워서 너무나 푸른 하늘을 보고 있자니 문득 현실감이라는 것이 사라지는 느낌이 들었다.

아니, 오히려 지금 이 순간이 정말 환상이 아닐까 하는 생각이 들었다.

너무나 푸른 하늘이 지금 시안이 있는 곳이 환상 세계임을 증명해 주는 기분이었다.

"환상이라고 해도 너무 리얼해."

실제 그랬다.

기엘이나 로운, 또는 이리야가 엘을 이용하여 주문을 외우는 것을 보면 여기는 왠지 현실감이 없다가도 오늘처럼 정말 그 주문에 의해서 죽어버리는 사람들을 보고 있으니 환상 세계라는 칭호가 너무나도 어울리지 않게 생각되었던 것이다.

"여기도 현실이야, 현실."

시안은 눈을 감았다. 너무나도 파란 하늘 때문에 눈이 아파왔기 때문이었다.

시안, 아니, 박경하라는 이름이 이제는 생소하게 느껴졌다. 불과 얼마 안 되는 시간임에도 불구하고 왠지 자신의 이름이 멀게만 느껴지는 것이다.

그 사실이 시안의 기분을 더욱더 우울하게 했다.

"박경하……."

시안은 소리를 내서 자신의 이름을 불러보았다.

그 이름은 마치 이 세상에는 존재하지 않는 이계의 생물을 부르는 듯한 기분이 들게 했다.

쓸쓸함이 시안의 몸을 감쌌다.

"생명으로 점철된 여행길이라. 정말 이런 것을 계속해도 좋은 걸까?"

시안은 잠시 자신이 왜 이런 웃기지도 않은 여행을 계속하고 있는지 생각했다. 아무리 생각해도 이유는 하나뿐이다. 바로 현실 세계로 돌아가기 위해서라는 것.

하지만 바로 지금 이 순간이 그에게는 또 하나의 현실 세계다.

돌아가야 할 현실 세계와 돌아가기 위해서 버티어 나아가야 하는 현실 세계.

두 개의 현실 사이에서 시안은 괴로워했다.

하지만 시안은 깊이 생각하지 않기로 했다. 어차피 이것도 저것도 모두 그에게는 현실이다.

아버지와 어머니와 형과 누나들이 있는 세계도 현실. 그리고 기엘과 로운과 이리야가 있고 알지 못하는 신들이 가득한 이 세계도 그에게는 엄연한 현실이다.

중요한 것, 잊어버리지 않아야 할 것은 딱 하나뿐이다.

언젠가는 그가 있던 세상으로 돌아가야 한다는 것. 그리고 그가 원하는 것이 바로 그것이라는 것.

"환상이라는 생각은 버리겠어. 이번에야말로."

시안은 목소리를 높여서 말을 했다.

말을 하면 왠지 그것이 기정사실이 되어버리는 듯한 느낌이 든다.

눈을 감고 있으면 비명 소리와 함께 붉은 안개가 되어 쓰러지는 사람들의 모습이 떠올랐다.

그리고 그 뒤를 이어서 자신을 지키기 위해서 안간힘을 쓰던 기엘과 로운이 차례대로 떠올랐다.

'돌아가야 할 때가 오면, 그리고 돌아가면 과연 잊을 수 있을까?'

시안은 처음으로 '그때'에 대한 것을 생각해 봤다.

앞으로 남은 여정은 로운의 말마따나 길고 길다. 그 길고 긴 여정 속에서 밉든 좋든 정이 쌓이지 않을 수 없을 것이다.

그것을 생각하니 기껏 밝게 생각하자고 마음먹었던 시안의 마음 속에 다시 구름이 끼기 시작했다.

"에잇. 모르겠다. 그때 일은 그때 생각하면 되지!!"

소리를 높여서 다시 말을 한다. 그러면 그것은 사실이 되어서 시안의 머리 속으로 피드백된다.

"그래. 그때 생각하면 되는 거지. 누가 알아? 돌아가면 좋은 인생 경험했다고 생각할지. 내가 또 언제 이런 경험을 해보겠어. 세상의 어느 누구도 이런 경험은 못할 거라구."

시안은 그렇게 생각하기로 했다.

그리고 지금은 그렇게 생각할 수밖에 없다.

"도대체 어디쯤에 있는 거지? 동쪽이라고 해서 무작정 걸어왔는데."

로운은 투덜거리고 있었다.

동쪽에 가서 물을 떠 오라고 하는 이리야의 말을 따라서 열심히 걸어왔지만 물기라고는 전혀 찾아볼 수가 없었기 때문이다.

다시 돌아갈까 하고 생각을 하다가도 어차피 물은 필요한 것이라는 생각에 로운은 잠자코 걸음을 옮겼다.

"어? 저긴가?"

다행히 포기하지 않고 걸음을 옮기던 로운의 귀에 물소리가 들려오기 시작했다.

"젠장, 정말 멀군."

로운은 발걸음을 빨리했다.

"후우. 앞으로 도대체 얼마나 더 가야 하는지도 모르는데 이런 산으로 들어와 버리다니. 나라는 녀석도 정말 계획성이 없군."

그렇게 중얼거리던 로운은 순간 고개를 갸우뚱했다.

말로 해놓고 보니 뭔가 이상했기 때문이다.

'아니지. 이렇게 된 거는 모조리 그 꼬마 녀석 때문이지. 나 때문이 아니잖아?'

상황이 어찌 되었든 간에 이 산으로 들어오게 된 것은 모조리 시안 때문이라는 생각이 들기 시작했다.

사실 꼭 시안의 탓이라고 하기에는 외부적인 상황이 너무나 급박하긴 했다. 하지만 결국 책임은 그것을 결정한 사람에게 돌아가기 마련이다. 그러나 또 이렇게 생각을 하고 있으려니 다른 생각이 들기 시작했다.

"꼬마 녀석. 생각보다는……."

쓸 만해라고 말을 하려다가 말고 로운은 입을 다물었다. 왠지 말을 해버리면 정말 그런 것같이 생각되기 마련이다.

"쳇."

어느 사이 로운의 발걸음은 깨끗한 물이 흐르고 있는 시냇가 바로 앞에 도달해 있었다.

'일단은 물을 떠서 식사를 하고. 꼬마 녀석은 밥을 안 주면 상당히 심각해지니까. 그리고 나머지는 다음에 생각을 하자구.'

로운은 가지고 온 가죽 물통의 마개를 열어서 시리도록 차가운 시냇물에 푹 담갔다. 시냇물치고는 꽤나 빠른 물살 때문인지 커다란 물통이 단숨에 불룩해졌다.

그것을 갈무리해서 어깨에 짊어진 로운은 잠시 망설이다가 다시 물통을 내려놓고 차가운 시냇물에 손을 담갔다.

뼈 속까지 저려올 정도로 차가운 물이었다. 그 차가운 물을 수차례 떠서 얼굴을 씻고 난 로운은 파란 하늘을 바라보았다.

"후아—"

마음의 정리가 되는 기분이었다. 사실 무엇을 정리해야 할지는 자신도 몰랐지만 여하튼 그런 기분이 드는 것은 고마웠다.

나름대로는 예정대로 이상없이 이루어지던 여행이 갑자기 틀어지기 시작했기 때문에 조금은 안달하는 마음이 생긴 것도 사실이다.

난데없는 사고들과 끈질기게 그들을 추격하는 추적자들. 그리고 암살단.

"암살단이라는 녀석들이 어째 하나같이 벌떼 같은지."

로운의 입에서도 역시 불만이 터져 나왔다.

"하지만 그래주는 덕에 이렇게 도망을 치고 있는 것이긴 하지만."

암살단이 원래 그들이 하는 양으로 암습을 했다면 어쩌면 지금쯤은 자신도 기엘도 그리고 제일 중요한 시안도 이세상 사람이 아닐 수도 있겠다는 생각에 로운은 몸을 떨었다.

"물론 암습하게 두지는 않았겠지만."

생각해 보면 그들이 암습을 하지 못했던 것도 어느 정도는 이해가 갔다.

시안을 수행하기 시작했던 그 순간부터 로운이나 기엘이나 둘 다 혹시나 무슨 일이라도 생기지 않을까 해서 신경을 곤두세우고 있었기 때문이다.

말하자면 애초에 암습 같은 것은 불가능했던 것이다. 적어도 그들에게는.

"자아, 돌아가 볼까. 꼬마가 바람 뿜는 괴수가 되기 전에… 어?"

기지개를 켜고 다시 물통을 들려고 하는 순간 로운의 눈에 꽤나 익숙한 색의 천 조각이 보였다.

"뭐야 저건. 설마?"

설마라는 것은 언제나 사실이 되기 때문에 의미가 있을지도 모른다.

로운이 설마설마 하면서 시냇가를 따라 조금 올라가 발견한 것은 축축한 시냇가 옆 땅바닥에서 팔을 위로 높이 뻗어 올려 세상모르고 잠든 시안이었다.

"세상에! 언제 여기까지 와서 퍼져 자고 있는 거지, 이 녀석은?"

파랗게 돋아난 풀들 위로 은백색의 머리카락이 여기저기 흩어져 있는 광경은 로운이 보아도 뭔가 묘한 기분이 드는 광경이었다.

"정말이지. 챙기지 않으면 언제나 이 모양이군."

로운은 한숨을 푸욱 내쉬고는 어쩔까 잠시 고민을 했다.

이대로 두고 갈 수는 없는 노릇이다. 결국 로운은 어깨에 걸치고 있던 망토를 벗어서 세상모르게 잠든 시안의 몸을 감싸 안아 올렸다.

"역시… 바꾸어두는 것이 좋겠군."

로운이 안아 올려도 시안은 꽤나 고단했는지 잠꼬대 한번 하지 않는다.

"누구는 열나게 고생하는데 누구는 이런 데서 뻗어 자고. 정말이지 불공평하다니까."

제6장

두 개의 생각, 하나의 마음

The Wind of Ashurei

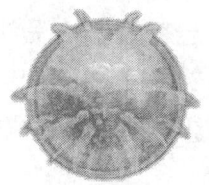

"어? 이으 머아으 어에어(지금 뭐 하는 거예요)?"

시안은 입 안 가득하게 토끼 고기를 우물거리면서 말을 했다.

기엘은 그런 시안에게 주의를 주면서 설명했다.

"이곳이 어딘지 정확하게 알아내려고 하는 겁니다. 그리고 식사를 하실 때 말씀을 하시려면 입 안에 있는 것은 모두 삼키고 말씀을 하세요."

우물거리던 고기가 목구멍에 걸릴 것 같은 기분이다.

시안은 시도 때도 없는 기엘의 잔소리에 입 안에서 맴도는 맛있는 토끼 고기를 한숨에 꿀꺽 삼켜 버렸다.

"콜록— 콜록콜록."

"천천히 드십시오."

"기엘이 잔소리를 하니까 그렇잖아요!! 그리고 그 존댓말 좀 집어치우라니까!!"

로운이 반말로 돌아온 한편, 기엘은 그렇게 말을 했음에도 불구하고 여전히 존대를 쓰는 것을 보고 시안이 신경질을 부렸다.

"……."

"기엘!!"

"로운이 시안님께 말을 놓는 것은 로운의 자유입니다. 그리고 제가 시안님께 말을 높이는 것은 제 자유구요."

왠지 고지식한 아저씨 같은 기엘의 말에 시안은 기운이 쭉 빠졌다.

'젠장, 앞뒤 꽉 막힌 꼰대 같으니라구.'

생각은 그렇게 했지만 기엘이 자신을 꽤나 챙긴다는 것을 알고 있는 시안으로서는 더 이상 뭐라고 말을 할 수가 없었다.

"에잇! 알았어요. 맘대로 해요, 맘대로 해!"

"감사합니다, 시안님."

"쳇!"

둘이 하는 꼴을 보고 있던 이리야는 역시나 기엘이 기사는 기사인가 싶어서 빙그레 웃음을 지었다.

"그런데 저 양반은 왜 저러고 서 있는답니까?"

이리야는 아까부터 가지고 있던 궁금증을 참지 못하고 기엘에게 물었다.

"바람입니다."

"뭐?"

"바람이요. 미메이라인은 바람 하나면 뭐든 가능하죠."

기엘이 씨익 웃으면서 대답을 했다.

"아슈레이 대륙에 부는 모든 바람은 미메이라에서 시작되죠. 그

가닥을 잡아내는 겁니다. 이런 훈련은 기사라면 모두 받는 훈련이죠. 처음에는 쉽지 않지만 능숙해지면 어디에 있든 간에 금방 자신이 있는 장소를 알 수 있게 됩니다. 아, 다 끝났나 보군요."

기엘은 로운이 하늘을 바라보면서 서 있던 장소에서 돌아오는 것을 바라보았다.

"어때, 로운?"

"기가 막히게 찾아 들어왔어. 참나, 저 꼬마 선견지명이라도 있는 게 아닌가 싶어."

"꼬마, 꼬마 하지 마. 시안이라는 이름이 있잖아."

시안은 잔뜩 뿔난 목소리로 대답을 했다. 하지만 로운은 그 대답을 듣는 둥 마는 둥 하면서 허벅지에 매달려 있는 작은 주머니에서 꼬깃꼬깃한 종이 뭉치를 꺼냈다.

"그건 뭐유?"

이리야가 신기하다는 듯이 로운의 옆으로 다가갔다.

로운은 주머니에서 꺼낸 종이 뭉치들을 뒤적이더니 그중에서 한 장을 골라내서 일행의 옆쪽에 넓게 폈다.

그러자 나머지 사람들도 그 지도 옆에 옹기종기 모여 앉았다.

"지금 우리들이 있는 곳은 이곳이야."

로운의 손가락이 한 부분을 가리켰다. 그곳은 험준하기로 소문난 페이요트 산맥의 한 자락 바로 앞이었다.

"정확하게는 이 부근쯤? 이럴 줄 알았으면 좀 더 상세한 지도를 구해보는 건데……."

그렇게 말은 하지만 그럴 시간도, 여유도 없었다는 것은 그도 잘 알고 있는 사실이다.

"어차피 추적자들을 피해서 달아나야 하니까 나쁘지는 않겠지.

다행히도 계곡이 가까운 곳으로 들어왔기 때문에 최단시간 내에 이 계곡을 따라서 페이요트 산맥을 관통하는 거야. 그래서 여기! 가이칸 제국령으로 바로 들어가는 거지."

"에엑—!! 이봐, 이봐!! 난 가이칸 제국에서 간신히 빠져나온 사람이라구. 꼭 거기로 가야 해?"

"처음부터 말씀드리지 않았나요? 저희는 원래부터 호로스에 들른 이후에 바로 다시 가이칸 제국으로 간다구요."

"아, 아니, 그렇게 말하기는 했지만 그래도 그렇지. 누가 이렇게 될 줄 알았냐구."

"죄송합니다, 이리야 씨."

시안을 대신하여 기엘이 이리야에게 사과의 말을 했다.

사실 이리야는 일행이 가이칸으로 돌아가기 직전까지 함께하기로 암묵적으로 말을 해둔 상태였다. 그랬던 것이 난데없는 암살자들 때문에 어쩌다 보니까 여기까지 함께 흘러왔던 것이다.

"젠장할! 나 혼자 돌아갈 수도 없고……."

진퇴양난이라고 해야 할까? 이리야는 난감해하면서 지도를 뚫어지게 쳐다보았다.

기엘도 로운도 사실 이렇게 일이 돌아갈 줄은 몰랐기 때문에 더 이상은 뭐라고 말을 할 수가 없었다.

"하이고오—"

"뭐, 어차피 이렇게 되었는데 같이 가죠. 네?"

뭔가 심각한 분위기에 있는데 갑자기 시안이 방글거리면서 말을 했다.

"혹시나 아저씨를 잡으려는 사람들이 있다고 해도 저 아저씨 얼굴한테는 비장의 변환술이라는 것이 있으니까 여차하면 얼굴을 바꾸어 버리면 되잖아요."

"⋯⋯?!"

"그렇지? 아저씨 얼— 앗!! 잠깐!! 그렇다!!"

시안은 말을 하다 말고 문득 생각이 난 듯 자신의 다리를 타악 치면서 얼빠진 얼굴을 했다. 상황이 상황이다 보니 지금까지 까마득하게 잊어버리고 있던 사실이 기억났기 때문이다.

"잘됐다. 어차피 일도 이렇게 되었고, 저기 누워 있는 암살자 씨가 말하길 우리 얼굴을 다 알고 있다고 했잖아? 으흐흐흐흐흐—"

음흉한 웃음소리가 앉아 있는 세 남자를 뻘쭘하게 했다.

기가 막힐 정도로 예쁜 소녀의 웃음소리라고 보기에는 너무나 아저씨 같았기 때문이다.

"잘된 거잖아, 이거. 자, 상황이 이러니까 기엘도 머리 색 같은 것 좀 바꾸고, 아저씨 얼굴도 좀 더 젊은 얼굴로 바꾸고, 그리고 저 이리야 씨 얼굴도 바꾸는 거야. 전부 바꾸는 거지. 그리고⋯⋯."

시안이 회심의 미소를 지었다.

"나도 원.래.대.로. 돌려놔 줘."

한마디 한마디에 악센트를 넣어서 시안이 말을 했다.

"좋아."

로운이 가볍게 입을 열었다.

"어라?"

"좋다고. 원래대로 돌려놔 주지."

"지, 진짜?"

물론 얼마 전에 자신이 항변하는 통에 로운이 원래대로 바꾸어 주겠다는 소리를 하기는 했지만, 저렇게 간단하게 동의해 줄 것이라고는 절대 생각을 하지 못하고 있던 시안은 너무나 놀라서 얼이 빠져 버렸다.

"기엘, 네 도움이 조금 필요할 것 같아."

"아아, 알았어."

이리야는 세 사람이 무슨 이야기를 하나 싶어서 멀뚱하게 세 사람의 얼굴을 번갈아 바라보았다.

"놀라실 것 같으니 미리 말씀드리겠습니다. 사실은 사정이 있어서 시안님께서는 모습을 조금 바꾸어서 여행을 하고 계셨습니다. 하지만 이젠 제일 큰 볼일 중 하나를 마치기도 했고 상황이 이렇다 보니까······."

"허어······."

너무나 간단하게 설명을 들어버리자 이번에는 이리야가 멍청해져 버렸다.

도대체 이 일행의 진짜 정체는 무엇일까 하는 물음이 다시 이리야의 머리를 지배하기 시작했다.

이리야가 다시 뭐라고 말을 하려는 순간 로운이 자리에서 벌떡 일어났다.

"어차피 마음먹었으니 빠르면 빠를수록 좋겠지."

"오옷!! 초스피드!! 죽여주는데. 좋아좋아."

시안은 혹시나 로운이 금방이라도 마음을 바꿔먹을까 싶어서 얼른 자리에서 일어났다. 고대하고 고대하던 순간인 것이다.

이리야가 멍청하게 그들을 바라보는 동안 시안을 위시한 두 남자는 야영 아닌 야영을 벌인 곳에서 조금 떨어진 곳으로 갔다.

"이 정도면 괜찮겠지. 말해 두지만 일단은 네 엘을 봉쇄할 거다. 확실히 지난번의 경험도 있고. 너도 최대한 협조해야 해."

"물론이지."

시안의 가슴이 두근두근거렸다.

막상 원래대로 돌아간다고 하니 뭔가 조금 두렵게 생각되었지만 그래도 기분이 째지는 것만은 숨길 수가 없었다.

이곳에 와서 여자의 몸으로 바뀐 뒤 고대하고 또 고대하던 순간이다.

"기엘, 시작해."

"알았어."

"기엘 디 하라스다인. 바람의 이름 미메리아의 시작에서 끝. 바인딩 쉴드."

천천히 그러나 사력을 다한 기엘의 주문이 발동했다.

제자리에 가만히 서 있던 시안의 눈에도 그 주문은 그대로 보였다.

이전에는 느끼지 못했던 감각이었다.

기엘에게서 시작된 투명한 엘의 가닥이 시안의 몸 쪽으로 모여들어서 온몸을 감싸 들었다.

온몸이 옥죄이기 시작하는 감각에 시안은 입술을 꼭 다물었다. 다음에 시전될 주문이 어떤 감각을 주는지 새삼스럽게 떠올랐기 때문이다.

'빌어먹을······."

"로운 디 로크레슈. 바람의 이름 미메이라의 시작에서 끝. 엘-메타모르포시스."

하늘 높이 쳐들었던 로운의 팔이 천천히 시안 쪽으로 내려왔다. 그와 동시에 이전에도 목격했던 무수한 엘의 가닥이 바람처럼 시안의 몸 쪽으로 쏟아져 왔다.

"우··· 우웃!!"

시안은 눈을 질끈 감았다.

'받아들인다고 생각해야 해. 무조건, 무조건 받아들인다고……'

이전에 경험했던 그 몸이 갈라지는 듯한 통증을 생각하고 시안은 이를 악물었다. 원래의 모습으로 돌아갈 수만 있다면 그런 고통쯤이야 아무것도 아니다.

하지만…….

시안은 아무것도 느낄 수 없었다.

잠시 더 기다려 보았지만 상황은 마찬가지. 시안은 이상하다는 생각이 들어서 살짝 눈을 떴다.

그의 눈에 눈이 화등잔만해진 로운의 얼굴이 들어왔다.

"…어이? 아저씨 얼굴?"

"설마. 로운 디 로크레슈. 바람의 이름 미메이라의 시작에서 끝. 엘-메타모르포시스!!"

다시 한 번 로운의 높은 목소리가 들려왔다.

이번에야말로… 라고 생각하고 시안은 다시 눈을 질끈 감았지만 역시나 그는 아무것도 느낄 수가 없었다.

"말도 안 돼. 이런……."

당황해하는 기엘의 목소리에 시안은 아무래도 무슨 일이 생긴 건가 싶어서 눈을 떴다.

눈을 뜨는 순간 시안의 눈앞으로 뭔가 은백색으로 빛나는 투명하고 긴 줄이 스윽하고 지나쳤다.

"으악!! 이게 뭐야!!"

시안이 놀라서 뒷걸음질을 치는 순간, 로운 역시 너무나 놀라서 입을 쩌억 벌렸다.

그의 눈에는 믿을 수 없는 현상이 목격되고 있었다. 그것은 기엘도 마찬가지였다.

은백색으로 빛나는 길고 긴 뱀 같은 형상이 시안의 몸을 가운데 두고 마치 그를 보호라도 하고 있는 양 시안의 몸 주위를 뱅뱅 돌고 있었다.

"기, 기엘. 이게 뭐예요?"

"저, 저도 모르겠습니다, 시안님."

"로운!!"

다급해진 시안이 로운의 이름을 불렀지만 로운도 마찬가지였다.

그는 자신의 눈을 믿을 수가 없었다.

기엘이 건 바인딩 쉴드의 주문은 피시술자의 엘을 완벽하게 봉쇄하는 주문이다. 그럼에도 불구하고 지금 기엘과 로운의 눈에는 시안의 몸 주위 가득하게 그의 엘이 팔팔하게 살아서 숨 쉬는 광경이 벌어지고 있었다.

그것은 이전에 시안이 잘난 척을 하면서 잔뜩 만들어 보였던 엘-루하스 때를 훨씬 능가하고 있었다.

"어떻게 좀 해봐요, 이거!! 기분 나빠!!!"

그 말에 길고 긴 뱀과 같은 형상이 꿈틀대었다. 마치 자신도 기분이 나쁘다는 듯이.

기엘과 로운이 놀라고 있는 것은 그 때문만이 아니었다.

분명 한 사람에게 느껴지는 엘의 파장은 맹세코 단 하나뿐이다. 그것은 만고의 진리. 하지만 지금 시안에게서 느껴지는 엘의 파장은 두 개였다.

절대로, 절대로 있을 수 없는 두 개의 엘의 파장.

그것은 지금 그들이 목격하고 있는 은백색의 뱀 같은 형상이 내뿜고 있었다.

"어떻게 이런 일이."

기엘은 자신의 눈과 감각을 믿을 수가 없었다. 사실 얼마 전부터 시안이 엘을 사용할 때마다 이상하다고 생각은 하고 있었다.

보통의 미메이라인에게는 절대로 있을 수 없던 그 엘의 반탄력, 그리고 너무나도 강한 시안의 힘.

지금까지 이상하다고 생각했던 그 모든 것이 기엘과 로운의 머리 속에 일제히 떠오르고 있었다.

"젠장, 그렇게 멍청한 얼굴만 하고 있지 말고 어떻게든 해보라니까!!!"

시안의 절규에 그제서야 정신을 차린 듯한 로운이 소리를 쳤다.

"입 다물고 있어!!!"

시안은 파랗게 질린 로운의 얼굴을 보고 지금 자신의 몸을 돌고 있는 그것이 뭔가 심각한 것이라는 것을 깨달았다.

"로, 로운."

"시안님, 진정하시고 제 말을 따라서 해보십시오."

먼저 제정신을 차린 것은 기엘이었다. 기엘은 시안에게 천천히 말을 걸었다.

"천천히 심호흡을 하시고 저를 따라서 주문을 외우십시오. 나하르-엘-크리어."

"나, 나하르-엘-크리어⋯⋯."

움찔하고 시안의 몸을 맴돌고 있던 은백색의 형상이 움직였다.

"다시 한 번 해보세요."

"나하르-엘-크리어."

시안은 이제 울 것 같은 목소리로 기엘이 가르쳐 준 주문을 되풀이하고 있었다.

도대체 자신의 몸에 무슨 일이 일어난 것일까?

"다시 한 번!"

"나하르-엘-크리어."

슈욱—

흐르던 바람이 일순간 잦아들었다.

그리고 시안의 몸 주위를 가득 메우고 있던 엘의 가닥이 순식간에 시안의 몸속으로 빨려 들어갔다. 그리고 맨 마지막에 시안의 목 둘레를 맴돌던 은백색의 형체가 소리도 없이 시안의 몸속으로 빨려 들어갔다.

"……."

"……."

"……."

시안도 기엘도, 그리고 로운도 아무 말을 할 수가 없었다.

그 어찌할 수 없는 침묵을 깬 것은 당사자인 시안이었다.

"도대체 어떻게 된 거야!! 왜 안 바뀌는 거야!!!"

시안은 당황하고 있었다. 당연히 로운의 주문으로 원래의 몸으로 돌아갈 수 있다고 생각하고 있던 시안에게 있어서 방금 전의 현상은 두려움 이외에는 아무것도 아니었다.

"기엘, 바인딩 쉴드를 다시 해봐."

"알았어. 기엘 디 하라스다인. 바람의 이름 미메리아의 시작에서 끝. 바인딩 쉴드."

쏴아— 하고 공기와 같은 엘이 다시 시안의 몸으로 몰려갔다. 그것은 잠시 시안의 몸을 감싸는 듯했지만 곧 이어서 마치 원래 없었던 것처럼 사르르 소리를 내면서 사라져 버렸다.

"로운 디 로크레슈, 바람의 이름 미메이라의 시작에서 끝. 엘-메타모르포시스!!"

로운이 다시 주문을 외웠지만 그것 역시 바인딩 쉴드와 마찬가지였다.

기껏 로운의 엘이 시안의 몸을 감싸는 듯싶더니 다음 순간 바인딩 쉴드 때와 마찬가지로 한순간에 사라져 버리는 것이다.

"정말 믿을 수가 없군."

"어떻게 된 거냐니까!!!"

시안이 아무리 화를 내면서 로운과 기엘을 추궁해도 두 사람 모두 아무 말도 못하고 있었다.

그들의 머리 속에는 아무것도 떠오르지 않았기 때문이다.

*　　　　*　　　　*

"시안님의 힘이 세진 것입니다. 저희들의 상상을 훨씬 뛰어넘을 정도로요."

한참이 지나서 시안이 들은 설명은 달랑 그것뿐이었다. 그 이외에는 로운이나 기엘도 아무 말도 해주지 않았다.

"시안님이 바람술을 사용하실 수 있게 되면서부터 더욱 활성화되어 가고 있는 것이라고 생각합니다. 점점 시안님이 바람술에 익숙해지시고 계시다는 증거지요. 더 이상은 저희들의 힘으로 어떻게 할 수 없어졌다고 해야 할까요?"

"그럼!! 그럼 이대로 있어야 한다는 소리야?"

"죄송합니다."

"그런 말도 안 되는 소리하지 마!!"

소리를 지르고 시안은 넓게 펴놓았던 망토를 두르고 팩하고 돌아

누워 버렸다.

뭐라고 더 말을 하고 싶었지만 그럴 수가 없었다.

변환술이 실패한 이후로 단 한 마디도 하지 않고 있는 로운을 보았기 때문에 더 더욱 그랬다. 이유라고 들려주는 것도 믿기가 어려웠지만 결국 믿을 수밖에 없는 것.

기엘이 열심히 위로를 하기는 했지만 시안은 그것조차 듣기 싫었다.

결과는 단 하나뿐이다. 실패했다는 사실.

한껏 즐거움에 부풀어 있던 만큼 시안의 실망은 대단했던 것이다. 하지만 그보다도 시안이 더 이상 아무 말 할 수 없는 사실이 있었다. 바로 주문이 듣지 않는다는 것을 깨닫기 전에 자신이 직접 눈으로 보았던 그것.

은백색으로 반짝이던 그것이 시안을 괴롭혔다.

기엘이 시안에게 외우게 했던 주문은 폭주하는 엘의 힘을 원래대로 돌리는 일종의 정화 주문이었다. 그것을 몇 번이나 반복해서 간신히 가라앉힌 시안의 엘. 그리고 그 정체 불명의 형상.

그것이 시안의 몸속으로 빨려 들어가 사라지는 광경을 시안도 똑똑히 목격했던 것이다. 그런 이상한 것이 자신의 몸속에 들어 있다고 생각하자 등골이 오싹해졌다.

'도대체 그건 뭐야!!'

시안은 마음속으로 미친 듯이 그것에 대한 욕을 퍼부었다.

하지만 시안은 자신이 며칠 전에 정화 주문을 익히면서 자신의 몸속에서 발견했던 풍옥의 존재를 까마득하게 잊어버리고 있다는 사실은 깨닫지 못했다.

그리고 그것이 바로 그것과 동일하다는 것 역시 눈치 채지 못했다. 시안의 마음속을 지배하고 있는 것은 오로지 그 미지의 은백색의 형체가 주는 두려움뿐이었던 것이다.

"로운."

시안과 이리야가 잠든 것을 확인하고 나서야 기엘은 살며시 로운의 이름을 불렀다.

"로운……."

"그렇게 부르지 않아도 네가 무슨 소리하고 싶은지 알아."

그때까지 입을 꾹 다물고 한마디도 하지 않던 로운이 힘겹게 입을 열었다.

"느껴져?"

"응."

"말은 안 하지만 이리야 씨도 느끼고 있는 것 같아."

"그래. 분명히 희미하기는 하지만 이제는 아주 확실하고 생생하게 느껴지니까."

로운은 쌕쌕거리며 잠든 시안의 얼굴을 바라보았다.

"뭔지 알겠어?"

"알면 이러고 있지도 않아. 하아……."

로운이 길게 한숨을 쉬었다.

"누군지도 모를 사람의 사주를 받아 목숨을 노리고 있는 놈들에다가 이제는 뭔지 모를 두 개나 되는 파장이라니. 정말 미치겠군."

로운의 말에 기엘의 표정 역시 심각해져 갔다.

"두 개의 파장은 어찌할 수 없다고 치고, 도대체 누가 사주한 것인지 짐작 가?"

"글쎄. 역시 아버님일까?"

로운은 잠시 기억을 되살려 떠나오기 직전 그들이 함께 보았던 편지를 생각해 냈다. 그 편지에는 로운과 기엘 두 사람의 집안에 주의를 기울이라고 써 있었다.

"설마, 아무리 그렇다고 해도……."

"모를 일이지."

"무책임한 대답이로군."

"그러는 너는 떠오르는 사람이라도 있어?"

"아니."

"나도 마찬가지야."

로운은 여행을 떠나기 전에 마지막으로 만났던 자신의 아버지를 떠올렸다. 분명 권력욕에 있어서는 누구도 따라올 수 없는 사람이긴 하다. 하지만 그 아버지가 자신을 위해서 자신의 아들과 시안과 기엘의 목숨까지 노릴 만한 사람이라고는 생각되지 않았다.

단순하게 시안만을 노렸다면 혹시나 의심을 해볼 수도 있을 것이다. 하지만 그의 아버지는 지금까지도 로운이 파계를 해서 다시 로크레슈 집안을 이어 가길 바라고 있는 사람이다. 그런 사람이 암살단 전체를 동원해서까지 자신을 죽이려고 들 리는 없는 것이다.

그것은 기엘의 생각도 마찬가지였다.

"오리무중이군."

"방법이 없어. 지금으로써는."

로운은 흐트러진 머리카락을 쓸어 넘겼다. 마음속이 혼란했다.

해가 떨어지자 산속의 공기는 금세 차가워져 버렸다. 그것은 밤이 되자 더 더욱 심해져서 이제는 기엘과 로운의 입에서 흘러나오는 따스한 공기가 하얗게 변해 버릴 정도다.

"으응……."

잠자리가 불편한 듯 잠들어 있던 시안이 꿈틀거렸다.

기엘은 그것을 잠시 바라보다가 한쪽으로 치워두었던 그의 망토를 시안의 위에 덮어주었다.

"두 개이긴 하지만 한쪽은 아주 약해. 확실히 느껴지긴 하지만 이건 아주 묘하게……."

잠시 시안의 몸에서 흘러나오는 엘의 파장을 가늠해 본 기엘이 조심스럽게 말을 했다. 그 말을 로운이 받았다.

"묘하게 원래의 파장과 어울려 있지. 신경을 쓰지 않으면 절대로 알아볼 수 없도록 말이야. 조금만 주의를 기울이면 이렇게나 생생하게 느껴지는데……."

"일단 뭔지는 모르지만 시안님 몸 자체에 위해는 없는 것이 아닐까?"

"이상이 있었다면 벌써 일어났겠지. 저건 완전히 저 녀석의 몸 자체를 완벽하게 보호하고 있어."

"그렇다면 다행이고."

"다행은. 정체를 알 수가 없는데."

로운이 짜증을 내면서 말을 했다.

알 수 없는 존재만큼 사람을 불안하게 하고 짜증나게 하는 존재는 없다. 그것도 바로 느낄 수 있을 정도로 확연하게 드러나 있는 것인데도 말이다.

"그래도 위험은 좀 줄어든 거나 마찬가지잖아. 무슨 일이 일어나든 간에 시안님이 직접적으로 피해를 입을 가망성은 줄어든 거니까 좋은 쪽으로 생각하자."

기엘은 애써 로운을 위로했다. 그것이 위로로 받아들여지고 있는지는 미지수였지만 말이다.

로운은 그런 기엘의 마음을 아는지 모르는지 잠시 캄캄한 숲의 한가운데를 바라보고 있다가 갑자기 팔을 들었다.

"엘-루하."

고요하게 주위의 공기가 반응하기 시작했다.

로운의 팔에서 투명한 엘의 덩어리가 흘러나오더니 조용하게 그의 손가락 쪽으로 움직였다.

그가 하는 양을 바라보고 있던 기엘도 로운의 옆에서 나란히 같은 주문을 외웠다.

"엘-루하."

훈련생 시절에 힘든 일이 생기면 지금처럼 이렇게 둘이서 나란히 앉아서 엘-루하를 연습하고는 했다.

이러고 있다 보면 왠지 마음이 가뿐해지고 조용하게 정리되는 기분이 들었기 때문이다. 실제로 그 효과는 지금도 여전한지 조금은 불안정했던 두 사람의 엘이 차분하게 가라앉기 시작했다.

조용하게 엘-루하를 마친 로운이 기엘에게 말했다.

"어쨌든 간에 지금 우리들이 할 수 있는 일은 아무것도 없으니 일단은 두고 봐야 할 것 같다. 아무리 생각해도 앞날이 불투명하다면 일단은 닥친 일부터 해치워야 한다고 봐. 그렇지?"

로운의 말에 기엘이 동의한다는 뜻으로 고개를 끄덕였다.

조용하고 차가운 공기가 두 사람의 곁을 스쳐 지나갔다.

맑은 하늘에 보이는 것은 흰색으로 반짝이는 달과 수도 없이 뿌려져 있는 별들.

"먼저 자, 기엘."

"넌?"

"내가 잘 때는 널 반드시 깨워줄 테니까."

불침번을 서겠다는 소리다.

사실 그들에게 있어서 가장 가까이 있는 위험은 추적자들이다.

"그건 그렇고, 낮에 그 녀석이 무슨 소리를 했길래 저 남자를 잡아온 거야?"

"글쎄, 나도 잘 모르겠어. 대뜸 한 놈을 잡아오라고 하시더라구. 그래서 그대로 따른 것뿐이야. 위험이 따른다는 것도 알고 있었는데……."

간결하게 떨어지는 기엘의 말에 로운은 기엘의 얼굴을 다시 한 번 확인했다.

그렇게 말하는 기엘의 얼굴에는 한 줌의 의심도 흔들림도 없다.

"뭐라고 말을 해야 할지는 모르겠지만 그렇게 해야 한다는 생각이 들더군. 사실은 나도 정말 뭐라고 해야 할지 모르겠어. 저분이 진짜 시안님이 아니라는 것은 알고 있지만……."

기엘이 무슨 뜻으로 말을 하는지 로운도 적지 않게 이해가 갔다. 아니, 정확하게 말하면 그 심정이 이해가 가는 기분이었다.

처음 당하는 긴박한 상황 속에서 시안이 보여준 행동은 단순히 혼란만으로 점철되어 있던 것은 아니었다.

잠시 잠깐의 혼란은 정말 한순간뿐. 정신을 차린 뒤에 시안이 보여준 행동은 지금까지 보아왔던 어딘가 나사 빠진 듯한 멍청한 시안이 보여준 행동이 아니었다.

"기분이 이상해, 로운."

"그래……."

나도 마찬가지라고 이야기하고 싶었던 로운은 왠지 모를 감정에 입을 다물어 버렸다.

"자라. 딱 3시간 후에는 두들겨 깨울 거니까."

"그래."

로운은 자신의 망토를 기엘에게 던져 주었다. 기엘은 피식하고 웃으면서 그것을 받아 들고는 로운의 옆쪽에 자리를 잡고 누웠다. 세상 어느 누구보다도 믿을 수 있는 친구다.

"잘 자라."

"응."

기엘은 눈을 감고 잠을 청했다. 숙면을 방해할 만한 사건은 얼마든지 있었다. 기사가 된 뒤로 단 한 번도 경험해 보지 못했던 실전이라는 것을 넘치도록 경험한 하루였다. 하지만 그런 것은 앞으로 남은 그 끝을 알 수 없는 여정에 얼마든지 더 일어날 수 있는 일들이다. 멀리 갈 것도 없이 내일 아침에 일어나면 또다시 추적자들을 피해서 미친 듯이 도망을 쳐야 하는 신세인 것이다.

눈을 빼꼼하게 뜨자 그의 앞에 그가 지켜야 할 상대의 얼굴이 보였다.

무슨 기분 나쁜 꿈이라도 꾸는지 그 얼굴은 있는 대로 인상을 쓰고 있다.

피식하고 웃음이 났다.

'시안님……'

속으로 그녀의 이름을, 아니, 정확하게는 그의 이름을 읊조렸다.

그것을 마지막으로 기엘의 의식은 현실에서 멀리 떨어져 날아가기 시작했다.

*   *   *

예로부터 페이요트 산맥은 상당히 험준하기로 이름이 높았다.

국토의 대부분이 산맥으로 이루어져 있는 메디아나 동토인 나칸의 땅에 있는 어떤 산맥보다도 더 험준하다고 소문이 난 산맥이 바로 페이요트다.

사실 이 소문에는 어느 정도 과장이 섞여 있었다.

아슈레이의 대륙 대부분의 산맥들은 이상하리만치 북동쪽에 몰려 있다. 그 산맥들은 땅의 신국인 바라스로부터 시작되는 험준한 산맥들이 대부분인데, 페이요트 산맥은 다른 산맥들과는 전혀 상관없이 아슈레이 대륙 중반을 동서로 나누는 지표가 되어 있으면서 홀로 외로이 떨어져 있는 산맥이었던 것이다.

페이요트 산맥의 오른쪽으로 가든 왼쪽으로 가든, 끊임없이 넓고 평탄한 대지가 펼쳐져 있는 가이칸 제국이나 셰비 연합국에 속해 있는 나라에 사는 사람들로서는 페이요트 산맥이 세상에 둘도 없는 험준한 산맥으로 보일 수밖에 없는 노릇인 것이다.

그 페이요트 산맥의 북쪽 끝자락의 이름 모를 고개가 로운이 선택한 탈출로(?)였다.

"계곡으로 간다며."

"이쪽이 조금 더 수월하지 않을까 생각돼서 말입니다."

기엘은 이리야에게 약간 미안한 마음을 가지고 부드럽게 말했다.

사실 이 일행 중에서 가장 억울하다면 억울할지도 모르는 남자가 바로 이리야였다. 가뜩이나 도망 노예(?)의 신세라서 쫓기는 터인데 거기에 엎치고 덮치는 격으로 검은 암살단 하셰카의 추격까지 받게 돼버린 것이다.

우리는 원래 아무런 사이도 아니라고 말하기에는 이미 이리야가 처치해 버린 암살단원의 수가 만만치 않았던 것도 문제. 자신들의 목적을 방해하는 사람까지 철저하게 말살하기로 유명한 하셰카다.

결론적으로 말한다면 이리야는 이제 빼도 박도 못하고 시안의 일행이 되어버린 것이다. 그 때문에 기엘은 더 더욱 이리야에게 미안해하고 있었다.

"참나, 그 이상한 놈만 아니었으면 그냥 레카에서 희희낙락하면서 살 수도 있었는데 왜 이런 고생을 사서 해야 하는 것인지 모르겠군."

"이봐요, 아저씨!!"

이리야가 계속 투덜거리자 앞쪽에서 묵묵히 산을 오르고 있던 시안이 팩— 하고 뒤를 돌아다보면서 말을 했다.

"자꾸 그렇게 투덜거리지 말라구요. 그렇게 말하면 제일 억울한 건 나란 말야. 누가 좋아서 이러고 있는 줄 알아요? 나도 이런 곳에 오지만 않았으면 지금쯤……."

"꼬마."

시안이 줄줄 말을 하려고 하는데 로운이 그것을 저지했다.

이미 어느 정도 사정은 다 알게 된 이리야기는 하지만 그 뒤에 시안이 내뱉을지도 모르는 말은 정말정말 기밀에 속하는 것들뿐이다.

시안은 그 정도는 알고 있었다는 듯 로운을 한번 쏘아보고는 다시 제 갈 길을 가기 시작했다.

사실 로운이 꽤나 걱정하고 있었다. 어디로 보아도 이 일행 중에 제일 연약(?)해 보이는 것이 바로 시안이니까 말이다. 하지만 그런 걱정도 잠시. 시안은 어느 누구보다 훨씬 더 빠른 속도로 척척 앞서서 가고 있었다.

그것은 산을 좋아해서 오랫동안 산을 즐겨 오르던 시안의 원래 모습, 즉 경하의 취미 때문이었지만 그것을 알 리 없는 나머지 세 사람은 나름대로 참을성과 끈기를 보여주고 있는 시안에게 어느 정도는 감동 아닌 감동을 받고 있는 형편이었다.

사실 가느다란 팔다리를 하고 있는 절세의 미소녀가 찍소리도 하지 않고 묵묵하게 험한 산자락을 올라가고 있는 것이 어찌 감동이 아니겠는가!

하지만 이리야는 그런 시안의 뒤를 따르면서 조금은 아쉬움의 입맛을 다시고 있었다.

그 이유가 뭐고 하니 바로 앞장서서 가고 있는 시안의 뒷모습 때문이었는데, 그 뒷모습은 어제와는 달리 그 반짝이고 하늘거리는 머리카락이 온데간데없이 사라지고 꼭 꽁지 빠진 제비 뒤 무늬 같은 조그만 자루만이 아래위로 오락가락하고 있었기 때문이다.

어제 그 문제의 변환술이 실패하고 난 후 시안은 두 번 다시 자신의 모습에 대한 어떠한 단어도 언급하려 들지 않았다. 대신 시안이 요구한 것은 길게 늘어져 치렁치렁한 거미줄 같은 머리카락을 잘라달라는 것이었다.

일이 그렇게 되었기 때문에 차마 기엘도 이번에는 말리지 못했다. 시안의 길고 긴 머리는 로운이 손수 싹둑! 하고 잘라주었고 지금 시안은 뒤통수에 남은 머리카락을 질끈 동여매고 있었던 것이다.

그나마 마음의 위안거리였던 시안의 머리카락이 그런 꼴이 되자 제일 펄펄 뛴 것은 역시 이리야였지만 시안은 그런 이리야를 아주 티껍다는 표정으로 한참을 쏘아보았을 뿐이고 누구도 이리야를 위로해 주지 않았다.

"이쪽이 맞기는 맞는 거야? 어째 가도 가도 끝은 안 보이고 계속 험해지기만 하는 거지?"

"방향은 맞아."

"맞아도 그렇지. 고개를 넘어간다고 해서 그런가 했는데 아무래도 이거 산등성을 타고 올라가는 기분이라구."

시안은 각도가 한 35도쯤은 되는 바위에 간신히 몸을 지탱하고는 이상하다는 듯이 로운에게 물었다.

"산을 우습게 보면 곤란해. 좀 더 자세한 지도는 없어? 아, 없었지……"

"역시 계곡을 따라 가는 쪽이 좋았다니까. 이런 데서 식수는 또 어떻게 구하려구."

"하지만 그대로 방향이 맞다고 하니까 일단 그대로 가는 것이 좋지 않겠습니까, 시안님?"

제각기 모두 말이 달랐다.

로운은 옆에 비스듬하게 뻗어 나온 나무에 잠시 기대어 쉬면서 난감한 이 상황에 대해 다시 한 번 생각을 해보기로 했다.

"조금 더 상세한 지도라도 있었으면 좋았을 테지만 지금으로써는 어떻게 할 수 없다는 건 알고 있을 텐데?"

"그렇긴 하지만 이러다가 불쑥 이 산에 사는 맹수 같은 것이라도 뛰어나오면 곤란하다구. 아버지가 언제나 말씀하셨지만 험난하고 인적이 드문 산에는 아직도 산짐승들이……"

"크르르르르르—"

시안의 말이 끝나기도 전에 어디선가 맹수의 그르렁거리는 소리가 들려왔다.

"……."

등골이 서늘해 올 정도로 나지막하면서도 위험스럽게 들리는 소리.

"어라? 정말 나왔나 봐."

"시안님, 몸을 피하십시오!!"

기엘이 라이트를 뽑았다.

"이렇게 교과서 적으로 진행되면 곤란한데……."

시안은 자신이 괜한 소리를 해서 이런 상황이 되어버린 게 아닌가 하는 생각에 겸연쩍어하며 움찔움찔거리면서 바위에 기댔던 몸을 슬슬 움직였다.

왠지 긴장감이라고는 하나도 없는 상황.

그것은 한참이나 추적자들에게 쫓겨왔던 때문인지도 몰랐다.

"꿰엑!! 저건 라칸드라잖아!!"

이리야가 괴성을 질렀다.

"크와아아앙!"

훌쩍—!

검은 표범과 비슷하게 생긴 시커먼 괴물이 뛰어올랐다.

굳이 표범과 다른 곳을 찾는다면 언젠가 시안이 백과사전에서 보았던 샤벨 타이거처럼 생긴 길고 긴 송곳니와 도무지 뭔 종인지 알 수 없는 거대한 날개일 것이다.

"우와악!! 내 쪽으로 온다!!"

"머리 숙여!!"

시커먼 라칸드라는 일행 중에서 가장 약해 보이는 것이 시안이라는 것을 눈치 챈 듯 다른 일행은 아랑곳하지 않고 곧장 시안 쪽으로 훌쩍 뛰어올랐다.

"미안하지만 여기는 바람이 불어도 너무 잘 부는 곳이라구."

"시안님, 쉴드를 치십시오!!"

머리를 숙이고 바위 옆에 찰싹 달라붙어 있던 시안에게 기엘의 목소리가 들려왔다.

'아! 그렇지!!'

태어났을 때부터 바람술을 쓸 수 있었던 사람이라면 당연하게 취해야 할 행동도 시안에게는 의식적이지 않으면 할 수 없는 일이다.

시안은 재빨리 주문을 외우고는 주위에 잔뜩 엘의 바람을 만들어 내서 몸을 보호했다.

기엘과 로운은 라이트의 손잡이를 굳게 잡고서 괴물이 잠시 허점을 만들기를 기다렸다.

"크르르르르."

라칸드라가 이를 세우고 으르렁거리면서 시안에게 그 큰 입을 쩌억— 하고 벌리려는 순간 그제서야 공포라는 감정에 휩싸인 시안이 비명을 지르기 시작했다.

"우아아악!!!"

끔찍한 썩은 냄새가 라칸드라의 입속에서 풍겨 나오려던 그때, 그것은 눈 깜짝할 사이에 이루어진 일이었다.

주위를 가득 메울 정도로 시안의 몸 주위에 떠다니던 투명한 엘의 가닥 하나가 한순간에 은백색의 뱀으로 화하더니 기가 막힌 속도로 라칸드라의 심장이 있는 부분을 관통하고 지나갔다.

"쿠오오오!"

심장을 관통당한 라칸드라는 단발의 괴성을 지르면서 그 자리에 털썩하고 쓰러져 버렸다.

어찌할 수도 없는 침묵이 그 위를 맴돌았다.

"어, 얼레?"

시안이 무슨 일인가 싶어서 고개를 들었지만 모두들 멍한 얼굴을 하고 있을 뿐이다.

"누가 죽인 거야?"

심장을 관통당한 라칸드라의 몸에는 이상하게도 상처 하나 없었다.

시안은 도대체 어떻게 이 괴물이 죽었는지가 이해가 가지 않아서 멀뚱멀뚱 서 있는데 이리야가 간신히 입을 열었다.

"완, 완벽한 보호막이로구만, 그거."

"예?"

"그거 말이야, 그거."

이리야가 손가락으로 가리키는 쪽, 즉 자신의 어깨 쪽으로 시선을 돌리던 시안은 소름이 쫙 끼쳐 올랐다.

예의 그 은백색의 투명한 뱀처럼 생긴 것이 하늘하늘거리면서 자신의 어깨 위쪽에서 놀고 있었기 때문이었다.

"우게엑—!"

말로 표현할 수 없는 시안의 괴성에 그 은백색의 뱀이 실례라는 듯이 꼬리(라고 생각된다)를 한번 흔들더니 이내 시안의 몸속으로 스옥— 하고 스며들었다.

"우악!! 기엘! 로운! 또 나타났어!! 또!!"

시안은 제자리에서 펄펄 뛰면서 난리를 떨었다.

손으로 그 형체가 스며 들어간 어깨를 미친 듯이 털면서 시안은 울상이 된 얼굴을 하고 있었다. 그러나 기엘도 로운도 뭐라고 해줄 말이 없는 바람에 시안은 혼자서 호들갑을 떨 수밖에 없었다.

"그 라칸드라를 잡은 사람은 누구요."

시안의 어깨가 뻐근하게 될 정도로 두들겨 맞고 있는 와중에 어디선가 굵직한, 마치 금속을 손톱으로 긁는 것 같은 이상한 목소리가 들려왔다.

반사적으로 세 남자는 방어 자세를 취했다.

"누가 잡은 것인지 모르겠지만 그놈은 내가 3개월이나 노리고 있던 놈이오. 원한다면 거래를 해도 좋으니 나에게 넘겨주었으면 하는데……."

털썩―

피 묻은 날개를 한 새가 남자의 발 아래로 떨어졌다.

온통 짐승의 가죽으로 만들어진 옷을 입고 있는 사람이 시커멓고 덥수룩한 구렛나루를 그대로 드러낸 채 그들의 앞에 서 있었다.

*   *   *

"도대체 어떻게 이 사나운 라칸드라를 상처 하나 없이 잡았는지 모르겠군."

길게 늘어진 라칸드라의 배를 솜씨있게 가르고 내장을 꺼낸 후 남자는 재빠른 솜씨로 가죽을 벗겨내고 있었다.

"그게 말입니다……."

뭐라고 말을 해야 할지 몰라서 기엘이 우물거리는데 대뜸 시안이 아무렇지도 않은 목소리로 말했다.

"그거 내 앞으로 뛰어오더니 그냥 픽하고 쓰러졌어요, 아저씨. 심장 마비가 온 것 같기도 하고……."

시안 스스로도 말이 좀 안 된다는 것은 알고 있지만, 사실 그 이외에는 뭐라고 표현할 수가 없다는 생각에 사실에서 아주 약간의 부분만을 제외하고 그대로 털어놓은 것이다.

실제 거짓말은 아니니까.

"꼬마 아가씨가 귀여운 소리를 하는군."

그는 마치 '자네들이 알아서 했겠지' 하는 눈으로 앞에 멀뚱하게 서 있는 로운들을 바라보았다.

그들이 지금 서 있는 곳은 산 중턱 작은 평지에 위태위태한 모습으로 서 있는 통나무 집 앞이었다.

그저 평범한 사냥꾼이라고 자신의 신분을 밝힌 남자(사실 라칸드라를 사냥할 정도면 평범하지는 않다)는 시안 일행에게 오늘 하루 잘 곳을 제공해 주는 대가로 라칸드라를 양도받았다.

"여하튼 간에 잘 곳을 제공해 주셔서 감사합니다."

쓰러질 것 같은 오두막이지만 오늘 하루는 시안을 노숙시키지 않아도 된다는 생각에 기엘은 진심을 담아서 남자에게 감사를 표했다.

하지만 막상 그 침대 비스무리한 형체에서 드러누워 자야 할 대상인 시안은 왠지 한번만 누우면 벼룩과 빈대에 무진장 뜯길 것 같은 침대를 아주 시큰둥한 눈으로 보고 있었다.

"자기는 잔다고 치고. 이거 안 쓰러져요, 아저씨?"

"라이."

"예?"

"아저씨가 아니라 라이라고 해."

"아앙~ 라이 아저씨."

연상에게는 말끝마다 꼭꼭 아저씨를 붙이는 것은 아마도 시안의 입버릇인 것 같았다. 이리야는 왠지 라이라는 남자가 가죽을 벗기다 말고 손을 움찔하는 심정이 이해가 갔다.

이런 산골(?)에 살다가 난데없이 선녀를 능가하는 미소녀를 만났는데 대뜸 아저씨라고 불리니 기분이 상할 만도 하다는 생각이었다. 사실 그 심정은 이리야도 마찬가지니까 말이다.

"이봐, 꼬마 아가씨. 아니, 시안 양. 기왕이면 그냥 이름을 불러달라구. 나나 이 사람이나 아직 여편네도 없는데 아저씨라는 소리를 들으면 서글픈 생각이 들어서 말이야."

이리야의 항변에 시안은 콧방귀를 뀌면서 말했다.

"아저씨라는 소리를 듣고 반응하는 사람은 전부 진짜 아저씨라는 거 몰라요? 모름지기 아저씨가 아닌 남자는 아저씨 소리를 들어도 꿈쩍도 안 하는 법이라구요. 아저씨인 사람일수록 아저씨라고 불리는 것을 끔찍이 싫어한다고 하던데."

시안은 이전에 누나들이 번갈아가면서 아저씨와 오빠의 차이에 대해서 벌였던 열띤 토론의 결론을 기억해 내면서 말했다.

하지만 사람들은 시안의 말을 듣자마자 모두 한구석에 서 있는 로운에게 시선을 집중했다. 갑작스럽게 사람들(그래봤자 이리야와 기엘과 라이뿐이지만)의 시선이 자신에게 집중되자 드물게도 로운이 당황을 했다.

"왜, 왜 나를 보는데? 내가 뭘!!"

로운은 자신이야말로 항상 시안이 자신을 아저씨 얼굴이라고 부르는 것을 신경 쓰고 있던 터라 무언의 항의가 섞인 일행의 시선을 거부했다.

"그렇군! 왜 몰랐지?"

"……"

"로운, 그래서 화를 냈던 거야?"

각기 다른 반응들에 시안은 웃음을 터뜨렸다.

"푸하하하하하하핫! 역시 엄청 재미있다니까, 이 사람들. 푸하하하하."

배를 접고 자지러지게 웃고 있는 시안을 바라보며 일행은 이해할 수 없다는 얼굴을 했다.

아저씨라고 불리고 있는 당자자들은 그 위에 하나 더, 용서할 수 없다는 표정을 하고 있었다.

"시안님, 잠이 안 오십니까? 힘들지 않으세요?"

기엘은 불침번을 서기 위해서 망토를 걸쳐 입다가 문득 뻥 뚫린 창가에 오도카니 앉아 있는 시안을 발견했다.

"아, 기엘."

"혹 너무 피곤하셔서 수면을 취하시기 힘든 것이라면……."

"여전하네요, 그 존댓말."

"글쎄요. 타고난 게 그런 것일지도요. 많이 신경 쓰이십니까?"

"아니, 별로. 기엘은 처음부터 그래와서 그런지 꼭 그런 거는 아니고, 으음, 뭐라고 해야 하나……."

뭔가 대답할 말을 찾기 위해서 열심히 머리를 굴리고 있는 시안을 보면서 기엘은 흐뭇한 마음으로 미소를 지었다.

"그러니까… 에잇, 모르겠다. 그냥 맘대로 해요. 뭐라고 해도 안 통하는걸."

"감사합니다."

사실 기엘은 자신이 이 소녀, 정확하게는 이 이계에서 온 소년에게 아무런 거리낌 없이 자연스럽게 존대를 하고 있다는 사실에 대해서 조금은 생각하는 바가 있었다.

처음에는 그저 버릇이었을 것이다.

하지만 지금 그에게 왜 존댓말을 쓰냐고 묻는다면 정말 순수한 마음에서라고 대답할 수 있을 것 같다.

'어쩌면 마샤님께서 말씀하신 내 주인이 이 시안님일지도 모른다.'

"피곤해서 잠이 안 오는 게 아니라 조금 꿀꿀해져서 잠이 안 와요."

"꿀꿀이요?"

기엘은 그게 무슨 소리인가 싶었다. 가끔 시안님이 쓰는 그 이상한 단어들은 기엘의 어휘력 범위를 넘어설 때가 많다.

"그냥 실감하고 있다고 해야 하나? 뭐 그런 거예요. 사실 이해가 안 가서 그렇다고도 할 수 있겠지만."

시안은 말을 하다 말고 기엘의 맑은 청회색의 눈동자를 바라보았다.

이 기엘이라고 하는 기사는 정말 자신을 지키기 위해서라면 무엇이든 할 수 있을까?

실제 이 사람은 자신을 지키기 위해서 벌써 많은 사람의 목숨을 빼앗아왔다. 그 사실은 저기 누워 있는 밉살스런 로운이나 만난 지 얼마 안 돼서 아직도 조금은 서먹서먹한 사이인 이리야도 마찬가지이다.

사람이 죽는다는 것.

시안이 경하이던 시절(이렇게밖에 말할 수 없다는 사실도 꿀꿀한 기분에 박차를 가한다), 죽음이라는 것은 가끔 집의 어른들께 전해지는 부고(訃告) 정도였을 뿐이다.

신경 쓰지 말자고, 신경을 꺼버리자고 몇 번이나 다짐해도 눈을 감으면 떠오르는 것은 시안도 어쩔 수 없었다.

로운이나 기엘에 말에 따르면 아직 자신들을 죽이려 드는 하셰카의 의뢰인이 누군지도 모른다고 한다.

결국 앞으로 얼마 동안, 그리고 얼마만큼 죽음이라는 현실과 맞부딪쳐야 하는지 시안은 알 길이 없었다.

"기엘은……."

"예?"

'기엘은 사람을 죽이는 데 아무런 느낌도 없나요?' 라고 물으려던 시안은 그만 입을 다물어 버렸다. 이 사람이 사람을 죽이는 것은, 특히 적에게 칼을 들이미는 것은 오로지 단 하나의 이유뿐이라는 사실이 떠올랐기 때문이다.

그 이유는 역시 자신, 아니, 정확하게는 자신의 겉모습과 시안이라고 하는, 그리고 수장 계승자 때문인 것이다.

"아무것도 아니에요. 잘게요."

"예, 시안님. 어서 주무십시오."

그 사실을 떠올리자 시안은 왠지 더 기분이 나빠졌다.

죽었다고 하는 시안이라는 여자에게 왠지 질투심 비슷한 것이 느껴지고 있었다. 결국 아무리 이들이 충성을 다한다고 해도 그것은 자신이 뒤집어쓰고 있는 껍질에 향해지는 것이다.

'정말이지, 복이 터졌어. 이 시안이라는 여자는…….'

제7장
바람의 세나케인

The Wind of Ashurei

죽음이라는 것은 언제나 뜻밖의 순간에 찾아든다.

눈에 보이지 않는 감각으로 그것을 느끼는 순간, 인간은 가장 최악의 감정을 맛보게 된다.

"저 산등성이 보이나?"

"저기 저거 말입니까?"

로운은 라이라고 하는 사냥꾼에게서 받은 조잡하기는 하지만 그럭저럭 꽤나 훌륭한 지도 한 장을 들고 있었다.

"저 산등성이랑 비슷한 것을 4개 정도 넘으면 저거보다 딱 두 배되는 산이 하나 더 있을 거야."

'꽤액— 죽이는군.'

시안은 옆에서 로운이 들고 있던 지도를 보고 있다가 라이의 말을 듣고는 속으로 비명을 질렀다.

아무리 산행을 좋아한다고는 하지만 지금 라이가 가리켜 보이는 산등성이는 그냥 보아도 만만치 않다. 그런데 그런 것을 4개나 넘고 그 다음에는 그거보다 두 배는 더 큰 산을 넘어야 한다고 하니 비명이 나올 수밖에.

"그 산은 워낙 험해서 이쪽으로 이렇게 우회를 하는 게 좋을 거야. 좀 험하긴 해도 직접 산을 타는 것보다야 훨씬 나으니까."

그렇게 말하는 라이의 손가락이 가리킨 지도에는 '하라스 계곡'이라고 적혀 있었다.

"다른 길은 없습니까?"

"내가 아는 한은 없소."

절대적이라고 할 정도로 단호한 말투였다. 로운은 그나마 지도라도 한 장 더 손에 넣었다는 사실에 만족할 수밖에 없다고 생각했다. 사실 지금의 사정으로는 이 정도도 대단한 수확인 것이다.

"이 계곡을 통과하는 가장 좋은 길은 대충 여기쯤인데, 절벽이긴 하지만 들리는 말에 의하면 충분히 사람이 통과할 만한 길이 된다고 하더군."

"충분히요?"

뭔가 단어가 좀 이상하다는 생각이 든 로운은 한쪽 눈썹을 치켜 올렸다.

저럴 때의 충분히라는 단어는 아무래도 간신히 통과할 수 있을 정도는 된다라는 의미로밖에 들리지 않는 법이다.

"충분히라……"

"어디가 충분하다는 거야—!"

시안은 머리끝까지 치밀어 오르는 화를 참기는커녕 있는 힘 없는 힘을 모조리 긁어 모아 바락바락 악을 썼다.

"젠장할! 저걸 어떻게 가냐!! 말도 안 돼!! 안 가!! 못 가!!"

평소 같으면 누군가 한 명이 이렇게 방방 날뛰고 있는 시안을 막을 만도 하건만 아무도 시안이 날뛰는 것을 말리지 않았다.

모두들 그들 앞에 펼쳐져 있는 '그 무엇'에 넋이 나가 있었기 때문이다.

그들이 지금 바라보며 넋이 빠져 있는 곳은 이름하여 '하라스 계곡'의 입구.

"이게 무슨 계곡이냐? 협곡이지. 젠장, 이 동네 지도 제작자들은 모조리 반성해야 해!!"

시안은 그렇게 말을 하고는 털썩 주저앉아 버렸다.

"빌어먹을. 오늘은 더 못 가. 안 가!! 아이구 죽겠다~"

널따란 바위 위에 벌러덩 누워서 시안은 앓는 소리를 했다.

입 안이 까칠까칠했다.

시안은 지난 9일 간의 험난한 여행을 떠올리면서 고개를 부르르르 떨었다. 생각하고 싶지도 않았다.

역시 아버지 말대로 산이라는 것은 만만히 보아서는 안 될 상대라는 말을 정말 뼈저리게 경험한 9일이었다.

눈에 보이는 그대로를 믿으면 안 된다는 사실도, 그리고 체력은 있어도 산을 오르는 기술이 별로 없는 인간들과 일행이 되면 배로 힘이 든다는 사실도 깨달았다.

"으윽! 다리야, 허리야, 어깨야."

시안이 뒹굴거리고 있자 하나둘씩 일행들도 시안의 옆에 털썩거리며 주저앉았다.

풀썩풀썩 먼지가 피어 올랐다.

9일 동안 연달아 산등성이를 따라 강행군을 해온 일행은 현재 몸도 마음도 너덜너덜해져 있었다.

지도도 있었고, 천연(?) 나침반도 있어서 헤매지는 않았지만 길도 없는 산행은 생각보다 훨씬 힘들어서 라이가 일주일이면 된다고 한 길이 이틀이나 더 지체되었던 것이다.

그렇게 4개의 험준한 산을 넘어서 마지막으로 남은 계곡 앞에 다다르기 직전 시안 일행은 묘한 흥분에 사로잡혀 있었다.

이제 '계곡'만 지나면 평평하고 안전한 '대로'를 걸을 수 있을 것이다. 아니, 대로는 둘째치고 따스한 물에 몸을 씻고 이리야나 기엘이 적당히 구워댄 토끼 대신에 맛있게 요리한 훈제 고기나 스튜 같은 것을 먹을 수 있게 된다라고 생각해 왔던 일행에게 있어서 지금 눈앞에 까마득하게 펼쳐진 '하라스 계곡'은 정말이지 있던 힘도 모조리 쭉— 빠져 버릴 것만 같은 존재였던 것이다.

"저것도 길이라고 있는 거냐. 에이, 젠장할."

몸이 힘들어지자 시안의 입도 그만큼 험해졌다.

사실 그전까지는 주위 눈을 의식해서 겉보기 등급에 맞추어 얌전을 떨어왔을 뿐이다. 때문에 극한 상황이 닥치자 시안의 입은 원래의 18세 거친 고교생의 말버릇으로 돌아가 버렸던 것이다.

"암담하군."

"그러게나 말이야."

"차라리 아래로 뛰어내려서 계곡 물을 타고 둥둥 떠내려가면 안 될까?"

이리야가 엉뚱한 소리를 했지만 아무도 쳐다보지 않았다. 그들의 머리 속에 둥둥 떠오르는 것은 오로지 바닥도 안 보이는 계곡 저 아래뿐.

잠시간의 침묵이 네 사람의 주위를 맴돌았다.

한참을 그렇게 넋 놓고 앉아 있는데 시안이 갑자기 벌떡 일어났다.

"몽땅 다 일어나! 빨리!!"

"시안님?"

"……."

"왜?"

"가자."

시안은 너불너불 해어지기 시작한 망토를 벗어서 둘둘 말아 어깨에 메고 있었다. 그런 시안의 행동을 멀뚱하게 세 남자가 쳐다만 보고 있자 시안이 이마에 핏대를 세우면서 말을 했다.

"저걸 넘어가야 할 거 아냐, 저걸!!"

시안이 가리키는 것은 한 사람이 겨우 갈 수 있을까 말까 할 정도로 좁디좁은 벼랑길.

"아직 해도 중천이잖아. 여기서 널브러져 있다가는 오늘 밤 그냥 꼴딱 새고 금방 내일이 된다구."

"하지만 시안님, 지금은……."

기엘이 나서서 시안을 말리려고 했지만 시안은 막무가내였다.

"시끄러워!! 가자면 가는 거야. 그 털복숭이 아저씨 말로는 잘하면 여기는 몇 시간 만에 지날 수 있는 곳이라잖아. 힘든 거는 제일 먼저 해치우는 게 좋아."

시안은 갑자기 없던 기운이라도 생긴 듯 팔팔하게 움직이기 시작했다.

"자, 가자!! 고지는 저기다!!"

마치 나폴레옹이라도 된 것처럼 시안이 일행을 재촉했다.

벌써 일주일도 넘게 제대로 씻지 않았건만 시안의 플라티나 블론드는 햇빛을 받아 화려하게 반짝였다.

"…기운도 좋군."

이리야는 축 늘어진 몸을 일으켰다.

"좋아, 좋다구. 나도 얼른 이놈의 산행을 끝내고 싶으니까."

결국 일행은 안달을 하는 시안의 뒤를 따라 하나둘 일어나기 시작했다.

간신히 자신의 목적을 이룬 시안은 그제서야 배시시 웃으면서 말했다.

"그런데 말야, 가기 전에……."

"……?"

일행은 시안이 무슨 말을 하나 싶어서 일제히 시안의 얼굴을 바라보았다.

"…밥 먹고 가면 안 될까?"

"조심해!!"

타닥, 탁— 탁— 타악—

시안이 방금 발을 디딘 부분이 부서져 돌이 계곡 아래로 아래로 끊임없이 떨어지는 소리가 났다.

시안은 등골을 따라 흐르는 식은땀이 더욱더 차가워지는 것을 느끼면서 간신히 다음 지점에 발을 디뎠다.

'으윽, 이럴 줄 알았으면 자고 지나가자고 할걸.'

뼈에 사무칠 정도로 후회가 밀려왔다.

역시 아버지의 말씀은 틀리는 것이 없다.

아버지는 언제나 힘이 달릴 때는 충분한 휴식 후에 움직이라고 했었다. 괜스레 힘이 남아 있다고 해서 강행을 하다 보면 중간에 힘이 달려서 오도 가도 못하는 상태가 된다고 몇 번이나 말씀하시던 것이 시안의 머리 속에 떠올랐고, 시안은 그 말을 정말 몸으로 실감하고 있었다.

절벽에 마치 천년 된 아름드리 나무에 붙어 있는 매미 꼴로 매달린 시안은 등 뒤로 휘잉거리며 스쳐 지나가는 바람에 온몸을 떨고 있었다.

"저기, 기엘……."

아무래도 안 되겠다 싶어서 시안은 기엘을 불렀다.

하지만 기엘을 부르고 보니 그는 자기보다 훨씬 뒤 이리야의 뒤에서 따라오고 있다는 게 생각이 났다.

"으윽! 젠장! 로… 운."

내키지는 않았지만 시안은 제일 앞장서 가는 남자를 불렀다.

"로운~"

순간 바람이 휘잉— 하고 불어왔다.

"로운—!!!"

시안은 소리를 높여서 로운의 이름을 재차 불렀다. 그제서야 시안의 목소리가 들린 듯 로운이 힐끔 뒤를 돌아보았다.

"왜!!"

"할 수 있으면 이놈의 바람 좀 어떻게 안 돼? 바람에 밀려서 떨어질 것 같다구!!!"

"……."

"바람술사잖아!!! 어떻게 좀 해봐!!!"

"……."

"내 말 안 들려?"

"넌 눈 뜨고도 안 보이냐? 바람술 정도는 이미 쓰고 있어. 이 절벽에 이 정도 바람이 가당키나 한 줄 알아? 그나마 바람술로 최대한 가로막고 있는 거라구!! 너야말로 눈 좀 크게 뜨고 봐라!!"

완전 스트레스성 발언이 로운의 입에서 흘러나왔다.

"에?"

로운이 말을 마치자마자 시안은 눈을 크게 떴다. 그것은 자의도 타의도 아닌 그냥 자연스러운 현상이었다.

마치 개안(開眼) 수술이라도 받은 환자처럼, 로운의 말에 자극 받은 시안의 몸이 저절로 반응을 한 것이다.

시안의 눈에 순간적으로 로운이 만들어내고 있는 강한 쉴드가 비쳤다.

그것은 마치 거대한 방패처럼 시안 일행 전부를 덮고 있었다. 마치 투명하고 거대한 방패 같았다.

결국 시안은 찍 소리도 하지 못하고 벼랑에 들러붙어서 얌전하게 로운의 뒤를 따를 수밖에 없었다.

"으윽! 다 왔다."

"하아……"

"아이고오오, 죽겠다."

"괜찮으십니까, 시안님?"

차례대로 널브러지는 일행들.

그들은 방금 전에 통과한 '하라스 계곡'의 출구에 나란히 엎어져 있었다.

"젠장, 역시 쉬고 올걸."

"그러게 고집은 왜 피운 거야?"

"누가 피우고 싶어서 피웠어? 어쨌든 나왔으니 된 거잖아!!! 따지지 마!"

"둘 다 시끄러우니까 입 좀 다물지?"

"시안님, 어디 다치신 곳은 없으십니까?"

질문은 기엘이 하고 확인은 로운이 했다. 로운은 아무 말 없이 시안의 몸 여기저기를 마구 주물러보더니 기엘을 향해 '이상무'라고 보고를 했다.

시안은 자신을 마치 무슨 짐덩이라도 되는 것처럼 주물거리는 로운에게 화를 낼 기운도 없어서 엎어진 자세 그대로 눈을 감았다.

졸음이 마구 몰려왔다.

"최단거리라고 하더니 그 말이 맞기는 맞나 보군."

"그러게나 말이야. 이제는 여길 천천히 내려가는 일만 남았으니 뭐 나쁘지만은 않네."

로운이 지도 조각을 확인하면서 말을 하자 이리야가 맞장구를 쳤다.

"어떻게 할 건가? 여기서 좀 쉬다 갈 건가? 아니면?"

"이곳은 위험하기도 하고 하니 좀 더 내려가서 쉴 곳을 찾아보는 쪽이 좋을 듯싶습니다만."

기엘이 손을 내밀자 로운은 들고 있던 지도를 넘겨주었다.

"여하튼 생각보다 빨리 온 것 같아. 그렇지?"

"그래."

로운은 피곤함이 눈으로 몰리는 듯 손을 들어서 눈과 관자놀이 부근을 몇 번씩 자극했다.

계속되는 강행군과 단 한 순간도 신경을 놓지 않고 있다가 일단 제일 험한 길은 빠져나왔다는 생각에 안도를 하자 순식간에 긴장이 풀려 버린 듯싶다.

'뭔가 좀 신경에 거슬리는 것 같은데… 괜찮으려나.'

"기엘, 기운이 있으면 네가 대신관님께 오로프를 날려 보내줘."

"아, 알았어."

"보고는 해야 하니까. 아마도 걱정하시고 계실 텐데."

"그렇지."

기엘 역시 못지 않게 힘이 들었지만 흔쾌히 승낙을 하고 자리에서 일어났다.

가만히 서 있으면 몸이 흔들릴 정도로 바람이 부는 벼랑 끝 부분이라서 바람의 술을 쓰는 데는 큰 문제가 없을 것 같았다.

기엘은 주위를 둘러보다가 커다란 바위 하나를 발견하고 그 위로 홀썩 뛰어 올라갔다. 그는 그새 엎어진 그 자세 그대로 잠들어 버린 시안을 잠시 바라보고는 주문을 외우기 시작했다.

"기엘 디 하라스다인. 바람의 이름 미메이라 시작에서 끝. 아샨."

주문이 실린 엘은 공기 중으로 흩어졌다가 다시 한자리로 모여들면서 희미한 모양의 새의 형태를 갖추어 나타났다.

"나이트 기엘의 명령이다. 페이요트 산맥을 통과했음. 전원 무사."

전할 말을 마친 기엘은 손가락을 들어 새의 머리를 가볍게 치면서 시동어를 외웠다.

"오로프."

풍부한 바람 덕인지 기엘이 만들어낸 새는 꽤나 형태가 뚜렷한 그 날개를 몇 번이나 퍼덕이더니 곧장 하늘 높이 솟구쳐 올라가기 시작했다.

그때였다.

세상모르고 깜빡 잠들어 있던 시안의 눈이 번쩍 뜨이면서 소리를 질렀다.

"위험해—!!!"

퍼억—

새빨간 핏방울이 거센 바람에 섞여 절벽 아래로 떨어졌다.

"크헉!"

"기엘—!"

로운의 비명 소리가 바람을 찢었다.

"젠장!!! 놈들이다!!"

"어떻게 여기에!!"

시안은 자신이 방금 소리를 쳐놓고도 그 상황이 이해가 되지 않는 듯 몇 번이나 눈을 깜박였다.

"쿨럭, 쿨럭! 크흑—"

시안의 눈에 어깨에 화살이 깊숙하게 박힌 기엘의 뒷모습이 들어왔다.

"기엘!!"

그제서야 시안은 자신이 무의식 중에 살기를 느끼고 반응을 했다는 사실을 깨달았다.

'어느 쪽이지?'

시안은 온몸이 아프도록 몰려오는 살기에 얼굴을 찌푸리면서도 주위를 두리번거렸다.

"멍청아!! 머리 들지 말고 있어!!"

몸을 은폐시킬 만한 것이 아무것도 없는 벼랑 끝.

로운은 기엘에게로 간신히 기어가서 쓰러지기 직전에 처한 기엘의 몸을 끌어당겼다.

기엘은 주문을 쓰기 위해서 커다란 바위 위에 올라가 있었던 것이다. 로운이 기엘의 몸에 손을 대는 순간 빗발치듯이 화살이 떨어져 내렸다.

"쉴드!!"

로운의 고함 소리와 함께 빗발치던 화살들 중의 반이 공중에서 벽에 부딪친 것처럼 후두둑 떨어져 내렸다.

"이리야 씨!!"

"걱정 말고 그 친구나 끌어내!!"

이리야는 몸을 던져서 시안의 몸을 끌어안고 납작 바닥에 엎드렸다.

'제길, 조금만 더 가면 바위 뒤에 몸을 숨길 수 있는데.'

시안은 지금 눈앞에 벌어진 상황에 몹시 당황하고 있었다.

'어떻게 해야 하지?'

"너! 저 녀석처럼 쉴드를 만들 수 있지? 해봐, 저기까지는 가야 해."

"아……"

"빨리!!"

"알았어요."

말은 그렇게 했지만 도무지 집중이 되지 않는다.

시안은 몸이 달아서 몇 번이나 주문을 외웠지만 소용이 없었다.

"젠장!! 꼭 필요할 때는… 아!!"

식은땀이 줄줄 흐르는 시간. 시안은 간신히 다른 방법을 생각해냈다.

'어차피 이론은 비슷한 것 같으니까. 에라, 모르겠다!!!'

그리고 시안은 있는 힘껏 자신이 가진 힘을 그대로 내뿜기 시작했다. 그것은 그대로 엘의 힘을 가진 바람의 가닥이 되어 마치 거대한 이파리를 가진 수초처럼 시안과 이리야의 주위를 감쌌다.

"젠장, 바리어는 아니지만 대충 비슷한 거니까……."

"좋아 간다!!"

파바바박—

화살이 바위 위에 꽂히는 소리가 맹렬하게 들려왔다.

이리야는 최대한 시안의 몸을 감싸고는 바위 뒤로 몸을 날렸다.

"쿠억!!"

"으윽—!"

"기엘!! 괜찮아?"

"괜찮아, 이거 뽑을 거니까. 내 어깨 좀……."

로운이 쳐둔 바리어 덕에 비교적 안전하게 있던 기엘은 자신의 어깨를 관통하여 앞으로 삐죽 튀어나온 화살촉을 바라보고 있었다.

"엘-카치르."

투둑— 하고 화살촉이 화살에서 떨어져 나왔다.

날카롭게 변한 바람이 칼보다 더한 예리함으로 화살촉을 잘라낸 것이다. 로운은 그런 기엘의 상태를 잠시 확인한 후 같은 주문으로 뒤쪽의 화살대를 제거했다.

"준비됐어?"

"그래."

강한 손이 기엘의 어깨를 붙들었다. 기엘은 이를 악물었다.

"내가 숫자를 셀 테니까."

"괜찮아. 내가 뺄게."

기엘은 자유로운 왼손으로 앞으로 삐죽 튀어나와 있는 부분을 꽉 잡았다.

지끈거리는 통증이 온몸을 달렸다.

"하나, 둘, 셋―!"

"―!!!!"

묘하게 바람 빠지는 듯한 소리와 함께 기엘의 왼손이 남은 화살 대를 한 번에 뽑아내었다. 순간 기엘의 몸이 앞으로 쏠렸다.

"기엘!!"

"괜찮아."

"금방 치유 주문을……."

"내가 할 수 있어. 넌 시안님을……."

붉게 물든 시야로 바위 뒤에 웅크리고 있는 시안의 모습이 들어왔다. 그리고 화살이 통하지 않게 되자 이제 검을 들고 직접 몸으로 부딪쳐 오는 검은 옷을 입은 남자들의 모습도 로운과 기엘의 눈에 들어왔다.

"…빨리!!"

"알았어."

로운은 기엘의 몸을 놓고 라이트를 빼어 들고 숨어 있던 바위 뒤에서 뛰쳐나갔다.

기엘의 눈에 비친 로운의 뒷모습이 흐릿하게 흐려졌다.

'이 정도로 그러지는 않을 텐데, 설마…….'

"괘, 괜찮은 걸까요?"

시안은 이리야의 팔에 매달려 로운이 기엘의 화살을 빼내는 모습을 지켜보고 있었다. 이리야 역시 같이 그 모습을 바라보다가 대답했다.

"괜찮을 거야. 어깨에 화살이 박힌 정도로는 죽지 않으니까. 화살촉에 독이라도 묻어 있지 않는 이상은……."

괜찮을 거라고 대답하려던 이리야는 순간 입을 다물었다.

하세카가 쓰는 화살은 언제나 치명적인 독이 발라져 있다는 건 아는 사람은 누구나 다 아는 사실.

그의 얼굴이 새파랗게 질려가기 시작했다. 하지만 이리야는 차마 시안에게 그 말을 해줄 수가 없었다.

'젠장, 내가 가야 하는데.'

비처럼 쏟아지는 화살은 줄어들었지만 대신 그의 눈에는 살기 등등하게 검이며 각종 무기를 들고 다가오는 남자들의 모습이 비쳤다.

그와 동시에 건너편에서 로운이 라이트를 들고 뛰어나오는 것이 보였다.

"좋아! 저 친구가 나간다면."

이리야는 그때까지 그의 허리춤에 대롱대롱 매달려 있던 레이피어를 꺼냈다. 사실 그 같은 체격에는 바스타드 소드 쪽이 어울리지만, 그가 가지고 있는 레이피어는 경량화의 술을 걸어 나무 막대기보다 가볍게 만들어진 물건으로 여기저기 여행을 다녀야 하는 그가 나름대로 여러 가지 이유에 맞추어 구입한 물건이었다. 하지만 그 레이피어는 어지간한 일이 생기지 않는 이상은 절대 쓰지 않는 무기다.

"제길! 난 검술을 배우기 직전에 도망을 쳐서 사실은 곡괭이 휘두를 줄밖에 모르는데."

"이리야 씨!!"

"아가씨는 여기서 꼼짝도 하지 말고 있으라구. 절대로 꼼짝하면 안 돼. 만일 무슨 일이라도 생기면 내가 저 인간들한테 곤죽이 될 때까지 맞아 죽을지도 몰라. 그러니까 절대로 여기서 숨어 있어!! 알아들어?"

"아, 알았어요."

서슬 퍼런 이리야의 발언에 시안은 고개를 끄덕였다. 자신도 무엇인가 하고는 싶지만 아직까지 그가 할 수 있는 일은 아무것도 없다는 사실이 안타까울 뿐이다.

"젠장할, 나도 뭔가 할 수 있다면……."

마음은 초조했지만 아직 그가 쓸 수 있는 바람술은 너무 미미하다. 그가 최대한의 성의로 그들을 돕는 방법은 얌전히 숨어서 그들의 발목을 잡는 존재가 되지 않는 방법뿐.

그런 사실이 더 더욱 시안의 마음을 압박해 온다.

"하앗―!!"

정말 곡괭이라도 휘두르는 듯한 엉거주춤한 폼으로 레이피어를 휘두르는 이리야.

그의 옆에서 로운은 숙련된 몸가짐으로 그의 라이트를 휘두르고 있었다.

"오른쪽―!!"

로운은 자신 앞으로 날카롭게 다가오는 검을 피하면서 이리야에게 소리를 쳤다.

스윽―!

날리는 머리카락이 스쳐 지나가는 검에 잘려 파스스 하고 흩어졌다.

"젠장!!! 덤비지 말란 말야!!"

검을 날리다 멈칫한 남자의 옆구리에 쿠욱— 하고 로운의 검이 박혔다. 자신의 어깨에 피를 토하며 쓰러지는 남자를 발로 차버리고 로운은 또다시 달려드는 남자의 팔을 날렸다.

"크흑—!!"

날아가는 팔이 잡고 있던 검 끝이 로운의 이마를 스치고 지나갔다.

흐르는 피가 얼굴 선을 타고 흘러내려 찝찔한 피 맛이 느껴졌다.

장시간 벼랑에 매달려 있던 로운은 검을 잡고 있는 손가락이 희미하게 떨리는 것을 느꼈다. 설상가상으로 이마에서 흘러내린 피가 눈으로 들어가 눈앞이 붉게 물들기 시작했다.

'기엘은……'

달려드는 남자들의 검을 물리치며 로운은 힐끗 뒤를 돌아다보았다.

기엘이 검을 빼어 들고 있는 모습이 보였다.

'괜찮은 건가?'

힘겹게 숨을 몰아쉬는 듯하지만 기엘이 일어나는 것을 보니 로운의 손에 힘이 더해졌다.

'기엘이 합류한다면 승산이 있어. 앞으로 남은 건 네 사람.'

주위에는 이리야와 로운이 처리한 시체가 줄줄이 늘어져 있었다.

"하앗!!"

'힘들게 여기까지 왔는데 결과도 못 보고 죽을 수는 없어!!!'

어깨 높이로 롱 소드가 날아들자 낮게 몸을 숙였다가 일직선으로 라이트를 찔러 넣었다. 검 끝이 사람의 몸 깊숙한 곳으로 스며 들어가는 듯한 느낌이 났다.

로운은 있는 힘을 다해 라이트를 빼 들었다.

그 순간이었다.

'앗차—!'

순간적으로 힘이 빠진 로운의 다리가 뒤로 꺾였다.

은빛으로 빛나는 검 끝이 로운의 얼굴로 달려들었다.

'안 돼……'

슈카—

굳게 감은 눈가로 날카로운 바람이 지나갔다.

"괜찮아?"

"아… 기엘!"

기엘은 로운의 목을 노리고 덤벼들던 남자를 등 뒤에서 찔러 처리하고 로운의 안위를 살폈다.

목까지 가득 숨이 차올랐지만 기엘은 아무렇지도 않은 듯 가볍게 말했다.

"하나 남았어. 이리야 씨가 하나 처리했고."

"좋아."

"어이!! 거기 한 놈!!"

로운이 수많은 사람들을 상대하고 있는 동안 그럭저럭 자신의 몫은 한 듯한 이리야가 남아 있던 남자 하나를 향해 거드름을 피우며 말을 걸었다.

"덤빌 거냐? 1 대 3이면 쉽지는 않을 텐데."

그의 말에 암살자(?)의 눈빛이 짙게 변했다.

"크아아악!!"

짐승과 같이 울부짖으며 남자가 검을 높이 쳐들었다. 어차피 여기서 살아간다고 해도 동료들이 모두 죽은 이 상태로는 자신 역시 죽임을 당할 것이 틀림없다. 그것도 가장 잔인한 방법으로……

챙강—!

두터운 검이 이리야의 레이피어와 격돌했다.

검과 검이 마주쳐 금색의 불꽃이 몇 차례나 피어 올랐다.

실력이라면 검은 옷의 남자가 위였겠지만 이제 승산이 있겠다 싶은지 마지막 젖 먹던 힘까지 끌어올리고 있는 이리야를 쉽게 이길 수는 없었다.

"젠장!!! 뭘 그렇게 널브러져 있는 거야!!!"

이리야는 힘이 달려 소리를 질렀다.

"으라차차차!!!"

이리야의 레이피어가 아래에서 위쪽으로 넓은 호를 그리면서 치켜 올려졌다. 그 끝에 검이 들린 손목 하나가 피어 올랐다.

남자가 잘려진 자신의 손목에서 나오는 피에 멈칫하는 순간 이리야는 그 틈을 놓치지 않고 남자의 옆구리에 레이피어를 찔러 넣었다.

피를 흘리며 무릎을 꿇는 남자를 향해 이리야는 거들먹거리면서 말했다.

"그러니까 레이피어나 휘두른다고 만만하게 보지 말라구."

그는 자신의 레이피어에서 흐르는 피를 스윽 닦아낸 후 검집에 꽂았다.

"에이, 다음부터는 좀 예고나 하고 와라."

그는 말도 되지 않는 바램을 아무 소리도 듣지 못하는 시체를 향해 말하고는 몸을 돌렸다.

"어이, 기사 양반. 좀 살 만하슈?"

힘겹게 라이트에 몸을 기대고 서 있는 기엘을 향해 이리야가 걱정스러운 듯이 물었다.

"괜찮… 습니다."

"기엘!! 로운!!!!"

그때까지 쥐 죽은 듯이 바위 뒤에 웅크리고 있던 시안이 뛰어나오면서 기엘과 로운의 이름을 불렀다.

"어이, 아가씨, 왜 난 빼먹는 거야?"

"아저씨는 다친 데 없잖아요!!"

시안은 씨근덕거리면서 다리에서 완전히 힘이 빠져 그만 주저앉아 버린 로운을 향해 뛰어갔다.

"괜찮은… 거예요?"

"난 괜찮아."

로운이 눈가로 스며 들어간 피를 거칠게 쓱쓱 닦으면서 대답했다. 팔이 욱신거리기는 했지만 못 견딜 정도는 아니다.

이 정도의 상처라면 체력을 조금 회복한 후에 회복술을 걸면 쉽게 치료가 될 것이다.

"기엘!!"

"괜찮습니다. 시안… 님……."

"어떻게 치료는 된 건가? 하세카의 화살에는 독이……."

이리야가 막 말을 마치기도 전, 라이트에 기대어 간신히 몸을 지탱하고 있던 기엘의 몸이 뒤로 넘어갔다.

"기엘!!!"

시안은 넘어지는 기엘에게 달려들었다.

"으윽—!"

자신보다도 훨씬 무거운 장신의 남자를 받치기에 시안의 힘은 턱

없이 부족했다. 하지만 몸을 날린 보람은 있어 기엘의 머리가 그대로 땅에 부딪치는 것만은 막을 수 있었다.

"기, 기엘!!"

"…으흑."

짧고 거친 숨을 내쉬는 기엘. 시안은 그의 머리를 받치고서 미친 듯이 이리야를 불렀다.

"이리야!!! 이리야 씨!!!!!"

"젠장, 이럴 줄 알았어. 틀림없이 무리해서 움직인 거야."

간신히 숨을 돌리나 싶었는데 기엘이 쓰러지자 로운도 안색이 하얗게 변해 버렸다.

상처는 깊지 않았지만 그의 팔도 이미 피에 흠뻑 젖어 있는 상태다.

"칼!! 칼 없어? 날카로운 걸로!!"

기엘이 쓰러진 곳에 간신히 다가온 로운은 이리야를 말을 듣자마자 대뜸 기엘의 상처 위에 손을 대고 주문을 외웠다. 지금은 칼을 찾고 있을 시간조차 아까웠다.

"엘-카치르."

그 주문은 기엘이 화살촉을 잘라낼 때 사용했던 주문과 똑같다. 단지 다른 것은 기엘은 화살촉을 잘라내는 데 사용했고, 로운은 기엘의 옷자락을 잘라내는 데 사용했다는 것뿐이다.

퍼억— 소리가 나면서 기엘의 상처가 벌어졌다.

"무슨 짓을 하는 거야!!!"

시안이 울먹이는 소리로 로운에게 소리를 질렀지만 로운은 눈 하나 꿈쩍하지 않았다.

"이리야 씨."

"좋아. 이리야 노운 코나타, 네이 라인."

이리야는 대뜸 흉하게 벌어져 있는 기엘의 어깨에 손을 대고는 주문을 외웠다.

싸아 하는 소리와 함께 벌어져 있던 상처에서 흘러나오던 피가 붉은빛의 안개가 되어 피어 올랐다.

"좋아, 조금만 더……."

이리야가 외운 주문은 몸에서 부정결한 것을 없앨 때 사용하는 주문이다.

다시 말해서 독극물을 뽑아내는 주문. 하지만 일반적으로 이 주문은 네이 라인이라고 하는 증폭 주문과 같이 사용하지는 않는다.

보통의 경우는 이렇게까지 과격하게 하지는 않지만 상대는 독화살에 관통당한 데다가 바로 치료를 하는 것도 아니고 무리하게 몸까지 움직인 상태다.

"…크흑!!"

기엘의 입에서 피가 터져 나왔다.

그 피가 찌죄죄하기는 하지만 아직은 흰색으로 보이는 시안의 옷에 스며들었다.

시안은 붉은 피가 튀어 오르는 장면을 눈앞에서 생생하게 보면서도 절대로 기엘의 머리를 놓으려 하지 않았다.

시안은 불안해하고 있었다. 손바닥에서 느껴지는 이상한 감각.

그 감각이 시안의 마음을 뒤흔들어 놓고 있었다.

'이상해… 너무 이상해…….'

언제나 곁에 있어서 몰랐던 것일 게다. 아마도.

항상 맑고 정결한 엘의 파장이 시안을 감싸고 있었다. 그것은 그엘의 소유자인 기엘과 로운, 그리고 이리야의 파장.

하지만 지금, 그 정결하던 세 개의 파장 중에 하나가 평소와는 전혀 다른 양상을 띠고 있는 것이다.

손바닥에서 느껴지는 것은 색으로 표현한다면 짙고 짙은 차가운 어둠의 색.

한기가 들 정도로 차가운 감각이 기엘의 몸에서 시안의 몸속으로 파고들고 있었다.

"위험해……."

시안의 손이 기엘의 머리를 감쌌다.

"…메, 하니다."

시안의 입에서 자신도 모르게 정화술의 주문이 흘러나왔다. 그것은 자신의 몸으로 파고드는 그 차가운 한기에 반응해 시안이 무의식 중에 행한 행동이었다.

이리야는 기엘의 상처에서 독을 빨아 올리다 말고 갑자기 그 옆에서 밀려오는 강한 엘의 파장에 멈칫했다.

한 가닥, 한 가닥씩 시안의 머리카락이 그가 일으킨 엘의 힘으로 하늘거리기 시작했다.

눈에 보일 정도로 반짝이는 은백색의 힘.

시안의 몸에서 시작된 그 바람은 천천히 기엘의 몸 위를 덮었다가 살며시 기엘의 몸으로 스며들기 시작했다.

"…쿨럭쿨럭."

온몸으로 스며든 시안의 힘은 기엘의 몸을 관통하여 심장을 지나 온몸으로 퍼져 나가던 독을 밀어내기 시작했다.

"쿨럭, 크헉—!"

기엘의 몸이 심하게 요동치기 시작했다. 그의 입에서 끊임없이 검붉은 피가 쿨럭이며 흘러내렸다.

'안 돼. 몸이 버티지 못한다.'

로운은 옆에서 시안이 하는 양을 지켜보다가 시안이 끊임없이 기엘의 몸속으로 퍼붓고 있는 엘이 기엘이 견디기에는 너무나 강하다는 것을 깨달았다.

"그만 해, 꼬마!!!"

하지만 이미 무아지경에 빠져 버린 시안의 귀에는 로운의 목소리가 들리지 않았다.

그의 귀에 들리는 것은 오로지 자신이 일으킨 엘의 바람이 들려주는 부드럽지만 강력한, 그리고 날카로우면서도 또한 한없이 가느다란 바람 소리뿐이었다.

"그만 하라니까!!!! 기엘을 죽일 셈이야?!"

쫘악—!!

로운은 이를 악물고 시안의 얼굴을 힘껏 때렸다.

"…아."

"아는 뭐가 아야!!! 정신 차려!!"

"…예?"

"젠장할!!"

자각이라도 하고 있었다면 뭐라고 말을 더 해줄 수 있으련만 그렇지 못한 현실에 로운은 짜증이 났다.

"기엘…?"

시안은 얼얼거리는 뺨을 만지려다가 아직도 자신의 손이 기엘의 머리를 붙들고 있는 것을 알아차렸다.

"나 뭐한 거예요?"

시안에게는 조금 전 로운이 뺨을 때리기 직전의 기억이 없었다.

"뭘 하긴! 방법은 나보다 더 과격했지만 기사 양반을 살렸지."

이리야가 기엘의 가슴에 난 상처를 주문으로 회복시키면서 중얼거렸다.

"제가요?"

"그래. 봐, 얼굴색이 훨씬 좋아졌지. 아무튼 기사 양반은 너무 맹목적이라 탈이라니까. 거기다 무식하기 짝이 없어."

시안은 좀 어리둥절하기는 했지만 여하튼 자신이 기엘을 고쳤다는 것을 깨닫고는 안도의 한숨을 내쉬었다.

하지만 그런 시안에게 로운은 못마땅하다는 듯이 잔소리를 하기 시작했다.

"앞으로 주문을 쓸 때는 제발 부탁인데 제정신으로 해. 그러다가 사람 잡겠다."

"내가 뭘!!"

"뭐가 뭐야!! 정화술을 쓰려면 기엘에게 써야지 네 자신에게 쓰면 어떻게 하냐!! 네 엘은 보통 사람하고 다르다고 몇 번 말해야 알아듣지? 네 녀석이 내뿜는 엘이 강해서 기엘의 몸에 스며든 독을 밀어낸 것까지는 좋았지만 조금 더 했으면 위험할 뻔했어."

"고쳤으니 됐잖아!!"

"고치면 다인 줄 알아? 사람이 적당히라는 것을 알아야지. 조금만 더 했으면 기엘의 몸 자체를 완전히 날려 버릴 뻔했다구!!!"

"에?"

"앞으로 바람술을 쓸 때는 항상 생각하라구. 네 힘은 다른 사람의 몇 배는 가볍게 넘어선다는걸."

"……"

로운은 자신의 말에 뭐라고 변변찮은 변명도 하지 못하는 시안에게 몇 마디 더 훈계 아닌 훈계를 했다. 그는 기엘의 머리에서 시안의 손을 떼어내고는 그 아래 돌돌 만 옷 조각을 끼워 넣었다.

"어디로 좀 옮겼으면 좋겠는데."

"정신을 차릴 때까지는 그대로 두는 것이 좋을 것 같은데?"

"이리야 아저씨."

"왜?"

"제가 한 게 그렇게 문제가 있었나요?"

기껏 기엘을 구했다고 좋아하다가 찬물을 뒤집어쓴 시안은 우물쭈물거리면서 이리야에게 물었다.

"글쎄, 사실 나도 처음 보는 거라서 뭐라고 자세하게는 말 못하겠고. 아까 네가 정화술을 썼을 때 신관 양반 말대로 네 몸에 주문을 펼쳤잖아? 그러니까 그걸 뭐라고 해야 하나… 암튼 네 힘이 워낙 세서 옆에 있는 사람까지 정화를 시키기는 시켰는데 그게 너무 강하다 보니 무리를 주었다고 보면 대충 설명이 될 거야. 왜 그런 거 있잖아. 좋은 약도 과하면 곤란하다구. 아무리 정화를 시킨다고 하지만 너무 하면 몸에 좋을 리 없지."

시안은 이리야의 맞는 것 같기도 하고 어딘가 틀린 것 같기도 한 설명을 들으면서 적당하게 고개를 끄덕였다.

'젠장, 난 왜 제대로 도와주지도 못하는 거냐. 바보 같으니라구.'

입으로 소리내어 말할 수 없는 시안은 기엘의 몸 여기저기를 살피는 로운의 뒤통수를 쫘악 째려보다가 문득 시뻘겋게 변해 있는 로운의 팔을 발견했다.

"으아아악!!!! 로운!!"

"왜!"

기엘의 상태를 살피던 로운은 갑자기 시안이 비명을 지르자 또 무슨 일이라도 일어났나 싶어서 벌떡 일어났다.

"팔!!!"

"팔?"

"피, 피 범벅이잖아!!"

"아, 이거, 별거 아니야. 이 정도는."

"그래도 안 돼! 지혈!! 지혈!!"

시안은 호들갑 아닌 호들갑을 떨면서 허리에 두르고 있었던 허리띠 하나를 풀었다. 옷이 흠뻑 젖을 정도로 피를 흘렸는데 별것 아니라고 하다니. '저 녀석은 괴물이 틀림없어'라고 중얼거리면서 시안은 로운에게 달려들어서 그의 어깨에 낑낑대면서 허리띠를 꽉꽉 당겨 묶었다.

"으이그, 미련 곰탱이 같아."

"그건 또 무슨 소리야?"

"시끄러워! 입 다물어!!"

시안은 눈에서 눈물이 나올 것 같았지만 애써 꾹꾹 참았다.

대한민국의 건강한 고등학교 남자씩이나 돼서 다른 녀석들한테 눈물을 보일 수는 없다.

비록 하고 있는 꼬라지는 영락없는 여자긴 해도 몸속(?)이나 마음은 KS마크의 남자가 틀림없는 것이다.

시안은 로운의 어깨를 묶어두고 간신히 찾아낸 작은 가위를 들고 너덜한 로운의 옷자락을 잘라내었다.

피에 흠뻑 젖은 천에 손을 대면 빨갛게 피가 그대로 묻어 나온다.

그 피를 보면서 시안은 생각에 잠겼다.

'여기서 내려가면 나도 검술을 가르쳐 달라고 해야겠어.'

빚을 지고 그대로 나몰라라 할 정도의 성격은 되지 않는다. 하물며 그것은 물건도 아니고 이렇게 몇 번이나 위험에서 무사하게 살아 나오게 해준, 일종의 목숨 빚인 것이다.

눈에는 눈 이에는 이라는, 솔직히 생각해서 지금 상황에는 절대 안 맞는 속담이 이상하게도 시안의 머리 속에 떠올랐다.

도움을 받았으니 그도 도움을 주고 싶었다.

그들은 저기 아직 창백한 얼굴을 하고 누워 있는 기엘과 지금 이렇게 붉은 피가 아직도 뚝뚝 팔에서 흘러내리고 있는 로운, 마지막으로 아무런 은원도 없이 자신들을 위해 힘을 빌려주고 있는 이리야까지, 모두 이유가 어찌 되었든 결과적으로는 자신의 목숨을 구해주었다.

'어차피 총괄적으로 따져 보면 결국 나 때문에 벌어지는 일이야.'

자신 때문에 누군가 다치는 것도, 그리고 저기 널브러져 있는 시체들처럼 죽는 것도 싫었다.

그것은 처음에 이곳, 아슈레이에 왔을 때부터 느껴왔던 것이다.

'두 번 다시… 나를 보호하려다 다치는 사람도, 나를 노리다가 죽는 사람도 보고 싶지 않아.'

"너무 동여매면 오히려 안 좋아. 팔이 괴사할 정도로 다친 것도 아니잖아. 좀 보라구."

시안이 꼭꼭 동여매어 놓은 매듭을 이리야가 시큰둥한 표정으로 풀어내기 시작했다.

"왜요!! 피가 자꾸 흐르잖아요."

"저 정도 상처는 회복 주문 몇 마디면 대충 수습이 돼. 걱정하지 말라구."

이리야의 말에 로운이 피식 웃었다.

"그러니까 내가 말했잖아. 하지 말라구."

시안은 두 사람이 번갈아가면서 자신이 한 행동을 씹어대자 얼굴이 벌겋게 달아올랐다.

"우, 웃기지 마!! 나는 배운 대로 했을 뿐이야!!"

"푸하하하!"

"그래, 그래. 잘했다, 잘했어."

그제서야 살았다는 안도감이 그들을 감쌌다.

여유로운 말 한마디가 고맙게 느껴지는 순간이었다.

'이대로는 안 돼.'

남자는 자꾸만 감기는 눈동자를 뜨기 위해서 노력했다. 그의 몸에 있는 피라는 피는 모조리 빠져나간 듯, 온몸이 차갑게 식어가고 있다는 것을 그는 느낄 수 있었다.

'감각이 사라져 간다.'

손가락은 손과 함께 날아간 지 오래다.

하지만 있지도 않은 손가락이 꿈틀거리는 듯한 기분이 잘려진 팔에서 기어 올라와 뻣뻣하게 굳어가기 시작하는 척추를 타고 그의 머리 속으로 스며들었다.

'죽으면 안 돼… 난 죽으면 안……'

가물가물하게 그의 의식이 검은 암흑 속으로 빠져 들어가기 시작했다.

덥석.

차갑고 마른 손이 그의 손목을 잡았다.

"노, 놓아주십시오!!"

하지만 그의 손을 잡은 고목과도 같은 손가락은 웬 힘이 그렇게 센지 그가 아무리 발버둥을 쳐도 꿈쩍도 하지 않았다.

손목을 잡은 백발의 남자가 음산한 목소리로 주문을 외우면서 칼을 들어 그의 손목을 찔렀다. 새빨간 피가 한 방울 두 방울 새어 나왔다.

"안 돼!!"

바닥으로 떨어지려던 핏방울이 백발 남자의 주문을 흡수하더니 새까맣게 변해서 떠올랐다. 그는 그 새까맣게 된 핏방울에 무엇인지 모를 약물 같은 것을 뿌렸다.

그것은 금세 검은색의 안개로 변하더니 아직도 피가 스며 나오는 그의 손목 쪽으로 다가왔다.

"안 돼—!!"

찢어지는 듯한 통증이 그의 손목에서 시작되어 온몸으로 퍼져 나갔다.

지옥 같은 통증이 멈추고 나자 그의 손목에는 검은색으로 된 고리 같은 모양이 떠올랐다.

그는 그것이 무엇인지 알고 있었다. 이전에 그런 문신을 가지고 있던 동료 하나가 죽을 때 멀리서 그는 그것을 지켜보고 있었기 때문이다.

그는 그 끔찍한 광경을 지금도 잊을 수가 없었다.

'안 돼… 난, 난 죽을 수 없…….'

가족도 집도, 친한 친구조차 없는 메마른 삶이었다. 목숨을 부지하기 위해 하셰카에 들어왔을 뿐이지만 그래도 그는 하셰카의 단원이 된 뒤로는 즐겁게 살았다.

목적이 있는 삶. 설사 그것이 누군가의 목숨을 빼앗아가며 살고 있는 것이라고 해도 죽는 것보다는 훨씬 좋았다.

그의 눈앞으로 힘겨운 훈련을 받을 때 곁에서 묵묵하게 같이 훈련을 견디어내던 동료들의 얼굴이 스쳐 지나갔다.

다정한 말 한마디 못 해본 사이였지만 그래도 함께 한 집단에 소속되어 있다는 것만으로도 믿을 수 있는 사람들이었다.

'…나는… 나는……'

언젠가 하셰카의 단원으로서 삶을 마치면 조용하게 어디엔가 은둔해서 살아가리라고 마음먹었다.

'죽어서는… 안……'

그의 머리 속으로 파고들었던 검은색의 암흑이 그의 생각을 삼켜버렸다.

그는 그것을 마지막으로 간신히 잡고 있던 의식의 끈을 놓아버렸다.

"시, 시안님……"

로운과 이리야가 번갈아가면서 시안을 놀려먹고 있는데 끊어질 듯한 기엘의 목소리가 시안의 귀에 들려왔다.

시안은 반색을 하면서 누워 있는 기엘 쪽으로 뛰어갔다.

"어? 정신이 들어요?"

"시안님?"

기엘은 아직 잘 떠지지 않는 눈을 간신히 치켜떴다.

땟국물이 조금 묻기는 했지만 여전히 아름다운 은발의 머리카락이 그의 눈에 들어왔다. 그는 희미하게 미소를 지었다.

"괜찮아요?"

"…네. 죄송합니다."

"뭐가요?"

시안은 대뜸 정신을 차리자마자 자신에게 사과를 하는 기엘이 이상하다는 얼굴을 했다.

그런 모습을 보고 있던 이리야가 혀를 차면서 일어섰다.

"암튼 저 기사 양반은 끔찍하게도 저 아가씨를 생각해 주는구만."

"그런 녀석이니까요."

"그러는 댁은?"

"뭐… 마찬가지라고 할 수 있겠죠. 친구라는 것은 비슷한 법이니까요."

"흐응……."

애매한 표현이긴 해도 웬일인지 간단하게 인정해 버리는 로운을 보면서 이리야는 역시 사람이 힘든 고비를 몇 번 넘기면 변한다는 말이 사실인가 보다 하면서 속으로 고개를 끄덕였다.

"으으. 자, 자, 일어나자구. 일단 정신을 차렸으니 이런 바람 부는 벼랑 끝에 있을 것이 아니라 자릴 옮기는 게 좋을 듯싶은데? 그게 저 친구한테도 좋아."

"그렇겠죠."

이리야는 그렇게 말을 하면서 한두 걸음 뒷걸음질을 쳤다.

툭.

"응?"

그는 발에 무엇인가가 걸리자 뭔가 싶어서 고개를 돌렸다.

"…어라?"

그의 발에 걸린 것은 그가 마지막으로 죽인 남자의 시체였다.

하지만 그것은 그냥 단순한 시체가 아니었다.

"자, 잠깐! 이것 좀 봐!!"

이리야는 지금 직접 자신의 눈으로 보았지만 도저히 이해가 안 가는 '그것'을 보고 새된 목소리로 로운을 불렀다.

로운이 무슨 일인가 싶어서 이리야 쪽으로 고개를 돌리는데 이리야가 괴성을 지르면서 뒤로 물러섰다.

"으악!!! 이게 뭐야!!"

분명히 그것은 시체였다. 아니 시체여야 했다.

하지만 그것은 그냥 평범한 시체가 아니었다. 시체에 입혀져 있는 검은 옷이 여기저기 울룩불룩 솟아오르고 있었기 때문이었다.

그것은 로운이 놀라 검을 빼어 드는 그 순간에도 맹렬한 속도로 부풀어 올라 여기저기 피가 묻은 검은 옷을 찢고 점점 크게 솟아오르고 있었다.

"뭐야, 이건……."

처음 보는 괴이한 현상에 이리야는 놀라 그 자리에 얼어붙었다.

"위험합니다!!"

로운이 소리를 지르는 순간 그것은 그르륵 소리를 내면서 둥근 원형으로 부풀어 올라 마치 살아 있는 것처럼 앞으로 구르기 시작했다.

"기엘!!! 꼬마!!!"

그것이 노리고 있는 것은 두말할 것도 없이 시안이었다.

무엇인지도 모를 그 검은 물체는 마치 자석에라도 이끌리는 것처럼 곧장 시안 쪽으로 굴러 가고 있었기 때문이다.

"피해!!"

이리야가 소리를 지르면서 자신을 마악 치고 가려는 물체를 피해 옆으로 굴렀다.

로운은 뒤도 돌아보지 않고 시안 쪽으로 달려갔다.

"로운!!"

시안 역시 그것이 자신을 노리고 있다는 것을 금방 깨달았다.

일직선으로 구르는 줄 알았던 그것은 로운이 기엘을 끌어당기면서 함께 시안의 손목을 잡아당기자 굴러 오는 궤도를 수정해 다시 시안을 향해 일직선으로 다가오고 있었기 때문이었다.

구룩구룩, 구루루룩.

굴러 오는 그것은 그르르룩 소리를 내가면서 점점 더 커져 갔다.

시안은 새까맣게 시야를 덮으며 다가오는 그 검은 물체를 한번 쳐다보고 자신의 손목을 잡고 미친 듯이 절벽을 벗어나려는 로운의 등을 바라보았다. 그의 어깨에는 아직도 축 늘어져 있는 기엘이 있었다.

'안 돼… 나 때문에 더 이상 두 사람을 다치게 할 수는 없어…'

문득 그런 생각이 시안의 머리에 떠올랐다.

'나라면 어떻게든……'

자신은 없지만 어떻게든 될 거라고 생각했다. 기엘도 로운도, 심지어 이리야 씨도 그가 가진 힘이 남과 전혀 다르게 강하다고 했었다.

'내가 어떻게든 하지 않으면 안 돼.'

파앗—!

시안은 로운이 굳게 잡고 있던 손을 뿌리쳤다.

"꼬마!!!"

"괜찮아! 내가 처리할 수 있어!!"

"말도 안 되는 소리하지 마!!"

하지만 시안은 로운의 말 따위는 무시하고 절벽 쪽으로 달리기 시작했다.

저렇게 굴러 오는 것이라면 자신을 향해 굴러 오도록 유인해서 마지막 순간에 몸을 피해 버리면 된다는 생각이 들었기 때문이다.

'어차피 내가 골인이라고 생각하는 것 같은데 두고 보자!!'

시안은 이를 드드득 갈면서 뛰었다.

로운은 어깨에 메었던 기엘을 내려놓고 시안을 향해서 뛰어갔다.

"제기랄! 바보 녀석!! 돌아와!!!!!"

평소에는 그렇게나 굼뜨다고 생각했던 시안이 벌써 저 앞으로 달아나고 있었다.

예의 그 검은색의 물체는 더욱더 그 크기를 자랑하면서 맹렬한 속도로 시안을 따라가고 있었다.

그의 눈에 거의 절벽 끝에 멈추어 선 시안의 모습이 비쳤다.

"안 돼!!!"

로운의 절규가 시안에게 다다르기도 전에 검은색의 물체가 커다란 소리를 내면서 마지막으로 꿈틀거렸다.

쿠르르르르르르—

"피해!!!"

시안은 굴러 오는 물체를 똑바로 쳐다보면서 기회를 노렸다.

자칫 잘못해서 발을 잘못 디디면 그대로 황천행이다.

하라스 계곡엔 돌이 떨어져도 그 떨어지는 소리도 들리지 않는다는 것을 그는 몸소 체험해서 알고 있었다.

'끝까지. 끝까지 보는 거야.'

시안을 향해 맹렬하게 굴러 오던 그것은 이제 바로 시안의 눈앞 직전까지 밀려오고 있었다. 그 마지막의 순간에 옆으로 몸을 날리

려던 시안은 다음 순간 검은색의 물체가 커다란 굉음을 내면서 폭
발하는 것을 보았다.

"우아아악—!!"

로운의 눈에 흑암과도 같은 폭풍이 시안의 몸을 덮치는 것이 선
명하게 보였다.

"시아— 안!!!"

굉음을 내며 폭발한 그것은 검은 암흑이 되어 시안을 덮쳐 왔다.

"우아악!!"

미처 옆으로 피하지도 못한 시안은 폭발에 휘말려 발을 헛디뎠
다.

"크흑—"

발꿈치 부분이 허전했다.

'아, 안 돼!!'

그리고 밀려오는 폭풍.

기댈 곳이 없는 시안의 몸은 검은 물체가 폭발하며 만들어낸 수
많은 파편들에 밀려 그대로 절벽 아래로 떨어졌다.

"우아아아아—!!"

'주문, 주문을 외워야……'

등 뒤에서 거센 바람이 휘이잉 소리를 내며 불어왔지만 시안의
몸은 자꾸만 아래로 아래로 떨어져 내렸다.

주문을 외우려 해도 수백 미터도 더 되는 깊은 계곡으로 떨어지
고 있다는 사실이 집중을 하려고 하는 시안의 사고를 방해했다. 아
니, 시안의 머리 속은 아래쪽으로 떨어지면 떨어질수록 새하얗게
비어갔다.

휘이이이잉—

'바람… 소리?'

밑도 끝도 없는 계곡으로 떨어지는 시안의 귀에 익숙한 바람 소리가 들려왔다.

'마치 여기 처음 왔을 때 같다.'

그때도 한없이 아래로 아래로 바람에 감싸여 떨어져 내렸다.

'이대로 떨어지면 혹시 현실로 돌아갈 수 있지 않을까?'

엉뚱한 생각이 새하얗게 비어버린 시안의 머리 속에 피어 올랐다.

'제대로 한 것도 없는데… 이대로 돌아가도 되는 걸까?'

"그건 당연히 안 돼."

'나도 그렇게 생각해… 어?'

시안은 문득 머리 속에서 울리는 듯한 목소리를 듣고 아무렇지도 않게 대답을 하다가 뭔가 좀 이상하다는 생각을 했다.

"정신 차려. 네 녀석이 여기서 이대로 떨어져 죽으면 나는 어쩌란 말이야!!"

'에? 에엑—!!'

문득 정신을 차려 실처럼 뜬 눈에는 예의 은백색의 뱀처럼 생긴 얼굴이 보였다. 그것을 얼굴이라도 말할 수 있는 이유는 은색으로 차갑게 빛나는 두 개의 눈이 자신을 바라보고 있었기 때문이다.

멀리 절벽이 휙휙 지나가는 와중에도 시안은 그 차가운 눈동자와 눈이 마주치자마자 비명을 질렀다.

"으아아악— 나왔다!!! 또 나왔어!!!"

이유는 알 수 없지만 시안의 머리에는 지금 자신이 천길 낭떠러지로 떨어지고 있다는 사실 따위는 어디론가 사라지고 없었다.

파라락 하고 옷이 날리는 소리조차 언제나 바람을 맞을 때 들리던 소리와 같다고 생각하고 있었다.

"몇백 년 만에 간신히 좀 활동을 할 수 있게 되었다고 즐거워했더니만 주인이 이렇게 한심한 녀석이라니."

어디선가 들려오는 꼬장꼬장한 목소리.

시안은 그것이 지금 자신의 목에 둘둘 몸을(몸이라고 말할 수 있다면) 감고 있는 예의 '그 이상한 것'이라는 것을 깨달았다.

"그것은 무슨 그것이야! 예의 없게시리."

'그럼?'

절벽에서 떨어져 한없이 추락하고 있다는 사실은 이미 시안이 정상적인 사고를 할 수 없는 상태로 만들어 버린 지 오래다. 그 때문에 시안은 그 투덜거리는 목소리가 하는 말에 자신도 모르게 대꾸를 할 수 있었다.

"내 이름은 세나케인이다."

자신만만한 목소리가 들려왔다.

'세나… 케인? 어디선가 들은 기억이 있는 것 같은데…….'

후후훗, 하는 낮은 톤의 웃음소리가 귓가에 울리는 듯하다.

"바람의 세나케인. 그것이 내 이름이다."

'어… 아아앗!! 그렇다!!! 그 예언의 현자인지 뭐시기 하는 사람이 말했었는데, 내가 타닌의 후예 세나케인의 주인이라고.'

"버릇이 없군."

'아, 미, 미안해요.'

"녀 말고 그 현자. 감히 나를 타닌의 후예라고 말하다니."

'에? 그러면요?'

"타닌은 내 옛날 이름일 뿐이야. 내가 자유롭던 시절의…….'"

'자유?'

"그런 때도 있었지. 자아, 이제 그만 하고 이제는 널 살릴 궁리를 해봐야겠군."

'어?'

순간 빠른 속도로 추락하고 있던 시안의 몸이 부웅— 하고 떠오르기 시작했다. 실제 떠오른 것은 아니었지만 미친 듯이 추락하던 감각이 시안이 그렇게 느끼도록 만들었다.

"날 인정할 수 있나?"

'뭐, 뭘?'

밑도 끝도 없이 물어오는 세나케인의 물음에 시안은 뭐라고 대답해야 할지 몰라서 움칠거렸다. 공중에 멈추어 아래서부터 불어오는 바람을 몸에 맞는 순간 시안은 자신이 천길 낭떠러지 한복판에 둥둥 떠 있다는 것을 뒤늦게 깨달았다.

"우, 우아아악!!"

"비명 지를 시간 없다!! 네 허락이 없는 이상 나는 더 이상 힘을 쓸 수가 없어!!"

"으, 으윽."

고소 공포증 따위는 없었지만 지탱할 것이 아무것도 없는데 공중에 둥둥 떠 있는 것은 정말 소름 끼치는 감각이었다.

'그걸 도대체 어떻게 하는 건데!!!'

시안은 다급해져서 머리 속에서 울려 오는 목소리에 대고 대꾸를 했다.

"나를 알고, 나를 인정하고, 그리고 내게 명령을 내리면 된다."

'그러니까 그걸 도대체 어떻게 하는 거냐니까!!'

할 수만 있다면 당장이라도 다시 단단하게 발을 디딜 수 있는 곳에 내려가고 싶었다. 하지만 그것은 시안의 바램일 뿐.

'그러니까 그걸 어떻게 해야 하느냐구!!'

"멍청하기는. 떠올려라. 넌 이미 내 존재를 느끼고 있었어. 어서!!"

순간 시안의 몸이 비틀거렸다. 그를 지탱하고 있던 힘이 점점 약해져 간다는 것을 시안은 느낄 수 있었다.

'느끼고 있었다구?'

순간 시안의 몸 밖에서 머물고 있던 은백색의 형태가 사라락 하고 사라졌다.

"있는 그대로의 나를 느껴라. 내가 무엇인지, 그리고 네가 어떤 존재인지……."

'젠장! 난 그렇게 대단한 존재가 아니야!!!'

자신은 그저 평범한 고등학생이었을 뿐이다. 이런 경험 따위 단한 번도 겪어본 일이 없다. 흔한 귀신조차 한번 보지 못했던 정말 평범한 인간.

그런데도 그의 머리 속에 있는 존재는 자신을 느끼라고 요구하고 있는 것이다.

'느껴? 뭘? 그리고……'

혼란에 빠진 시안이 눈을 감는 순간 거센 바람 소리가 그의 귓전을 때렸다.

'…이건 바람?'

급박한 와중에도 그의 머리카락을 날리는 바람은 똑똑하게 느껴졌다.

'느낀… 다구? 그래, 바람을, 바람을 느끼면……'

그때 시안의 거의 마비되어 있던 감각이 하나둘씩 눈을 뜨기 시작했다. 청량한 바람, 즉 공기가 시안의 코로 들어와 무한의 감각을 느끼게 했다. 스치는 강풍이 옷깃을 뚫고 들어와 시안의 피부를 핥고 지나갔다.

움츠리고 있던 시안의 몸에서 점점 힘이 빠져나갔다.

그의 몸은 마치 바람의 한 자락이 된 듯, 바람은 그의 몸을 통과해 쉴 새 없이 하늘로 하늘로 치솟았다.

'머리카락, 눈, 코, 입, 그리고 내 몸……'

그 모든 것이 바람의 한가운데에 있었다. 그리고 그런 시안의 몸속에서도 몸으로 느껴지는 그 모든 감각과 똑같은 느낌을 주는 무엇인가가 웅크리고 있었다.

'그래… 그 풍옥(風玉)… 이게 실체인 건가?'

"꼭 그렇다고는 볼 수 없어. 그것은 매개체일 뿐이니까. 나는 단지 바람의 세나케인일 뿐이다."

또다시 목소리가 들려왔지만 그것은 마치 환청처럼 그의 머리 속에 울려 퍼질 뿐이었다.

시안의 온몸을 감싸고 몸속까지 가득 찬 바람이 시안의 몸 세포 하나하나에까지 침투하고 있었다.

시안은 마치 자신의 몸마저 바람으로 변해 버린 듯한 느낌을 받았다.

'바람의 힘, 있는 그대로의 바람. 그래, 이것이……'

"그래, 그것이 바로 나. 바람의 힘이며 의지, 바람의 세나케인이다."

마치 어디선가 웃음소리가 묻어 나오는 듯한 느낌.

그 순간 시안의 몸속에 들어 있는 그 어떤 것이 그대로 폭발했다.

"꼬, 꼬마."

로운은 망연자실한 얼굴로 절벽을 바라보았다.

조금 전에 폭발한 검은색의 구체가 남긴 파편들은 치지직 소리를 내면서 단단한 바위를 녹여 버리고 있었다.

고약한 냄새가 진동했지만 그것은 아래로부터 올라오는 바람에 금방 휩쓸려 사라졌다.

'하라스 계곡'의 출구에는 오직 바람만이 불어오고 있었다.

"로운⋯ 시안님은?"

기엘이 정신을 차려 주위를 돌아보는데 멀리 로운이 털썩하고 무릎을 꿇는 모습이 보였다. 하지만 어디에도 그가 찾는 사람은 없었다.

"이리야 씨?"

이리야 역시 자신의 눈을 믿을 수 없다는 듯 뚫어지게 벼랑 끝만을 바라보고 있었다. 그곳은 그 검은색의 구체가 폭발했던 바로 그 자리로 다른 곳보다 눈에 띄게 바위들이 녹아 있었다.

기엘은 바람결에 묻어오는 고약한 향내에 섞여 있는 이상한 엘의 파장을 느꼈다.

'이건 마법⋯ 인가?'

한눈에 보아도 처참하게 변해 버린 현장.

검은색의 물컹거리는 파편은 사방에 흩어져 있던 시체마저 녹여 어떤 시체는 앙상하게 드러나던 뼈까지 녹아내리고 있었다.

"시안님?"

기엘은 아직도 어지러운 머리를 흔들면서 정신을 차리려고 노력했다. 자신이 정신을 잃은 사이 과연 무슨 일이 일어났던 것일까?

"시안님!!!"

기엘의 언성이 높아졌다.

"로운!! 시안님은!!"

기엘은 대답이 없는 로운을 향해 소리를 질렀다.

"로운! 대답해!"

휘잉― 하는 바람 소리만이 그에게 되돌아왔다.

기엘은 벼랑 끝만을 멍하게 바라보고 있는 이리야를 발견하고 그에게 다가갔다.

"이리야 씨."

이리야는 멍한 얼굴로 감정 하나 없는 목소리로 말했다.

"떨어졌어."

"……"

"떨어졌어. 밀려서 떨어졌어……"

기엘은 이리야를 밀치고 벼랑 끝으로 달려갔다.

그곳에는 아직도 부글거리며 녹고 있는 바위뿐. 시안의 흔적은 어디에서도 찾아볼 수 없었다.

"시안님…"

간신히 그의 몸을 유지하던 힘이 썰물이 빠져나가듯 그의 몸에서 사라졌다.

그의 무릎에 차가운 바위가 부딪혔다.

시야가 캄캄해져 왔다.

"어떻게, 어떻게 이럴 수가……"

숨을 쉬는 것조차 힘겨웠다. 폐 속에서 흘러나오는 공기를 내뱉는 것이 무의미하게 느껴졌다.

"어떻게……"

그의 손이 얼굴을 가렸다.

아무것도 보이지 않고, 아무것도 듣고 싶지도 않고, 아무것도 느끼고 싶지 않았다.

로운도 마찬가지였다.

시원하게 뚫려 있어 장엄한 광경을 이루고 있는 기암괴석도 그에겐 아무런 의미가 없었다.

그는 목적을 잃은 것이다.

그의 귀에는 오직 거센 바람 소리만 들릴 뿐이었다.

'바람 소리……?'

문득 바람의 소리를 듣는 순간 그는 무엇인가 이상한 느낌을 받았다.

'바람 소리라구?'

분명 그의 귀에는 줄기차게 바람 소리가 들려오고 있었다. 하지만 그는 그런 당연한 사실에 아주 약간 무엇인가 신경을 거스르고 있는 것이 섞여 있다는 것을 깨달았다.

'일반적이라면, 일반적인 경우라면 이렇게 들리지 않아.'

그는 듣고 있는 바람 소리가 일반적으로 바람이 부는 소리가 아니라는 것을 생각해 내었다. 바람술사의 귀에 들리는 바람 소리는 일반적인 소리와는 전혀 틀린 것. 그들이 이른바 듣는다라고 말하는 바람 소리는 그저 그런 공기의 흐름이 아니다.

바람술사가 진정으로 듣는 것은 그 바람에 실린 대자연의 힘, 바람의 신 미메이라의 권능이 섞여 있는 엘의 흐름이다.

'틀려! 분명히 틀려!!!!'

로운은 망연자실하게 주저앉아 있던 자리에서 일어났다.

"기엘!! 그렇게 앉아 있지만 말고 들어봐!!"

"……?"

"바람 소리를 들어보라구."

그는 바위가 녹아 있어 위태위태한 벼랑 끝으로 기어갔다.

화악― 소리와 함께 차가운 바람이 그의 얼굴을 때렸다.

기엘은 로운이 무슨 행동을 하는가 싶어 바라보다가 문득 그가 한 말의 의미를 깨달았다.

'바람 소리를 들으라구? 설마!!'

기엘은 마치 미친 사람처럼 깎아지른 벼랑 끝에 매달렸다.

'살아 있어. 살아 있다구!'

그가 벼랑 끝에 얼굴을 내민 순간, 기엘과 로운은 죽을 때까지도 절대 잊을 수 없는 광경을 목격할 수 있었다.

거센 바람이 하늘을 향해 치솟아올랐다. 그것은 그냥 계곡에서 불어 나오는 바람과는 틀리게 회오리바람의 모습으로 확실한 형태를 가지고 있었다.

햇빛에 반사된 빛이 아니었다. 그 회오리바람은 찬연한 은백색의 광채와 함께 단숨에 벼랑 끝까지 치솟아 올라간 후 한자리에 뭉쳐들기 시작했다.

이세상 모든 바람을 다 끌어당기는 듯한 강한 흐름이 그 둥그런 구체를 향하고 있었다.

바람으로 이루어진 그 은백색의 구체는 점점 부풀어 오르더니 마치 거대한 은색의 태양처럼 빛을 발하면서 한순간에 흩어졌다.

"시안님!!!"

기엘은 몇 번이나 눈을 비볐다.

틀림없이 그 은백색의 빛을 발하고 있는 구체의 중심에 있던 존재는 그가 바라지 않던 상대였다.

피부 전체가 마치 바람으로 이루어져 있는 것처럼 시안의 몸은 희미하게 빛을 통과시키고 있었다. 돌풍과도 같이 몰아치던 바람이 서서히 잦아들면서 바람이 시안의 몸속으로 빨려 들어갔다. 시안의 몸은 흐르는 바람을 흡수하면서 점점 진하게 원래의 모습으로 되돌아갔다.

거센 바람을 남김없이 빨아들인 시안의 신체는 천천히 공기의 흐름을 바꾸어 기엘과 로운 쪽으로 흘러왔다.

"시안!!!!"

"시안님!!"

기엘과 로운은 시안이 흘러내려 오는 쪽으로 정신없이 달려가다가 멈칫 제자리에 얼어붙었다. 그들의 눈에 있을 수 없는 일이 벌어지고 있었다.

흘러내려 오던 시안의 신체 주위에 다시 바람이 몰려들더니 희미하게 사람의 형체를 띄어가기 시작했던 것이다.

마치 시안의 몸이 변화하는 것을 그대로 따라하는 듯한 그 형체는 시안의 몸이 땅에 가까워지자 점점 뚜렷한 사람의 모습이 되어, 떨어지는 시안의 몸을 가볍게 안고 부드럽게 땅에 착지했다.

귀를 때리던 바람 소리가 잦아들고 주위에는 암흑과도 같은 침묵이 감돌았다.

그가 입을 열었다.

"당신들이 내 주인의 보호자인가?"

투명한 은백색의 머리카락과 그 머리카락만큼이나 투명한 얼굴. 그는 마치 바람의 신 미메리아의 현신 같은 모습을 하고 있었다.

그는 뚜벅뚜벅 기엘과 로운 쪽으로 걸어왔다.

"같은 신세군, 우리는."

그는 빙긋 미소를 지어 보이더니 아직도 그 자리에 얼어붙어 있는 기엘에게 시안을 내밀었다. 기엘은 엉겁결에 시안의 몸을 받아 들었다.

"다, 당신은⋯⋯."

"세나케인이라고 하지."

그 말과 함께 남자는 마치 처음부터 그 자리에 없었던 것처럼 온데간데없이 사라져 버렸다.

잠시 멍한 상태에 있던 기엘과 로운은 문득 그들의 뺨을 스치는 바람에 정신을 퍼뜩 차렸다.

"시, 시안님!!"

"우, 우웅."

기엘의 팔 안에 있던 소년이 살며시 눈을 떴다. 속눈썹 전부가 투명하게 반짝이는 은백색의 실과도 같았다.

"어? 살았네."

배시시, 시안이 웃었다.

그 웃음은 세상 그 무엇보다도 바꿀 수 없다고 기엘은 생각했다.

"괜찮나?"

로운이 황급하게 시안의 머리에 손을 짚었다. 그의 머리에 손을 대는 순간 로운은 손이 닿아 있는 그 부분에서 청량한 바람이 자신의 몸속으로 불어오는 듯한 감촉을 느꼈다. 섬칫하고도 차가운 감각이었지만 로운은 안심할 수 있었다. 살아 있다는 증거다.

"괜찮은 것 같은데⋯⋯."

"어⋯ 너, 너어⋯⋯."

뭔가 상당히 감동적인 분위기를 연출하고 있는데 그것을 깬 것은 다름 아닌 이리야였다.

그는 지금까지 이 말도 안 되는 광경을 멍청하게 구경만 하고 있다가 간신히 정신을 차리고 시안에게 다가온 터였다.

하지만 거기 있는 것은 자신이 알고 있던 그 아름다운 미소녀가 아니었다.

"너… 너, 남자였냐?"

"어라?"

시안은 이리야의 황당하다 못해 절대 믿을 수 없다는 표정을 보다가 말고 손바닥으로 자신의 가슴 부근을 더듬었다.

타다다닥—

타다다닥.

더듬는 손길이 빨라진다. 몇 번이나 자신의 판판한 가슴을 더듬던 시안이 펄쩍하고 기엘의 팔에서 뛰어 내려오더니 사타구니 사이로 손을 가져간다.

"…으, 으흐흐흐흐흐흣."

음흉한(?) 웃음소리가 시안의 벌어진 입 사이에서 흘러나왔다.

"으흐흐흣, 돌아왔다!! 남자로 돌아왔다!!! 우하하하하하!!"

시안은 펄쩍펄쩍 뛰면서 기뻐했다.

"야호!! 나이스~ 울트라 캡숑!!! 죽인다!! 아자!!"

미친 사람처럼 기엘과 로운의 주위를 마구 뛰어다니면서 기쁨을 표출하는 시안. 그런 시안을 유심히 쳐다보던 로운은 한 가지 이상한 점을 발견했다.

그도 시안이 원래의 남자로 돌아온 것이 신기하기는 했다. 하지만 시안은 원래 남자가 맞기는 맞았고, 어차피 그를 원래대로 돌려놓으려고 했었기 때문에 그렇기 놀랄 일은 아니었다. 하지만, 지금그가 바라보고 있는 소년(?)은 원래의 그 소년의 모습이 아니었다.

"잠깐, 꼬마. 너 남자로 돌아온 것까지는 좋은데 말이야."

"으윽— 설마 그 미소녀가 이런 판판한 가슴의 남자일 줄이야. 젠장! 눈이 썩었나, 나는……."

이리야의 한탄 소리가 들려왔지만 시안은 아랑곳하지 않고 무사하게 자신의 원래 성별로 돌아온 것에 기뻐하기만 했다.

"좀 가만히 있어봐!! 정신 사납게 뛰어다니지 말고!!!"

로운이 버럭 소리를 질렀다. 그제서야 시안은 뭔가 조금 이상하다는 생각에 멈칫멈칫하면서 기엘과 로운에게 돌아왔다.

"왜? 뭐 이상한 거 있어?"

"시안님……."

"기엘, 나 어딘가 이상해요?"

말똥말똥 눈을 뜨고 자신을 바라보는 소년. 아름답기는 하지만 그것은 분명 남자의 얼굴이다. 하지만 기엘은 지금 이 상태를 뭐라고 해야 할지 몰라서 그저 멍하게 시안의 얼굴을 바라볼 수밖에 없었다.

"로운, 이거……."

"꼬마, 잘 봐봐. 네 머리카락."

"내 머리카락? 그게 뭐."

'어라?' 하면서 자신의 머리카락을 잡아당기는 시안. 그 뒤에 곧장 로운의 예상 그대로 귀가 찢어지는 비명 소리가 뒤따랐다.

"으아아악!! 이 거미줄 머리는 왜 또 자란 거야!!!"

"그것뿐만이 아니야. 원래 네 얼굴의 원형이 사라진 것은 아니지만."

"시안님의 원래 머리 색이 무슨 색이었지, 로운?"

"검은색. 궁정에서 기르는 호한(공작새와 비슷한 관상용 새)의 날개처럼 새까만 색이야. 피부색은 마치 라센인 같은 노란 빛깔이 도는 색이었는데."

눈앞의 시안은 원래의 시안, 즉 경하의 모습도 아니고, 그렇다고 해서 로운이 변환술을 써서 시안으로 바꾸어 놓은 모습도 아니었다.

지금 시안은 자신의 원래 얼굴에다가 시안의 머리 색과 피부색을 더해서 아주 일반적인 미메이라인의 특징까지 더해진 새로운 얼굴이었다.

시안은 원래의 자기 얼굴을 알고 있는 로운에게 매달렸다.

"이, 이상해? 뭐가 이상해?"

"이상… 하다고 하기는 그렇고."

시안은 자신이 머리를 자르기 전 이상으로 길게 늘어져 거의 무릎 선을 넘어가는 머리카락을 줄줄 끌어당겼다.

자신이 보아도 너덜너덜한 옷깃 사이로 드러나 있는 피부는 원래 자신의 피부색이 아니다.

"젠장!! 거울도 없고, 거기다가 이놈의 머리!!"

기껏 남자의 몸으로 돌아왔다고 기뻐했건만 로운이나 기엘의 얼굴을 보아하니 뭔가 이상하긴 이상한 모양이었다.

물론 황당하다 못해서 이제 얼이 빠져 가는 이리야는 논외다.

"그렇지."

머리카락 더미를 들고 어찌할 줄을 몰라서 당황해하던 시안의 머리 속에 묘안이 떠올랐다.

"그래!! 모를 때는 물어보면 되는 거야. 아, 그런데 어떻게 부르지?"

묘안을 떠올린 것까지는 좋았지만 막상 그걸 행하려고 보니 방법을 모른다는 사실이 떠올랐다.

　"뭔가 검이라도 들고 하늘에 던지면서 '나타나서 너의 주인을 지켜라~' 정도를 해줘야 하는 건가?"

　이해할 수 없는 시안의 행동에 기엘은 어리둥절한 표정을 지었다.

　"아니면 뭔가 불러내는 다른 주문이 있는 건가! 젠장할."

　"누가 그렇게 유치하게 부른다고 나타나냐?"

　과연 어떻게 세나케인을 불러야 할까 고민을 하는데 문득 머리 속에서 소리가 들려왔다.

　"앗!! 듣고 있었으면 퍼뜩퍼뜩 대답을 하란 말야!!!!"

　혼자서 중얼거리다 말고 공중에 대고 고함까지 지르는 시안을 이리야는 이제 거의 미친 사람을 보는 듯한 얼굴로 바라보고 있다.

　"원한다면……."

　그와 동시에 시안의 몸에서 쏴아아 하고 바람이 몰려나오는 것 같더니 다음 순간 그의 앞에 훤칠한 미남 한 사람이 모습을 드러냈다.

　"허~ 이제는 별짓 다 하는군."

　하도 놀라서 더 이상은 놀랄 것도 없다는 듯 이리야가 중얼거렸다.

　"필요하면 그냥 부르면 되지, 주문은 무슨 시시껄렁한 주문."

　남자는 생긴 것과는 다르게 상당히 말투가 거칠다.

　"나 어떻게 된 거죠? 남자로 돌아오기는 한 것 같은데."

　다짜고짜 시안이 묻는 말에 세나케인은 한심하다는 말투로 그것도 모르냐는 식으로 대답했다.

　"네가 힘을 흡수했기 때문이지. 그런 것도 모르면서 네가 무슨 바람의 계승자냐?"

"…뭐?"

"너희들이 풍옥이라고 부르는 바람의 엘이 집결되어 있는 그것을 흡수했기 때문에 그 힘이 그대로 몸에 반영된 거다. 바람의 엘을 수용할 수 있는 가장 적절한 네 원천적인 모습이 되었다고 보면 되지."

"이게?"

"그래."

"내 원래 모습은 이게 아닌데?"

"여기서는 그게 네 원래 얼굴이야."

"그런가?"

왠지 묘하게 수긍이 가는 대답이었다.

어차피 현실과는 다른 가치관에 따른 판단 기준이 있는 세계다.

시안은 자세한 건 잘 모르겠지만 여하튼 자신에게 가장 알맞은 모습이 되어 있다는 소리에 안도를 했다. 뭔가 기분이 안 나쁜 것은 아니지만 가슴이 달린 치렁치렁한 여자애 얼굴을 하고 있는 것보다는 이쪽이 훨씬 나은 것이 아닐까 생각했기 때문이다.

"저어, 시안님. 이 사람은……."

뒤늦게 기엘이 정신을 차리고 시안에게 물었다.

"아! 소개하는 걸 잊어버리고 있었다. 이 녀석은 사람이 아냐. 세나케인이라고 한대."

"바람의 세나케인이다."

세나케인이 자신의 이름을 정정했다.

"긴 건 귀찮잖아. 세나케인이면 됐지, 뭘 그 앞에 자꾸 주저리주저리 붙여? 암튼 인사해요, 기엘. 그리고 로운. 아참, 이리야 씨도.

뭔지는 나도 잘 모르겠지만 여하튼 나한테 붙어 있어야 하는 것 같으니까 알고 지내는 사이가 되는 게 좋겠지."

"붙기는 뭐가 붙어!! 네 몸은 매개체일 뿐이다!"

"내가 없으면 자유롭게 활동 못한다며. 그럼 그게 그거지. 그래서 날 살려냈잖아."

시안이 지지 않고 대답했다.

기엘은 기가 막혀서 대답도 하지 못했다. 로운도 그것은 마찬가지다.

"설마… 그때 그……."

로운이 혹시나 하면서 말을 꺼내려 하는데 대뜸 세나케인이 로운을 향해 한쪽 눈을 깜박여 가며 인사를 했다.

"신세를 졌지. 그때만 해도 이런 모습으로 나타날 상황이 안 되었거든."

딱 떨어지는 세나케인의 대답을 듣자마자 기엘은 조금 전부터 그가 혹시나 하고 생각하던 것이 그대로 맞아떨어졌다는 것을 알 수 있었다. 지금 눈앞에 있는 이 세나케인이라는 존재는 그가 이전에 폴리카르를 건널 때 보았던, 시안의 몸 위에 나타났던 바로 그 '형체'였던 것이다.

세나케인이 풍기고 있는 엘의 파장이 이전에 자신이 시안에게서 느꼈던 그 묘한 두 개의 파장 중 하나였다는 것 역시 느낄 수 있었다. 한 사람에게서 두 개의 파장이 흘러나오던 이유도 그것으로 충분히 설명이 된다.

"그렇구나. 흐음~ 역시 죽음의 위기에 처하니까 나란 녀석도 뭔가 하기는 하는군. 좋아, 뭐 죽었다가 살아난 셈 치면 되니까. 얼굴이 좀 바뀌었다고 해서 고민할 필요는 없겠지."

묘하게 적응력이 뛰어난 시안은 그냥 있는 그대로의 사실을 받아들이기로 했다. 그렇게 생각하니 마음도 가뿐해졌다. 어차피 이곳에 온 뒤로는 이해할 수 없는 일투성이다. 몸이 변한 게 싫다고 발악을 해봤자 원래대로 돌아갈 방법도 모르지 않는가.

　"그래서 용건은 끝났나?"

　"아, 끝나기는 했는데."

　"그럼 난 이만."

　"어? 그냥 가는 건가요?"

　"가기는. 넌 날 불러내면 피곤하다는 것도 못 느끼냐?"

　"에?"

　"이번 주인은 정말 멍청하기 이를 데 없군. 당신들도 참 피곤하겠어. 자아, 나는 그럼 이만."

　"아!! 자, 잠깐."

　흐릿하게 사라지던 인영이 멈칫했다.

　"뭔가 다른 일이라도?"

　"아, 아니, 그게 아니라."

　"걱정 마라. 나는 너와 동화되어 있으니까. 둘이지만 하나라고 봐도 좋아."

　그 말과 함께 세나케인은 다시 바람이 되어 사라졌다.

　"역시 파장이 하나로 합쳐졌어."

　세나케인이 사라지자마자 로운이 불쑥 말했다.

　"그게 뭔데?"

　시안이 곧바로 의문을 표하자 기엘이 쓴웃음을 지으면서 대답했다.

　"이전에 시안님께서 이런 모습으로 변하기 전에는 시안님의 몸에서 퍼져 나오는 엘의 파장이 둘이었습니다. 뭐 이런 결과가 될 줄은 몰랐지만 지금은 하나로 합쳐진 상태지요. 그가 모습을 드러내면 둘로 나뉘긴 하지만."

"헤에~"

기엘은 조금 마음이 씁쓸했다. 왠지 지금까지 아무것도 하지 못하던 시안이 갑자기 화악 변해 버린 것이 마치 아무것도 하지 못하는 어린아이를 있는 힘껏 돌보고 있는데 갑작스럽게 불쑥 더 이상 도움을 주지 않아도 될 정도로 커버린 기분인 것이다.

"여하튼 목숨을 건졌으면 된 거지. 앞으로도 도움이 될 테고."

"그건 그렇지만."

"아, 아얏! 뭐 하는 거야!!"

로운이 묵묵하게 길고 긴 시안의 머리카락을 잡아당기자 시안이 눈물을 찔끔 흘리면서 반항했다.

"머리 어떻게 할 거냐?"

"어떻게 하긴, 싹뚝 잘라야지. 아, 잘라도 괜찮을까?"

"잘라보면 알겠지."

"헤에~"

로운은 길게 자란 시안의 머리카락을 하나로 정리하면서 속으로 아무도 모르게 안도의 한숨을 내쉬었다.

한꺼번에 모두 받아들이기에는 잠깐의 순간 동안 일어난 일이 너무 많았던 것이다. 아마도 시간이 지나면 오늘 하루 동안 일어났던 것이 자연스럽게 받아들여질 것이다. 그때까지는 그냥 그런 일이 일어났나 보다고 그렇게 기억만 해두면 되는 것이다. 중요한 것은 그가 지킬 목적을 다시 되찾았다는 것. 그것만으로도 로운은 감사하고 있었다.

"자, 그럼 자른다."

"응."

파샥 하는 소리와 함께 다시 한 번 시안의 길고 긴 머리카락이 잘려 나갔다.

"나머지는 산을 내려가서 조금 다듬어주면 되겠지."

"시안님, 여기 새옷입니다."

"아, 고마워, 기엘."

묘하게 당당해진 시안은 자신이 무의식 중에 기엘에게 말을 놓고 있다는 사실도 깨닫지 못했다.

그런 시안을 바라보면서 로운과 기엘은 서로 고개를 끄덕였다.

어쨌든 간에 시안이 다시 그들 곁으로 돌아왔다. 시안이 절벽 아래로 사라졌을 때 그들이 겪었던 절망은 두 번 다시 겪고 싶지 않은 끔찍한 감정.

"자, 그럼 출발하자구."

"아!! 그전에 여기 어떻게 처리 안 될까?"

그때까지 아무 말이 없던 이리야가 난장판이 되어 있는 주위를 손가락질하며 말했다.

로운과 기엘이 아무 말이 없으니 자신이 뭐라고 할 입장도 아니라고 생각하고 가만히 있던 그였다.

"그렇군요. 이대로 두고 간다는 것도……."

"그리고 가기 전에 저게 뭔지 좀 알아봐야 하지 않을까 싶은데?"

"마법입니다. 그것도 아타라세스의……."

"마법?"

"마법이 아니고는 이런 일은 불가능합니다. 그리고 마법이라는 것 이외에는 아무것도 알아낼 수 없도록 충분히 안배해 놓은 흔적이 역력하구요. 일단 이것도 산을 내려가서 알아봐야 할 것 같습니다. 사실 마법에 대해서는 그다지 아는 바가 없어서요."

"그렇기는 하군. 그러면 이대로……."

"제가 하지요. 로운, 시안님을 모시고 먼저 가."

"그래."

로운은 얼마 되지 않는 짐을 어깨에 짊어지고 시안을 재촉했다.

"알았으니까 자꾸 잔소리하지 말란 말이야. 이 잔소리꾼!!"

"기엘 디 하라스다인. 바람의 이름 미메이라의 시작에서 끝. 가이-히 나한. 샤. 마. 힘."

청아한 기엘의 목소리가 바람을 타고 어지럽혀진 벼랑 끝에서 계곡 끝까지 울려 퍼졌다. 그 뒤를 이어 부드럽지만 강한 바람이 여기저기 흩어져 있는 시체들과 아직도 부글거리는 검은 기포들을 뒤덮었다.

"타. 호. 라(정결)."

시안은 멀리서 기엘이 일으킨 바람을 경이로운 눈으로 바라보고 있었다.

"저건 무슨 주문?"

"정결의 바람이다. 죽은 자들을 애도하는 기도의 의미도 포함되어 있지. 미메이라에서 죽은 자들을 바람으로 돌려보낼 때 사용하는 주문이야. 기엘 녀석이 보기보다는 마음이 여린 편이니까."

"그런 건가."

로운의 설명을 듣고 있던 시안은 아주 조금이긴 하지만 죽음이라는 것에 대해, 그중에서도 결과적으로 자신 때문에 일어난 죽음에 대한 인식이 바뀌는 것을 알 수 있었다.

어쩔 수 없었다는 이유만으로는 용납할 수 없었던 마음속의 앙금

이 조금씩 사라지는 느낌이다. 물론 아직도 자신 때문에 죽여 버릴 수밖에 없다는 사실에는 엄청난 혐오감을 느끼고 있다. 그러나 '사고'를 수습하고 있는 저런 기엘의 모습을 보고 있다 보니 그동안 기엘이나 로운이 자신을 지키기 위해서 어쩔 수 없이 저질렀던 살생이 아주 약간 용서가 되는 기분이었다.

하지만 역시 사람이 죽는 것은 싫다라고 시안은 생각했다.

"수고했어, 기엘."

"아니, 별로."

로운이 툭툭하고 기엘의 어깨를 두드렸다.

"기엘, 그리고 로운."

시안이 두 사람을 불렀다.

"아참! 그리고 이리야 아저씨도."

"난 왜?"

"부탁이 있어요."

갑자기 정색을 한 시안을 보고 세 사람 모두 무슨 일이 있나 싶어서 시안의 얼굴을 물끄러미 바라보았다. 세 사람의 시선이 자신에게 집중되자 시안은 조금 쑥스러워서 콜록 기침을 했다. 사실을 밝히자면 원래 세계에서의 자신은 초등학교 때 반장 한 번 해 본 적이 없다. 단지 세 사람뿐이지만 이렇게 집중적으로 시선을 받아 보는 것은 처음이다. 물론 가족을 제외하고 말이다.

"앞으로 절대로 위급한 상황이 아니면 누가 날 노리든지 간에 함부로 사람을 죽이는 일은 하지 않아주었으면 좋겠어요."

"……."

묘한 침묵이 그들을 감쌌다.

"약속해 주지 않는다면 난 산을 내려가는 즉시 혼자 도망쳐 버릴 겁니다. 나도 이제는 여차하면 세나케인을 부를 수도 있고, 사실 별로 잘 쓰지는 못하지만 어떻게든 주문도 쓸 수 있으니까."

"시안님."

"약속해 줘. 로운, 기엘, 그리고 이리야 씨도."

"그 씨 자만 빼면 약속해 주지. 나도 사람 목숨을 마음대로 좌지우지하는 것은 질색이니까. 아참! 거기서 한 가지만! 난 이 친구들하고는 달라서 내 목숨이 위험해지는 경우에는 꼭 지금의 약속을 지키겠다고는 장담 못해."

"이리야 씨!! 무슨 말씀을!!"

"시끄러. 이 녀석 말이 틀린 것은 아니잖아."

"좋아요. 그런 상황에서까지 고집 피우고 싶은 생각은 없으니까. 대신 최대한도로 억제해 주세요."

"알았어."

로운과 기엘보다 먼저 간단하게 약속을 해주는 이리야에게 시안은 안도의 한숨을 내쉬면서 밝게 웃어 보였다.

"기엘과 로운은?"

팔짱을 터억 끼고 시안이 마치 협박이라도 하는 것처럼 두 사람을 바라본다.

"너, 변하더니 묘하게 뻔뻔스러워졌다?"

"뭐 사람이 죽을 고비를 넘기면 변한다고들 하니까."

시안 역시 자신이 이렇게 뭔가 명령조로 말을 하고 있는 자체가 신기하기는 했다. 하지만 왠지 그렇게 해도 이 사람들은 꼭 받아 들여 줄 것이라는 믿음이 있었다. 그들이 보호하는 존재가 원래의 자신이 아니라 단순하게 미메이라의 수장 계승자라고 해도 목숨을 아끼지 않고 온몸을 내던져 자신을 보호했던 사람들이다.

적어도 이곳에서 시안이라는 이름을 가지고 있는 동안만이라도 이들의 기대를 저버리고 싶지는 않았다. 그리고 필요없는 살생을 시키고 싶지도 않았다.

"알겠습니다."

스르릉—

기엘이 라이트를 뽑았다.

"어? 검은 왜 또 빼요? 설마 또 이상한 녀석들이?"

콰악!!

시안이 주위를 두리번거리고 있는 동안 기엘은 인정 사정 없이 라이트를 바위에 있는 힘껏 박고 그 옆에 한쪽 무릎을 세우고 무릎을 꿇었다.

"로열 나이트 기엘 디 하라스다인, 시안님의 명령을 충실히 이행할 것을 서약합니다. 기사의 증표인 이 라이트와 하라스다인의 이름과 생명과 미메이라의 이름을 걸고."

엄숙한 목소리로 기엘이 맹세했다. 그런 기엘의 행동을 아무 말 없이 바라보고 있던 로운이 쳇— 하고 혀를 차더니 '기사의 맹세씩이나' 라고 중얼거렸다.

"이런 곳에서 파계를 하게 될 줄은 몰랐군."

로운은 쓴웃음을 지었다. 기엘이 얼마 전부터 시안을 단순히 대리인으로만 보지 않고 있다는 사실은 눈치를 챘었다.

그리고 자신 역시……

"마음에는 별로 안 드는 명령이지만 원한다면 들어주지."

시안은 로운이 도대체 무슨 소리를 하는지 몰라 어리둥절해했다.

로운은 옷깃을 젖히고 목에 걸려 있던 목걸이를 거칠게 잡아 뜯었다. 그것은 미메이라의 신관임을 증명하는 물건 중에서 가장 중요한 것 중에 하나다.

"로운?"

기엘이 놀라서 벌떡 일어서자 로운은 잡아 뜯은 목걸이를 기엘의 손에 넘겨주었다. 끊어진 줄에서 반짝이는 하이시가 굴러 떨어졌다.

"네가 바라고 바라던 일이잖아. 나를 다시 기사로 만드는 거."

"로운!!"

"신관에게는 수장이 가장 우선시될 수는 없으니까. 저 녀석의 소원을 들어줄 방법은 이것뿐이지."

로운은 들고 있던 라이트를 기엘과 마찬가지로 단단한 바위에 있는 힘껏 꽂아 넣었다.

"로열 나이트 로운 디 로크레슈, 시안님의 명령을 충실히 이행할 것을 서약합니다. 기사의 증표인 이 라이트와 로크레슈의 이름과 생명과 미메이라의 이름을 걸고."

자신을 향해 고개를 숙이는 로운의 모습을 시안은 경악스러운 얼굴로 쳐다보았다.

"이봐, 그런 얼굴 하지 말라고. 내가 로열 나이트로 돌아와서 처음으로 하는 기사의 맹세야. 물론 이전에도 한 적은 없지만. 아무튼 고맙게 생각해."

단 한 번도 자신을 공식적인 자리를 제외하고는 절대로 시안님이라고 부르지 않았던 로운이 자신을 향해 맹세를 하는 모습에 얼떨떨해 있던 시안은 이어지는 로운의 말을 듣자마자 제정신으로 돌아왔다.

"역시나 그러면 그렇지~ 젠장! 놀랐잖아!!!"

아직도 심장이 벌렁벌렁한 시안은 가슴을 내리누르면서 어색함을 감추려고 노력했다. 굳이 설명을 듣지 않아도 지금 기엘과 로운 두 사람이 한 행동이 상당히 대단한 의미를 가지고 있다는 것쯤은 눈치 챌 수 있었다. 그리고 또 하나, 그들이 방금 전에 한 맹세로 자신이 좀 더 이들에게 인정받은 존재가 되었다는 생각에 가슴이 뿌듯해져 왔다.

"자아, 그럼 이제 산이나 내려가자구. 이제 몸 상태도 좋고, 나보다 뒤쳐지는 사람이 있으면 용서 안 할 거야!!"

시안이 신나게 말하고는 방방 뛰는 걸음걸이로 앞장서서 걸어가기 시작했다.

"잠깐! 잠깐!! 기다려!!! 젠장할!! 도대체 어디까지가 진짜고 어디까지가 거짓말인 거야!! 로열 나이트에 수장이라구? 설마 너희들!!"

이리야가 고래고래 소리를 질렀다.

로운은 그때까지 이리야의 존재를 까맣게 잊어버리고 있다가 순간 아차! 했다.

"젠장할! 죽여주게 예쁘던 녀석이 남자인 데다가 미메이라의 수장이라구? 거기다가 로열 나이트? 어디가 귀한 집 아가씨냐!!"

"아가씨는 거짓말이었지만 귀한집이라는 단어까지는 진실이지."

"그래도 그렇지!! 빌어먹을! 생각보다 더 엄청난 놈들이었잖아!"

"뭐, 나쁘지는 않지 않습니까?"

기엘 역시 뭐라고 변명하기는 그렇지만 적당하게 대꾸를 했다.

"거짓말도 정도껏 해야 할 것 아냐!! 으으윽—"

"뭐 악의로 한 것도 아니잖아요, 이리야 씨?"

시안이 실실거리면서 이리야를 달랬(?)다.

"그 씨 자는 빼!!"

"알았어요, 알았어. 이리야. 이럼 되죠?"

"그래! 으윽, 젠장할! 이거 너무 거물이잖아."

"거물은 무슨 거물. 그만 흥분하세요."

"웃기지 마!! 그럼 내 눈앞에 지금 미메이라의 수장이 있다는데 흥분 안 하게 생겼어?"

이리야가 길길이 날뛰기 시작했다. 로운이나 기엘이 적당히 달래려고 했지만 이리야는 말도 안 된다면서 더욱 난리를 쳤다.

시안은 그런 이리야를 뚫어지게 쳐다보다가 한마디했다.

"잠깐! 이리야 씨. 아참, 그냥 이리야라고 부르라고 했었지. 여하튼 그래서 내가 미메이라의 수장이고 기엘이랑 로운이 로열 나이트라고 해서 뭐 변한 거 있어요?"

"…뭐?"

"없죠?"

뚫어지게 이리야의 얼굴을 정면으로 쳐다보는 은회색의 눈동자.

그 눈동자는 자신이 처음 시안을 발견했을 때 마주쳤던 그 눈동자와 똑같았다.

"뭐, 신나는 경험도 좀 하고 고생도 하고 기타 등등 하기는 했지만 내가 수장이라는 걸 알았다고 해서 변하는 거 없잖아요."

"그, 그건 그렇지."

박력있게 밀어붙이는 시안의 말에 이리야는 자신도 모르게 수긍해 버렸다.

"그럼 된 거잖아요. 내가 수장이라고 해서 이리야 씨… 아니다, 이리야에게, 어라? 이것도 좀 이상한데. 여하튼 댁한테 수장 대접해

달라고 한 것도 아니고, 도대체 뭐가 불만이에요?"

"……."

말문이 막힌 이리야의 얼굴을 보고 시안은 씨익— 회심의 미소를 지었다.

"불만 없죠? 히히, 그럼 갈 길이나 가자구요. 로운, 기엘!! 빨랑 내려가서 밥 먹었으면 좋겠는데. 괜찮지?"

"물론입니다."

시안은 얼이 빠져 있는 이리야를 던져 두고는 그대로 몸을 돌렸다. 그의 뒤를 로운과 기엘이 따랐다.

산을 내려가는 발걸음에 날개가 돋힌 것 같다.

뒤에 남겨진 이리야는 뭔가 이해가 갈 것 같기도 하고 아닌 것도 같은 상황 때문에 잠시 공황 상태에 빠져 있다가 문득 정신을 차렸다.

"아니, 아니야!! 불만 있어!!!!"

앞서가던 세 사람이 이리야의 불만 있음 발언에 뒤를 돌아다보았다.

"내 관상용 미녀!!!! 관상용 미녀가 사라졌잖아!!!"

이리야의 말도 안 되는 억지 소리에 시안이 발끈했다.

"그게 무슨 소리야!!"

"내 관상용 미녀를 돌려줘!!!"

"웃기는 소리하지 마!!"

"기껏 찾아낸 이상형이었는데."

이리야의 발언에 기엘이 쿡쿡거리면서 시안에게 말했다.

"그렇다는데요, 시안님?"

"어이, 꼬마. 도로 여자로 변하는 것은 어때?"

"절대 싫어!!! 그리고 꼬마라고도 부르지 마!!"

시안이 단호하게 대답했다.

"싫으시답니다. 이리야 씨, 어쩌죠?"

"으으윽!! 너희들!!"

이리야가 벌떡 일어나서 두다다다— 하고 세 사람을 향해 달려오기 시작했다.

"니들 나한테 한번 죽어볼래?!"

"누가!!!"

달려오는 이리야는 깨끗하게 무시하고 셋은 나란히 산을 내려가기 시작했다.

"아! 그러고 보니 아까 그 세나케인에 대해서 이전에 어느 책에선가 기록을 본 일이 있어."

앞장서는 시안을 뒤를 따라 가면서 로운이 가볍게 말을 꺼냈다.

"에? 정말?"

"그러고 보니 저도 고문서에서 그에 대한 기록을 본 일이 있군요."

"빨리!! 빨리 말해 봐!! 뜸들이지 말고!!"

"그게 그러니까. 아주 오래전에 말입니다."

"더 이상 숨기는 게 있으면 이번에는 가만히 있지 않을 거야!!"

"오래전에 뭐?"

"바람의 신 미메이라의 힘을 받은 인간, 즉 수장에게……."

기엘의 말을 듣기 위해서 귀를 쫑긋 세운 시안. 그런 시안에게 오래전 기억을 더듬으며 설명하는 기엘과 미소를 지으면서 그들의 뒤를 따라가는 로운. 마지막으로 여전히 시끄럽게 떠들면서 뒤를 따라오는 이리야는 앞서거니 뒤서거니 하면서 걸음을 옮겼다. 그들

의 뒤로 페이요트 산맥을 훤히 비추던 태양이 서서히 저물기 시작
했다.

휘이잉— 하는 바람 소리가 계속해서 올라와 그들의 머리를 스쳐
지나갔다.
그렇게 네 사람은 일도 많고 탈도 많았던 페이요트 산맥의 자락
을 시원한 바람과 함께 흘러 내려갔다.

〈3권으로 이어집니다〉

아슈레이 세계

나유

바라스

미메이라

호로스

키리엔

이오카 ○

○ 자유도시 레카

○ 제국수도 카드미엘

하나스

가이칸 제국

폴리카르강

페이요트산맥

2000. 10. 18